アメリカン・マインドの音声

文学・外傷・身体

The Soundscape of the American Mind:
Literature, Trauma, and the Body

監修／下河辺美知子
編著／高瀬祐子　日比野啓　舌津智之　巽　孝之

小鳥遊書房

アメリカン・マインドの音声——文学・外傷・身体／目次

第二部　音楽が響く

第三部　声が響く

【凡例】

引用文献のページ数は（　）内に示した。

註や引用文献は各章の末尾に統一した。

序文　セオリー狂騒曲
――極東における受容と変容

Rhapsody in Theory: The Japanese Reception and Transfiguration of Postmodern Literary Criticism

巽 孝之
Takayuki Tatsumi

今から四十年前、一九七〇年代末の東京。

まだ北米文学研究の声は、二一世紀現在ほどには直接的に聞こえてこない。

インターネットもなければパソコンもスマートフォンもＳＮＳも、いやビデオデッキやファックス一台すら、一般家庭には存在しない。

太平洋の両岸では、物理的にも心理的にも明らかな時差が存在した。

そんな時代に、日本の英米文学専攻に属する一大学院生として論文を書くとは、どういうことか。

最大の情報源は『ＰＭＬＡ』『クリティカル・インクワイアリー』や『ダイアクリティックス』に代表される英米の先端的な学術誌、批評誌の類であり、最大のフィールドワークは週に最低一度は神保町の北沢書店や日本橋の丸善、新宿の紀伊國屋書店など先鋭的な学術書、批評書をいち早く揃えている洋書店を廻り、くまなく物色することに尽きた。自身の所属する大学に求める文献がなければ、紹介状を経て他大学の図書館を訪問することも珍しくない。どうしても日本で手に入らなければ、たまたま英米の大学に留学している友人に懇願してコピーを郵送してもらうことも少なくない。何しろアマゾンドットコムなど夢物語の当時は、授業の必読文献を入手できなくとも、教授に詰め寄られたら「申し訳ありません、先日北沢に注文したのですが、現在、海の上のようでして」という言い訳が立派に通用したのだ。

わたしが下河辺美知子氏と初対面を遂げたのは、そんな時代だった。

一　大いなる序奏——日本アメリカ文学会東京支部の場合

時は一九七九年五月、場所は日本英文学会年次大会が開かれた専修大学神田校舎。第十二代会長・冨原芳彰氏の時代と記憶する。

大学院修士課程二年だった二四歳の私にとって、これが人生初の日本英文学会参加だった。最年少だったかどうかはわからないが（同い年には宮本陽一郎氏や本橋哲也氏がいるが、この頃はまだ知り合っていない）、しかしほんの少し年長（三歳から五歳ほど上）の大学院生たちや大学助手になったばかりの若手の活躍は、よく覚えている。佐藤良明氏が折しも第一回日本英文学会新人賞を受賞してトマス・ピンチョンのシンポジウムに出演し、安原悦子氏（現・鵜殿えりか氏）がエドガー・アラン・ポーの研究発表を、そして下河辺氏がハーマン・メルヴィルの研究発表を行ない、注目を集めていた。

同じ頃から参加し始めた日本アメリカ文学会東京支部の月例会は原則として慶應義塾大学三田キャンパスが会場に定められていた。アメリカン・ルネッサンス研究で名高い八木敏雄氏を筆頭に、ナサニエル・ホーソーンの専門家でジョン・バースの翻訳にも手を染めていた國重純二氏やメルヴィル研究の牧野有通氏に池田孝一氏らが幹事として全体を仕切る体制だった。当時常連の若手では、ロバート・クーヴァーなどポストモダン小説の最先端を読みまくっていた越川芳明氏や、イーハブ・ハッサン譲りの前衛的理論でナサニエル・ホーソーンを斬新に読み解く鷲津浩子氏、アメリカ・ロマン派作家をメタフィクションとして再解釈しようとする竹村和子氏らが頭角を現わしていた。毎回の懇親会は、今は無き三田仲通の居酒屋「大盛屋」で行なわれたので、そうした機会に名のみ知る高名なアメリカ文学者と言葉を交わすとともに、少し先を歩いていた先輩方とも親しく交流することができたのは大きな喜びだった。時に所属大学を超えた研究合宿も犬吠埼や箱根で企画され、顧問格としてアメリカ現代文学研究の権威・岩元巌氏やアメリカ演劇研究の俊英・石塚浩司氏が参加されることもあった。学会内部で培ったそうした体験がいかに以後の私自身の糧になったかは、計り知れない。

だが、感傷的な思い出話はともあれ、前述の理由により、この当時、太平洋の両岸には、今日の常識では思いもよらない、明らかな文化的時差が存在した。

たとえば、雑誌『現代思想』はこのころ、一九七五年と八二年にジャック・デリダ特集を組んでいるが、その方法論の中核を成す脱構築（deconstruction）の概念が我が国でも普及するようになったのは、やはり一九八三年のデリダ初来日以後のことだろう。しかし、プラトンに始まる西欧形而上学の伝統を根本から転覆しようとするアルジェリア出身のフランス哲学者デリダの哲学的実験は、一九六六年のジョンズ・ホプキンズ大学の国際構造主義会議におけるアメリカ・デビュー以降、盟友となるベルギー出身の学者批評家ポール・ド・マンの尽力で、すでに七〇年代半ばにはアイビーリーグの名門イエール大学にて一大ムーヴメントを形成していた。当時イエールに所属し、のちの七七年にコーネル大学で終身在職権を得る比較文学者ジョナサン・カラーが、一九七五年には当時の北米で影響力をふるい始めたフランス構造主義思想を英語圏に初めて体系的に紹介した概説書『構造主義の詩学』を出版し一躍注目を浴び、北米最大の文学研究組織ＭＬＡ（近現代語学文学会）のジェームズ・ラッセル・ローウェル賞を受賞したことは、その兆候だろう。だが七九年にはド・マンによる脱構築の聖典『盲目と洞察』が、八〇年にはド・マンの高弟バーバラ・ジョンソンが博士号請求論文に手を入れた『批評的差異』が相次いで刊行されたことで、一気に風向きが変わる。かくしてカラーは八一年にはポスト構造主義を代表する脱構築の理論に力点を置いた新たな概説書『記号の探求』を、八二年には文字どおり『ディコンストラクション』を上梓し、全米にこの新たな批評理論的運動を広く浸透させるのに大きな役割を果たす。

一九三〇年代から六〇年代までを支配したアメリカ新批評《ニュー・クリティシズム》の波を必ずしも直接には浴びることのなかった我々戦後生まれの世代は、一九七〇年代以降に北米で起こった文学批評史上久々の地殻変動に大きな刺激を受けていた。新批評の場合はアメリカ南部が発祥の地であり、文学の精読のためには作家の伝記的背景や作品の歴史的背景は不要、作品のみを相手にせよという聖書中心主義的な手法によって北米の英語英米文学教育に大きな影響を与え、その余波は我が国にも及んでいたが、他方、脱構築の場合はヨーロッパを発祥の地としながらも、提唱者が北アフリカはアルジェリアの出身であるデリダであっただけに、周縁から中心を、枠組から本質を、文字言語から音声ロゴスを問い直すというラディカリズムにより、新批評とは似て非なるテクスト読解の可能性をもたらした。

前掲ウィスコンシン大学ミルウォーキー校教授イーハブ・ハッサンは、我が国ではアメリカ現代小説に鋭く切り込んだ名著『根源的な無垢』（一九六一年）の邦訳で多くの読者を得ていたが、こうした批評理論の趨勢にも造詣が深く、モダニズムとポストモダニズムの差異を明確に意識した『オルフェウス解体』（一九七一年）や『パラ批評』（一九七五年）を続々刊行し、少なからぬ講演会の席上で日本の若手を鼓舞したものである。一九八二年、国際文化会館で行なわれたハッサン来日講演では、構造主義や記号論から発展した読者反応論を中心に、いまアメリカの学界でいかなる論争が起こっているか、ポストモダニズム系前衛批評における多声楽を届けるものだった。ポストモダン文学研究の権威・岩元巌氏の司会の下に、シェイクスピア学者の高橋康也氏やエリオット学者の高柳俊一氏らが建設的な討議を展開したのは、いまも記憶に鮮やかだ。

当時といえば、我が国の側でも、のちにデリダの論敵となる文芸評論家ジョージ・スタイナーの本邦紹介に力があり文学批評史全般に通暁し、そもそも“deconstruction”に「脱構築」という現在の定訳を与えた由良君美氏とその高弟・富山太佳夫、高山宏の両氏がいち早く構造主義以後の手法を応用する論考を数多く発表していた。一九八二年から八三年にかけては日本英文学会でも日本アメリカ文学会でも、まさにそうした新しい批評理論をいかに文学研究に応用すべきかを問うシンポジウムが立て続けに開かれた。登壇者のなかには、のちに富山氏と前掲『ディコンストラクション』を共訳する折島正司氏や、折しも本場イエール大学でハロルド・ブルームを指導教授にウィリアム・ブレイク研究で文学博士号を取得し帰国したばかりの今泉容子氏も含まれていた。

そんな風潮のなかで一九八四年七月、二九歳の私がアメリカン・ルネッサンスの研究とともに批評理論をも深めたいと考え、カラーが教鞭を執るコーネル大学大学院へ留学したのは必然だった。留学前年に書いた論文“The Masque and / or the Red Death: A Deconstuctive Reading”が『アメリカ文学研究』二〇号（一九八四年三月）に掲載され、もう一つの論文「作品主権をめぐる暴力―― *The Narrative of Arthur Gordon Pym* 小論」（『英文學研究』第六一巻 第二号）が第七回日本英文学会新人賞に決まって、最も鼻息の荒い時代だった。ちょうど同じ頃、脱構築運動の台風の目だった最晩年のド・マンが「理論への抵抗」（一九八三年）という論争的な一文により、フランス系アメリカ批評理論の勃興そのものを毛嫌いする抵抗勢力への対抗言説を樹立し、この一見新奇な方法論が実はさほど突飛なものではなく、むしろ古典三教科うちでも長く等閑視されていた修辞学の復興に他ならないことを証明していたことすら与り知らぬ、能天気な時代だった。これこそ、冒頭から語っている文化的時差の好例である。一九八〇年前後の時代、北米の学界でリアルタイムで起こっている事態と日本の学界がそれを北米から受容した結果との間には、物心両面におけるタイムラグが厳然と存在したのだ。

かつて四〇年代から六〇年代にかけてイエール大学がクレアンス・ブルックスやロバート・ペン・ウォレンら南部人を擁し定着させた新批評にはあくまで英語を母語とする者たちによる半ばナショナ

リスティックな理論といった風情があったが、それに引き換え、七〇年代以降に、同大学を根城に英語圏にとって外国人であるデリダやド・マンが発展させた脱構築は、極東出身の外国人大学院生にも文学研究の将来を脱領域的かつ超民主主義的に開いてくれる気がした、そんな時代だった。

二　アメリカン・ルネッサンスが生まれ変わる
——環太平洋版「理論への抵抗」以後

前置きが長くなったが、下河辺美知子氏との邂逅を語るにはどうしてもそのような時代的文脈の説明から始めねばならない。お互い、多少なりとも批評理論の未来に関心がなければ、決して交流することはなかったろうから。そして、我が国でも、とりわけ戦前生まれの学者研究者には、せっかく学んだ新批評からさらなる一歩を踏み出すべきか否か迷う向きも多かった。新批評のうちに訓詁学的な手法との類似点を見出し、そうした人文学的伝統を守ろうとする傾向がまだまだ強く、人文学ならぬ人間科学を背景にした構造主義以後の方法論に対しては、北米とは別の脈絡における意味で「理論への抵抗」が露呈している最中だった。思いがけぬ新たな批評理論の黒船到来を前にして、日本アメリカ文学会の中堅のうちからも新批評の伝統を固守し「俺は絶対テクストの精読から離れないぞ」と宣言する声が聞こえたものである。脱構築以後に新歴史主義批評や文化研究が勃興したときにも「文学作品より新聞を大事にするのか」と罵倒する声もあった。こうしたポストモダン批評理論全体を「知ばかり勝ちすぎて人間的な情に欠ける」と十把一絡げに斬り捨てる声も、今となっては紋切り型であろう。三田は慶應仲通りの東京支部懇親会場では（前掲大盛屋の後には花扇に移動し、そして現在の湯浅へ至る）、そうした新潮流への賛否両論が渦巻き喧々諤々、不協和音入り乱れる論争は終わることを知らず、文字通り狂騒曲の様相を呈していた。まさに環太平洋における「理論への抵抗」である。

ふりかえってみれば、当時、英米文学研究に入門するのに、いかなる方法論を採ろうとも必読書として課されていたのは、ノースロップ・フライの『批評の解剖』（一九五七年）でありフランク・カーモードの『終わりの意識』（一九六七年）であり、アメリカ文学研究に特化するならF・O・マシーセンの『アメリカン・ルネッサンス』（一九四一年）でありリチャード・チェイスの『アメリカ小説とその伝統』（一九五七年）であった。いずれも新批評の風潮が生み出した古典的必読書であり、その大半は四〇年代から六〇年代までに刊行されていた。それらが今日でもなお古典の地位を占めていることには、何の異論もない。

しかし八〇年代前半、前掲ジョンソンの『批評的差異』やジョン・カーロス・ロウの『税関を通って』（一九八二年）が構造主義以後のアメリカ文学研究のありかたを示してからというもの、新時代が到来した。それはさらに、基本的にはラカン派精神分析の背景をもちド・マンの同僚でもあったショシャナ・フェルマンの『文学と精神分析』（一九八二年）の登場によって決定的なものになった。

私は今でも、一九八二年初夏の日本アメリカ文学会東京支部月例会の分科会の発表で、同じく若手の一人だった外山昇氏が、出たばかりの同書を手に「この本を徹夜で一気読みして、〈読むこと〉とは一体何かが、本当によくわかった！」といささか興奮気味に紹介しておられたのを、はっきり覚えている。フェルマンがヘンリー・ジェイムズの『ねじの回転』を対象に、精神分析理論でいう「転移」

をフル活用して再解釈し読者反応論を一歩先へ推し進めたのは、現在の批評史では知らぬ者はいないが、このときの、必ずしも多くの聴衆に恵まれたとはいえない外山氏の発表は、口頭とはいえ、我が国で初めてフェルマンの凄さが熱っぽく語られた瞬間ではなかったろうか。イエール学派が、よく揶揄される「男性学派《メール・スクール》」とは限らないことを、つくづく実感したものだ。北米で育った哲学ならぬ文学批評理論としての脱構築は、アメリカ文学研究そのものを刷新するかもしれない可能性を予感させたのである。

ここで、戦前派、戦中派に属するアメリカ文学会東京支部の重鎮たちのうちにも、そうした新しい風潮に対して「理論への抵抗」を示すばかりでなく、全く逆に、積極的に受容する動きがあったことに触れなければ、公正を欠く。それは具体的には、八〇年前後に日本アメリカ文学会第五代会長を二期務めた大橋健三郎氏の編になる、当時の日本人アメリカ文学者の精鋭が総力を結集したメルヴィル研究『鯨とテキスト』（国書刊行会、一九八三年）という形で現れた。そこには前掲バーバラ・ジョンソンの『批評的差異』でひときわ輝く「ビリー・バッド」論「メルヴィルの拳」の志村正雄氏訳をはじめ、杉浦銀策氏がハロルド・ブルームの「影響の不安」理論を駆使して文学的師弟関係を解析した論文「メルヴィルとホーソン」、八木敏雄氏がメルヴィル作品の内部に構築と脱構築の原理を見出し、のちに英訳された以後には北米専門家の賞賛を浴びることになる論文「『白鯨』モザイク」まで、当時の日本におけるアメリカ文学研究において考えうる限りの理論的最先端が凝縮され、メルヴィルという古典的作家の肖像を見事に塗り替えていたのだから。ふりかえってみれば、もともとピューリタン予型論という物語学の延長線上に発生したアメリカン・マインドは、思いのほか、構造主義以後の理論と相性が良かったのかもしれない。

したがって、東京支部月例会の常連であり、メルヴィルからアメリカン・ルネッサンス研究を極めようとしていた若手のひとり下河辺氏が、そうした風潮にあって、いわゆる単純素朴な「理論への抵抗」を示さず、むしろ何か新しいことが起こっていることに惹かれ貪欲に吸収しようとしていたのは、当然だったろう。ジャック・ラカンとデリダの論争がポーの「盗まれた手紙」を巡っていたこともさることながら、ジョンソンもロウもフェルマンもポスト構造主義的な文学研究の基礎を一九世紀アメリカ文学に定め、いずれもメルヴィルには多大な関心を払っていたからだ。かてて加えて、当時の我が国において主導的なアメリカ文学者、前掲の志村、八木、杉浦の各氏が北米学界とほぼ同水準のアメリカ文学研究を行ない、その成果の一端が一九九三年、同じ大橋健三郎氏の編纂になる英文研究書『日本におけるメルヴィル研究』(*Melville and Melville Studies in Japan*)としてグリーンウッド・プレスから刊行され、ロバート・ウォレスら代表的メルヴィル学者にも多大な影響を与えたとなれば、先端的理論とアメリカン・ルネッサンス文学、ひいてはアメリカン・マインドとの結びつきには、もともと必然以上のものがあったのだと考えざるをえないではないか。

そのような「以後の研究」をめぐる問題について、私と下河辺氏は一定の関心を共有し、八四年七月の留学後には、主として文通によって討議を続行した。

八五年の夏には下河辺氏自身がコーネル大学のあるニューヨーク州北部はイサカを訪問され数日滞在されたので、その折に、最新の批評理論や北米学界動向などの話をしながら街の書店をご案内し、当時読んで面白かった前掲フェルマンの『語る身体のスキャンダル』をご紹介したことがある。同書は、オースティンやサール、デリダの論争でも知られるスピーチアクト理論最大の達人は実はヨーロッパ文学の誇る悪漢ドン・ジュアン（ドンファン）にほかならないという驚くべき前提から始まる圧倒的にスリリングな批評的冒険だ。けれども当時、フランス語版原書はともかく英訳版が日本国内では入手困難な事情もあって、その妙味は我が国の英米文学者には充分には伝わっていなかった。この瞬間、何らかのカンが閃いた下河辺氏は、早速書店の書架から同書を抜き出して購入し熟読し、将来の研究の活路を見出す。イエール系脱構築の本流には欠けていた部分を精神分析とジェンダー理論で補うフェルマンの手法は、確かに斬新だった。この時点で下河辺氏はバーバラ・ジョンソンの影響色濃い論文「"Benito Cereno"研究――読むこと／書くことをめぐって」（『アメリカ文学研究』第二十二号［一九八六年三月］）を執筆済みでゲラ校を終えたところだったが、フェルマンとの出会いにより、彼女はそれをメルヴィル『ピエール』の分析に応用し「作者メルヴィル／国家アメリカ」を書き下ろす。その成果は私と鷲津氏、そして下河辺氏三者の共著『文学する若きアメリカ――ポウ、ホーソン、メルヴィル』（南雲堂、一九八九年）第八章、第九章に収録されている。脱構築から新歴史主義へのセオリー転換期にあって、これはまさに共著者全員が暗中模索の最中の一書ではあったものの、しかし一つだけ、アメリカン・ルネッサンスにおけるヤング・アメリカ運動の意義に注目したことは誇っておこう。というのも、ヤング・アメリカ運動をめぐる徹底した研究がエドワード・ウィドマーの手でなされるのはそれから十年後、一九九九年を待たねばならなかったのだから。

これをきっかけに彼女は精神分析とスピーチアクト理論にのめり込み、やがてはフェルマン自身の「声」を聞くべく、一九八八年と二〇〇〇年、二度にわたるイエール大学留学を遂げる。

三　フェルマン以後の下河辺理論——もう一つのアメリカ交響楽

以上の意味で、下河辺美知子氏は第一義的に、学会というさまざまな声がひしめく狂騒曲的空間でなければ決して出会えなかった長年の同志のひとりである。

ただし、一九八四年夏から八七年夏までコーネル大学で学んだ私と、八八年から八九年までイエール大学で学んだ彼女とのはざまには、一つの決定的な分水嶺が潜む。

前者の期間は、八三年にド・マンが逝去したとはいえ学界では脱構築派の勢力がまだまだ強く、八六年にはイエール大学からカリフォルニア大学アーヴァイン校に移籍したJ・ヒリス・ミラーが北米を代表する巨大文学研究組織MLA（近現代語学文学会）の会長に収まった時代だった。理論的マニュアルはすでに出来上がっており、私の博士号請求論文は文字通りそれに沿って書き進めれば何の問題もなかった時代である。

ところが後者の期間は、八七年後半に発覚したド・マンの戦時中における新聞記事が親ナチ的にして反ユダヤ主義的であると喧伝されたあげくに沸き起こったスキャンダルが学界を席巻し、太平洋の両岸において「理論への抵抗」がぶり返し「脱構築は終わった」「脱構築はファシズムだ」とシュプレヒコールが飛び交った時代だった。脱構築批評は新批評同様、テクストにおける言語の働きに注目したが、その理論的中核だったド・マンが戦後に渡米するより以前、戦時中の母国ベルギーにてそうしたファシズム寄りにしてユダヤ人差別的なジャーナリズムに加担していたという事実は、反脱構築派を加速させるのみならず、文学テクストの無意識に刷り込まれた歴史の意義を再確認させた（詳細は土田知則『ポール・ド・マンの戦争』［彩流社、二〇一八年］参照）。

つまり、八八年の北米は下河辺氏を従前を上回る規模の「理論への抵抗」転じては脱構築葬送行進曲のさなかに放り込んだのであり、彼女はまさにその狂騒を織りなす不協和音にじっくり耳を傾け、それまでの理論的マニュアルに根本的な修正が施されるのを目撃せねばならなかったのだ。

当時といえば、下河辺氏はフェルマンの著作に魅了され、イエール大学における彼女のセミナーに参加し始めたところである。だが、まさにそのとき、ド・マンの元同僚にして彼をめぐるスキャンダルの渦中にいたフェルマンは、最後のド・マンの高弟たるキャシー・カルースとともに、それまでの精神分析理論を更新し独自のトラウマ理論を組み上げるのに余念がなかったはずであり、それはやがてクロード・ランズマンのホロコースト映画『ショア』の読解とともにメルヴィル『白鯨』のフラマン語翻訳者としてのド・マンを再評価するという力作論考を含むドリ・ローブとの『証言――文学、精神分析と歴史における目撃行為の危機』（一九九二年）に結実して行く。そうしたフェルマン理論の変容を承け、アメリカン・ルネッサンス研究を改めて再検討した下河辺氏は二〇〇〇年、トマス・ジェファソンからハーマン・メルヴィル、スティーヴ・エリクソンのみならずジークムント・フロイトからハンナ・アーレント、ジャック・デリダ、ひいては尾崎豊に及ぶテクスト群の奥にさまざまな声を聞き取り、文学と哲学、政治学のみならず音楽との境界すらも軽やかに超える堂々たる第一著書『歴史とトラウマ――記憶と忘却のメカニズム』（作品社）を上梓し、高い評価を得た（シンガー・ソングライター尾崎豊の章があるのは意外に思われるかもしれないが、氏には筆名で精神分析理論を活用したアイドルグループSMAP研究も複数あり、ベストセラーを記録していることも付記しておこう)。

九・一一同時多発テロ以降には、ここで培われた下河辺理論はさらに発展し、第二著書『トラウマの声を聞く――共同体の記憶と歴史の未来』(みすず書房、二〇〇六年)ではフロイトの『モーセと一神教』やソフォクレスの『アンティゴネー』、ジョン・ハーシーの『ヒロシマ』をめぐる詳細な解読が試みられ、第三著書『グローバリゼーションと惑星的想像力――恐怖と癒しの修辞学』(みすず書房、二〇一五年)ではイラク戦争が一段落してもイスラム国を中心としたテロが収まらない時代を背景に、ガヤトリ・スピヴァクやジュディス・バトラー、水村美苗、果ては「キング・オブ・ポップ」マイケル・ジャクソンの声に耳を傾ける。もともとクラシック音楽に造詣が深く専門誌に寄稿するほどの下河辺氏のトラウマ理論は、個人とともに国家の無意識に潜む声が回帰してくる過程を記述し、テクストとコンテクストが織りなす音響風景《サウンドスケープ》を浮かび上がらせてやまない。

三冊の単著と連動する形で、下河辺氏はジョアン・コプチェクやキャシー・カルース、バーバラ・チェイス=リボウらの著書を続々翻訳あるいは監訳するばかりか、二〇一〇年代にはアメリカ学会において年報編集委員長という要職までこなしたが、昨今の彼女のなかで決して見逃してはならないのは、学術的プロデューサーとしての顔である。

何より肝心なのは、二〇一〇年から下河辺氏は科研費共同研究「モンロー・ドクトリンの行為遂行的効果と二一世紀グローバル・コミュニティ」を立ち上げ、私や舌津智之氏、日比野啓氏を主要メンバーとして、さまざまな研究会や『モンロー・ドクトリンの半球分割――トランスナショナル時代の地政学』(彩流社二〇一六年六月)に代表される多くの共著を編纂し、一定の成果を挙げてきたことだ。

この科研費共同研究は二〇一四年からは「明白なる運命」のテーマのもとに継続され、二〇一八年からは「メイフラワー・コンパクト」にテーマ更新しているが、下河辺氏はそれとともに、他の先鋭的な理論的問題をも巧みに拾い上げ、少なからぬシンポジウムを企画実現してきた。

彼女が企画立案及び司会進行を担当し、私自身がパネリストあるいはディスカッサントとして関わったものだけを挙げても——

＊日本アメリカ文学会第四十九回全国大会ワークショップ「バーバラ・ジョンソンの遺産と二十一世紀」於　立正大学大崎キャンパス　二〇一〇年一〇月一〇日
＊日本英文学会第八十五回全国大会シンポジウム「21世紀世界における惑星的想像力——response/responsibility/acknowledgment の連鎖」於　東北大学川内キャンパス　二〇一三年五月二六日
＊第九回日本英文学会関東支部　メイン・シンポジアム「21世紀批評におけるレトリックの可能性——ポール・ド・マンの歴史的意義」於　成城大学　二〇一四年六月二一日
＊日本アメリカ文学会東京支部シンポジウム「ポカホンタスの四〇〇年——環西洋文学史を再考する」（司会・講師）二〇一七年一二月九日　於　慶應義塾大学三田キャンパス

植民地時代から惑星思考まで、その関心が広く深いことは一目瞭然だろう。

しかも、その活躍の舞台は国内にとどまらない。北米西海岸で毎秋開かれるＰＡＭＬＡ（太平洋古代近現代語学文学会）では下河辺氏の提唱により二〇一三年にポール・ド・マンをめぐるパネル（サンディエゴ）を、一四年にはハンナ・アーレントをめぐるパネル（リヴァーサイド）、一五年には環太平洋文学をめぐるパネル（ポートランド）をともに行なっている。ここ十年は、隔年で北米内外で開かれる国際メルヴィル会議にもともに足を運び――その会場はローマ、ワシントンDC、ロンドンに及ぶ――二〇一五年に慶應義塾大学がその第十回を担当したときには、実現に向けて力を合わせたものだ。

*

本書は、そんな下河辺美知子氏の成蹊大学定年退任を機会に編むことになった、いわゆる記念論《フェストシュ》文集《リフト》である。編集委員会を構成する各人は、日本アメリカ文学会という場を共有しながら、下河辺氏とは長年の同志であったり、共同研究者であったり、学内同僚であったり、教え子であったりと、それぞれ立場は違う。決して少なくない寄稿者にしても多様な出自をもつ。しかしもともと「祝祭《フェスト》」とは多様な声がさんざめく空間であり、われわれはすでにそれに先立ち、多様な批評理論の声が入り乱れ、今もやむことのない狂騒曲の時間を共にしてきた。ジャズ・エイジを代表しアメリカン・マインドを象徴するジョージ・ガーシュインの名曲「ラプソディー・イン・ブルー」“Rhapsody in Blue”（一九二四年）は映画化（一九四五年）と相まって「アメリカ交響楽」と訳されることが多いが、本来は「ブルース（ジャズ）語法による狂詩曲」の意であったことを思い出してもいいだろう。

本書は、そんなアメリカン・マインドの多声学的な音響風景を表現し、もう一つの祝祭空間を作り出そうと試みた一冊である。

第一部　音が響く

Sounds Vibrate

第一章　恐怖の音がこだまする
――「アッシャー家の崩壊」に見るテロの構図

髙瀬祐子

Echoing the Sound of Terror:
Terrorism in "The Fall of the House of Usher"

Yuko Takase

はじめに

エドガー・アラン・ポーは音と親和性の高い作家だといえる。バートン・R・ポーリンは長年ポーに関連する音楽をまとめ、「ポーと音楽」を作成し、時代とジャンルの垣根を越えた膨大な数の楽曲が彼のリストに並ぶ。[1] クラシック・ピアニストであり文筆家でもある青柳いづみこはポー生誕二〇〇周年を記念し出版された『エドガー・アラン・ポーの世紀』のなかで、「音楽になったポー」と題し、ポーに影響を受けた各国の作曲家たちについて一九世紀から現代まで詳細にまとめている。[2] クラシック音楽の分野だけでもポーの作品に影響を受けた作曲家は数知れず、ポピュラー音楽の分野ともなると、ボブ・ディランやビートルズをはじめ、マリリン・マンソン、グリーン・デイにルー・リードと枚挙にいとまがない。

ポーが音楽の世界に影響を与え続けている理由の一つには、彼が小説家だけでなく詩人であったことが挙げられる。ポー自身が『詩の原理』において「音楽は、拍子、リズム、押韻といったさまざまな形式の点で詩のなかの非常に大きな要素になっているから、それを斥けることは決して賢明なことではない――つまり音楽は詩の重要な付属物であり、その助けを拒むものは愚かである」(Poe, “Poetic” 561) と述べており、詩において音楽を構成するさまざまな要素が必要不可欠であることを認めている。さらに、詩は単に印刷された文字として出版されるだけでなく、朗読会や文学サロンなどで朗読されることも多く、ポーも単に言葉の意味だけでなく、言葉が声帯を震わせ声となり、聞き手の鼓膜にどのように響くかを強く意識して詩を書いていた。ケネス・シルバーマンによれば、ポーも数々の文学サロンに招待されている。なかでもニューヨークの文学社交界の花、アン・シャーロット・リンチの主催するサロンに招待されることは、当時ニューヨークに住む作家たちにとって名誉であり、彼女のサロンに出席した作家のなかにはマーガレット・フラーやハーマン・メルヴィル（Herman Melville）などそうそうたる顔ぶれが並ぶ（278-79）。そこでは音楽家は演奏を披露し、詩人は詩を朗読し、当然ポーも彼女のサロンで「大鴉」を繰り返し朗読した（Silverman 279）。「大鴉」の人気を受け、数多く開催されていた朗読会の様子は、彼の謎めいた死の真相と空白の五日間に迫ったミステリーサスペンス映画『推理作家ポー最期の五日間』（二〇一二年公開、原題 *The Raven*）のなかでも扱われ、ポーの朗読する詩に聞きほれる若い女性たちの姿が描写され、当時の様子がうかがえる。

池末陽子は『悪魔とハープ――エドガー・アラン・ポーと十九世紀アメリカ』において、十九世紀前半のアメリカでは、「最古の音楽財団ともいわれるフィラデルフィア音楽基金協会が一八二〇年に設立され」、大衆の音楽への関心が高まり、ポー自身も「実在の作家や曲を作品中に度々登場させ」、「妻ヴァージニアにピアノやハープなどの楽器の演奏や唱歌を薦めていた」（池末 一六五）ことを挙げ、彼の音楽への関心の高さを指摘しているが、確かに詩だけでなく、ポーの小説においても音の描写は数多くみられる。

ドビュッシーがオペラ化を試みた「鐘楼の悪魔」では、題名通り鐘の音が重要な役割を果たし、「告げ口心臓」では殺人を犯した男が自らの心臓の音によって狂乱し、自らの罪を告白してしまう。「モルグ街の殺人」では、犯人の異様な声を聞いた近隣住民たちが、オランウータンの発する声のなかに勝手に言語を当てはめ捜査を混乱させる。「赤き死の仮面」では時を告げる時計のチャイムが鳴り響くとすべてが静止する。確かに、詩人ポーだけでなく、小説家ポーも音を意識して多くの作品を書いている。

さらに、これらの音がすべて人間の心に恐怖を呼び覚ます音であることは注目に値する。ポーといえば、詩人、小説家、批評家、編集者などさまざまな顔をもち、「推理小説の祖」と呼ばれ、ホラー、ゴシック、ＳＦなどさまざまなジャンルの作品を数多くのこしているが、ジャンルを横断し、彼の多くの作品で描かれているのが「恐怖」である。ポーの作品のなかでは、読む者に恐怖を与えるような殺人事件が起こり、目の前に迫る死の恐怖におびえる者や恐怖のなかで死んでいく者など死と隣り合わせの恐怖が数多く描かれている。

では、「恐怖」とは何か。日本語で「恐れること」「こわいと思うこと」を意味する「恐怖」は英語では terror や fear という言葉に訳される。下河辺美知子は、terror という英語に名詞として二つの意味（[U] として「非常なる恐れ」（extreme fear）、[C] として「非常な恐怖を引き起こす人や物」（a person or thing that causes extreme fear））があることに触れ、「人間の情動の中でもっとも過敏な反応である terror は、一方で主体の内部に生じるものとして、一方で外部から主体の心に反応を誘発するものとして、二層の意味を持つ」ことを示し、自動詞で「怯える／怯えさせられる」側として使うか、他動詞で「怯えさせる」側として使うかには「天と地との差がある」という。さらに、精神分析の場では、「恐怖」を媒介として、「受動の立場はわけなく能動の立場へ移行する」ことに触れ、「時としてこの二つの立場は本人も知らぬうちに入れ替わっていることさえある」（下河辺「恐怖」一一）と指摘する。

ポーの代表作の一つである「アッシャー家の崩壊」においても、このような「恐怖」を媒介とした受動と能動の立場の入れ替わりが起こっている。屋敷の所有者であり、語り手を屋敷に招待したロデリック・アッシャーはつねに何かを恐れ、精神的に不安定な状態に陥る。語り手は彼を「異常なまでの恐怖に組み敷かれた奴隷」（Poe, "Fall" 403）[3]と表する。そして、「弦楽器の音色を聴くときだけが、恐怖を感じないですむ瞬間」（403）であり、ロデリックにとって、恐怖と音は密接に関わっている。本章では、恐怖を受動する側が恐怖させる側に変貌する瞬間を探りながら、「恐怖するもの／恐怖させるもの」について、彼を一時的に恐怖から解放するという「音」とともに考察し、恐怖と音の関係に迫りたい。

一　ロデリックが恐怖するもの

ロデリックは一体何を恐れているのか。あるいは何がロデリックを恐怖に陥れているのか。彼が自らの恐怖について語り手に述べる場面を参照したい。

僕はもう死ぬんだ。この悲劇の館で死んでいくんだ。それ以外の死に方はない。将来の出来事についてては、出来事そのものよりも、そこからどんな結果がもたらされるか、そのほうが怖ろしい。どんなにつまらない事件であっても考えるだけで悪寒に襲われるんだよ、ただでさえ魂がひどくかき乱されているのに、その症状がますます悪化するような気がして。危機が訪れようとも決して怖くはない、ただそれが絶対的にもたらす効果が、恐怖そのものが怖い。これほどに消耗しきった状態、悲嘆すべき状態に陥ったことで、遅かれ早かれ、このおぞましき『恐怖』という名の妖怪との戦いに敗れ、人生も理性も失ってしまうだろう。(403)

西山智則が「彼のいう恐怖とは、自分が狂気に陥り死んでしまうことである」(西山 一四一)と指摘するように、ロデリックが恐れるのは恐怖そのものと忍び寄る死の影である。そして、愛する妹マデラインが病に冒され死の間際にいることも、彼の恐怖の原因の一つであった。マデラインの死に対するロデリックの恐怖は顕著で「妹の死によって結局ぼくが長い歴史をもつアッシャー一族の最後の一人になるんだ」(404)と語り手が決して忘れることができないほどの痛々しい様子で嘆く。

ロデリックがマデラインの死を恐れ苦悩する様子は、D・H・ロレンスが二人の兄妹の間に近親姦的な愛を見てとったことを踏まえれば、単純に愛する存在を失うかもしれない恐怖だと捉えることは容易だ。フロイト的にいえば近親姦的欲望を抑圧することによって生じる恐怖症、いわばエディプス・コンプレックスの傍流のようなものだと考えることもできるが、そもそもマデラインは妹であり、愛する妹の死を恐れるロデリックに、近親姦的欲望は見いだせてもエディプス・コンプレックスを当てはめようとするのは少々無理があるように思う。

むしろここで思いおこされるのは、ラカンの鏡像段階論である。二人は瓜二つの双子の兄妹であり、ロデリックにとって鏡像として自分の姿を映し出してくれている妹マデラインと二人きりの生活はそれ以外の他者の視線を必要としない完成した関係であった。しかし、恐怖に怯える自分と同様に、鏡に映った自己像であるマデラインもまた、病によって「感情が殺がれてしまったばかりか、その人格も徐々に擦り切れていき」（404）、死の影がつきまとう。そのような自己像を恐れ、拒絶しようと試みたがために、ロデリックは語り手という他者をわざわざ手紙で呼び寄せたのではないか。西山がいうようにマデラインはロデリックが陥るかもしれない狂気と死の分身、「自己の恐怖を投影された対象」であり、だからこそ「目のつかない場所へ「隠蔽／埋葬」してしまいたかった」（西山　一四二）のである。

そして、「鏡像／分身」であるマデラインの埋葬こそ、ロデリックが恐怖に怯える側から恐怖させる側へと変貌した瞬間である。ロデリックはある晩、マデラインが生きていることを知りながら地下牢に埋葬してしまう。マデラインの死は「マデライン姫はもはやこの世の人ではない」（the lady Madeline was no more）（409）という曖昧な言葉で語られ、直接的な死を表す die や dead などの言葉は使われず、死に顔は「頬にかすかな赤みにも似た色彩を残すばかりか、その唇にはどことなく怪しげな笑みを漂わせ」（410）ており、生きたままの埋葬であることが示唆される。

マデライン埋葬後のロデリックの変化を見てみたい。

悲嘆に明け暮れる日々を過ごしたのちに、わが友の精神錯乱にもはっきりとした変化が表れている。それまでのようすとはまるっきりちがう……あまりの恐怖感から来るのか、ぶるぶるふるえる調子で語るようになっている。時折わたしは、この止むことなく錯乱せる知性は、とてつもない秘密を抱えて苦悩しているのではないか、その秘密を何とか明かすのに必要な勇気をふりしぼっているのではないかと思うこともあった。（410-11）

語り手が気づいているように、マデラインを埋葬した後のロデリックの恐怖は明らかに変化している。それは、恐怖する側（受動）であったロデリックが、マデラインに恐怖を与える側（能動）へと変貌した瞬間であり、恐怖する対象が変化したからである。埋葬以前は、自分の恐怖と死を映す自己像であったマデラインを恐怖していたが、彼女を生きたまま埋葬してしまったことにより、自分は彼女を他者として恐怖させる側となり、他者となった彼女が報復に来るのではないかと怯え、罪の意識に苦しんでいるのである。「恐怖するロデリック」という姿は変わらないが、自分が恐怖を与える側に立ったことで、恐怖の対象が自己像から他者へと変化したのである。

ここで、ロデリックのマデライン埋葬前と埋葬後の変化に一つ欠けている点があることに注目したい。生きたまま埋葬されるという恐怖を与えられたマデライン側の視点である。ロデリックはマデラインを埋葬することにより、恐怖する側から与える側へと変貌したはずだが、棺に閉じ込められているため恐怖するマデラインの声は届かない。[4]ゆえにロデリックは恐怖する対象こそ埋葬前と埋葬後で変化するが、ずっと「恐怖する側」で居続けるのである。

マデラインが再びロデリックの前に現れたとき、「純白の衣装は血にまみれ、衰弱した身体のいたるところに生き埋めから逃れようとした苦闘の跡が認められ」（416）、彼女が恐怖に怯えながら必死に棺から這い出たことは容易に想像できる。マデラインは、自らの言葉でその恐怖を語る機会こそ与えられないが、その姿に恐怖を刻み込み再登場するのである。

二　ロデリックと音

次にロデリックの恐怖と音の関係について見てみたい。ロデリックは病のせいで五感が異常に研ぎ澄まされ、「音楽という音楽が耐え難いものと聞こえてしまう」（406）ようになっていたが、弦楽器だけはその範疇になく、むしろ恐怖を和らげる効果があった。語り手はギターの音色がロデリックにもたらす効果について以下のように予想する。

おそらくは、このじつに狭い限定領域こそは、ロデリックがギターを弾きながら自分で自分を幽閉している空間なのであり、まさにその空間があるからこそ、ロデリックの演奏はおおむね幻想的性格を帯びるに至っているのである……その即興演奏は、精神が平静と緊張の双方を激しく往復しているからこそ紡ぎ出されているにちがいないこと、じっさいにそうであることがわかる。（406）

語り手が指摘するように、ロデリックにとってギターの音色は彼自身を幽閉し（confine）、その空間のなかでは恐怖から解放され、音はシェルターのような役割を果たしている。(5)

恐怖の奴隷となったロデリックはギターで音をつまびくことにより、自分だけの世界を生み出しているのだ。「聴覚は人を世界の中心に置き、聴く者を感覚と存在の核の位置に置く。音を聴きとるとき、その音は聴く者の内部に注ぎ込まれる。聴くという行為は自己の存在証明を自分自身に対して行う行為となるのである」（下河辺『歴史』一八三―八四）。ギターの音色を聴いているときだけは、ロデリックは分身マデラインから解放され、自己の存在を確認できたのである。

しかし、ロデリックの過敏な聴覚は、マデラインの埋葬後に恐怖の対象が「自己の鏡像としてのマデライン」から「他者マデライン」へ変貌することにより、自分だけの空間を生み出すどころか他者からの復讐を予感させ、彼の恐怖を増大させる。マデライン埋葬後、ロデリックは何時間も「架空の物音に耳を傾けるかのごとく集中力を研ぎ澄ます」（411）ようになる。優れた聴覚により、ロデリックには生きたまま埋葬されたマデラインの微かな動きがすべて聞こえていたのだ。そして、マデラインの報復に対するロデリックの恐怖は、彼女を埋葬した夜と同じような嵐の夜に最高潮を迎える。

棺に埋葬され言葉を奪われたマデラインは、音でロデリックに恐怖を与える。語り手は部屋にやってきたロデリックに彼のお気に入りのロマンス「狂気の遭遇」という作中作を朗読する。そして、「アッシャー家の崩壊」という物語空間のなかで、作中作というフィクションの音は、アッシャー屋敷というリアルな空間で響く音と奇妙にも一致／共鳴する。

屋敷のうちでもはるかに離れた部屋から、サー・ランスロットの描写するとおりの、扉を叩き引き裂くまさにその轟音のこだまが（たしかにいくぶんくぐもって沈み込んだ調子ではあったが）そっくりそのままとしか思われぬかたちで、ぼんやりと聞こえてきたのだ。（414）

語り手の耳にも聞こえたこの音こそ、マデラインが棺を破り、彼女を恐怖に突き落とした相手に復讐するべく、ロデリックの元に向かってくる音に他ならない。そして、音は次第に大きくなり、「狂気の遭遇」で真鍮の楯が銀の床に転がり落ちると、屋敷の中でも「はっきりと鈍い金属の何かががらんがらんと響き渡り、くぐもったかたちでこだましているのが聞こえ」（415）る。ロデリックの鋭い聴覚はすべてを聞き分け、彼はまるでメトロノームのように規則的に身体を左右に揺らす。

ロデリックはマデラインの発する音を「長いあいだ――何分も何時間も何日間も、ぼくには聞こえていたが、あえて聞こうとしなかった」（416 強調筆者）という。聞こえていたのにあえて聞こうとしないというロデリックのレトリックには、マデラインに恐怖を与えた（マデラインを terrorize／terrify した）ことを認めたくない、つまり妹を生きたまま埋葬したという自分の罪を隠蔽したいというロデリック側の欲望が透けて見える。[6] そして「このことだけは語るまいと思っていた！」（416）「絶対語るまいと思っていた！」（416）と二度くり返し、埋葬したことを隠蔽したかった彼の欲望の強さがうかがえる。

マデラインが屋敷に響かせる音は、言葉の代わりをするかのように兄を追い込み、恐怖に震わせた。ここでも恐怖を受動する側だったマデラインが、音によって兄を恐怖させる側に変わるという恐怖の受動と能動の入れ替わりが起こっている。ロデリックにとって屋敷の内部は、もはや自らのつまびくギターの音に守られた空間ではなく、自らが恐れさせた他者の発する音が反響する恐怖の空間に変貌を遂げたのだ。この恐怖に耐えかねたロデリックは、ついに自らの罪を語り手に告白する。「ぼくらはマデラインを生きたまま墓に埋めてしまったのだ！」（416）と。西山は「体制に挑むゴシック小説は、復讐する他者たちの脅威を見せつけ、悪を抹殺する側にひそむ悪を暴いてきた」（西山 八）と述べているが、「アッシャー家」においても、自らの悪を隠蔽しようとしたロデリックに対し、マデラインは彼の研ぎ澄まされ過ぎた聴覚を利用するかのように音を発して恐怖を与え続け、ついにその悪を告白させるに至ったのだ。

三　テロリストになったマデライン

棺から這い出たマデラインがロデリックに覆いかぶさるように倒れこみ、ロデリックは殺される。というのが「アッシャー家の崩壊」におけるロデリックの死の一般的な解釈ではないだろうか。しかし、果たして本当にそうだろうか。ロデリックはマデラインに殺されたのだろうか。ロデリック最期の場面をもう一度検証してみたい。

しばらくのあいだ、マデラインは入口のところでぶるぶる震えながらよろめいていたが、やがて低いうなり声をあげると、実の兄の身体にのしかかり、その暴力的にして断末魔の苦悩のうちに、とうとう彼自身を床に押し倒して命を奪う。恐怖の犠牲となって死ぬことは、まさしくロデリック本人があらかじめ思い描いた最期であった。（416-17）

確かに、マデラインは兄の上に倒れ（fell heavily）、彼を床に押し倒し（bore him to the floor）、それによりロデリックは死に至ったと解釈できる。しかし、次のセンテンスにあるように、ロデリックは「恐怖の犠牲者」（a victim to the terrors）であり、単なるマデラインによる報復の犠牲者ではない。ロデリックを殺したのは彼が恐れていた恐怖そのものであり、ロデリックこそ「テロの犠牲者」なのである。だとすれば、マデラインはテロリストなのだろうか。

ロデリックは自分の恐怖を映す鏡となったマデラインを生きたまま埋葬するが、自分の犯した罪の証である彼女の発する音はあえて聞かないようにし、自分の犯した罪を隠蔽しようとする。生き埋めにされたマデラインはなんとか棺から出ようとし、その音はロデリックの耳にも届くが、彼女の言葉や声がアッシャー屋敷に響くことはない。彼女の声もまた彼女の身体と同様に葬られてしまうのである。ロデリックに恐怖を与えた彼女の苦悶の音ですら、フィクションを読む語り手の声と重ね、現実味をはぎとり共鳴させることによってはじめて屋敷内に反響させることができる。そして、恐怖に震えた彼女は、声を奪われたがゆえに、復讐の刃を、恐怖を与えた側である兄ロデリックに向けることになる。テロリスト・マデライン誕生の瞬間である。

辞書でテロ（terrorism）という言葉を引けば、「一定の政治目的を実現するために暗殺・暴行などの手段を行使することを認める主義。またそれに基づく暴力の行使」といった意味があるが、定義付けするのは非常に難しく、普遍的な合意もない。合衆国法典（United States Code）では、テロリズムは「準国家的集団又は秘密の代理人による、非戦闘員を標的とし、事前に計画された政治的な動機をもつ暴力をいう」と定義され、「国外関係および通商」の項目に記載されているし、ＦＢＩのホームページには、「テロリストの攻撃からアメリカを守ることはFBIの最優先事項である」と記されており、「テロ」という言葉には外部から攻撃されるイメージが先行する。しかしOEDにおいて、terrorismには「不安や恐怖をしみ込ませること（instilling）」という意味がある点は注目に値する。

二一世紀を生きる我々がテロという言葉を耳にするとき、真っ先に思い浮かぶのは「九・一一アメリカ同時多発テロ」である。二機の飛行機が次々にツインタワーに突っ込み炎上し、約一時間後、高さ四〇〇メートル近くあったツインタワーがあっという間に崩れ落ちた映像は見る者に強烈な衝撃を与えた。同日夜になって、ブッシュ元大統領はテレビを通じて国民に「何千もの命が邪悪で卑劣なテロという行為（acts of terror）によって突然奪われた……こうした大量殺戮は我々国民を恐がらせ、混乱と退却に追い込もうとするものだ」（Bush, "Statement"）と述べた。この言葉に対して大和田俊之は、ブッシュ元大統領が「テロ」という言葉を正確に使用していると指摘し、「テロ」の最大の目的は事物の破壊にあるのではなく、そのような行為の結果、人々の間に言いようもない「恐怖心」を煽ることにあるという（大和田　一六六）。

しかし、同時多発テロ発生から九日後の九月二〇日の演説において、ブッシュ元大統領の「テロ」という言葉の使い方はテロ発生直後とはあきらかに変化する。ここでブッシュ元大統領は「テロとの戦い」（Bush, "Address"）という言葉をはじめて使用するのだ。(7) テロを「恐怖心を煽ること」に置き換えると、この言葉にひそむ違和感が浮き彫りになる。内部に与える恐怖心という効果と戦うことなど不可能であるとすぐにわかるからだ。しかし、「テロとの戦い」という言葉のもたらす効果によって、内部の恐怖心を煽ることが目的であるはずのテロを敵という他者として外部に置き、まるでテロという国家でもあるかのように「攻撃をしかけた憎き敵」と「不意打ちを食らったかわいそうなアメリカ」という二項対立を完成させてしまったのである。(8)

アッシャー屋敷の内部で起こる恐怖の受動と能動の転換は二一世紀にはびこるテロの構図と酷似していることに気づくだろう。下河辺はテロリスト自身が抱える恐怖についてハーバード大学医学部の精神医学教授サルマン・アクターを引きながら「テロリストとは、社会に恐怖を与える存在とみなされているが、じつはテロ行動に先立って、テロリスト自身の中に恐怖は存在している」（下河辺「テロリスト」二二五）という。テロリストたちは「受動性を能動性に転換し、マゾヒズムからサディズムに乗り換える。そして他者を犠牲者とする行為に出ることで自らは犠牲者の立場を逃れ」（Akhtar 90）ることができるのだ。マデラインの行動はまさにアクターの指摘に当てはまる。

では、声／言語を奪われたマデラインはどのように解釈することができるだろうか。テロリストたちの声に耳が傾けられることは少ないが、同時多発テロ発生から三年後の二〇〇四年一〇月にカタールの衛星テレビ局アルジャジーラに送られてきたウサマ・ビン・ラディンの声明文に注目したい。この声明文のなかでビン・ラディンは、アメリカにテロ攻撃をしかけた理由を次のように語っている。

私の魂に直接影響を及ぼした事件が一九八二年に始まった。アメリカがイスラエルのレバノン侵攻を容認し、あまつさえアメリカ第六艦隊がイスラエルを援助したのだ……あのような身の毛もよだつ光景を忘れることはできない……家屋は中に人がいたまま破壊され、高層建築は人々の頭上でめちゃめちゃに破壊されたのだ。そして全世界がそれを目撃し耳にしていたにもかか

わらず、何の反応もしなかったのだ。(bin Laden)

ビン・ラディンはここでレバノン侵攻を目撃した世界が「何の反応もしなかった」(didn't respond)、知っていたのに無視したと訴える。さらに「自分自身を守ったり侵略者に報復することが、誤ったテロリズムといえるだろうか。もしそうであるとしても、それは我々にとってやむを得ないものだった」(bin Laden) といい、九・一一以前にこのようなメッセージを繰り返し発信し続けたとして、同時多発テロ以前のインタビューや会談を具体的に複数挙げている。しかし、それらのメッセージはアメリカで放映されることなく、自分のメッセージがアメリカ国民に届くことはなかったとビン・ラディンはいう。

彼がテロリストであることを考慮しつつも、ビン・ラディンの言葉を文字通り理解しようとすれば、世界はレバノン侵攻時(一九八二年)の惨劇を目撃しながらなんの反応もせず、ビン・ラディンの声は世界に届くことなく無視され続けたのだ。マデラインもまた、自らメッセージを発することはできず、身体を使って発した音はロデリックに無視され続けたために、テロリストとなって兄を犠牲者とするためにテロ行為に及んだのである。

メルヴィルの『ビリー・バッド』において、吃音症で言葉が不自由なビリーは、クラガートにいわれのない告発を受けたとき、言葉で身の潔白を説明することができず、代わりに拳を振り下ろしてしまう。ビリーの言語能力が高ければ、彼がクラガートを殴り殺すことはなかったかもしれない。(9) ビリーと同様に、言語能力をはぎ取られたマデラインは、自らの苦悶を音でロデリックに伝えようとする。「たえず理性では測りがたいたぐいの共感を覚えてきた」(410) 双子の兄妹にとって、音を発することは言語と同じ意味をもつであろう。ラカンのいう想像界の鏡像関係がロデリックとマデラインの間に成り立つとすれば、マデラインの発する音は言語をもたずともロデリックに届いていたはずである。しかし、ロデリックはその音を無視し、聞こうとしなかったのだ。

マデラインはロデリックに倒れこむ直前に「低いうめき声」（with a low, moaning cry）（416）をあげる。この声は、「アッシャー家の崩壊」のなかで描写される彼女の唯一の声であるだけでなく、マデラインの最期の訴えであり、嘆きと怒りからふりしぼった断末魔の叫びである。恐怖という心の衝撃が暴力となって他者に振りおろされるとき、その二つの事象の間には、言葉／声／音があったはずである。欠けていたのは、それらを聞き、反応する者だったのだ。

おわりに——屋敷／国家の内部で起こるテロリズム

本作がアッシャー屋敷という限られた空間の内部で展開することを踏まえて、もう一度マデラインがロデリックの上に倒れこむ様子を見てみたい。英語で fell heavily inward upon the person of her brother（416）と表現されているこの場面で、マデラインの動きは、動詞の fell に副詞の heavily が付き、fell heavily と upon the person の間に「内部／内側へ」を意味する inward という副詞があることに注目したい。マデラインはロデリックの内部／内側へ倒れこみ、内部から彼を崩壊させたのだ。

ブッシュ元大統領は「テロとの戦い」というレトリックを使うことによって、テロという敵は我々という全体に対して外部にいるかのように思わせることに成功した。しかし、その後も各国で続くテロ行為は、「テロとの戦い」が外部にいる敵との戦いではないことを裏づけている。二〇〇五年七月七日、ロンドン同時爆破テロとして知られるテロ事件が起こる。イギリスの首都ロンドンにおいて地下鉄の三ヵ所がほぼ同時に爆破され、その約一時間後にバスが爆破され、五十二人が死亡した（"7 July"）。実行犯四人は全員イギリス人であった（Ray）。二〇一五年一一月一三日、国際試合が行なわれていたパリのサッカースタジアム付近やバタクラン劇場で自爆テロや襲撃が起こった。死者一三〇名、負傷者三〇〇名以上を生んだパリ同時多発テロ事件である（"Paris attacks: What"）。この事件の実行犯のなかにも複数のフランス人がいたことがわかっている（"Paris attacks: Who"）。下河辺のいうように、「テロリストたちの目的が、ある権力によって統一された秩序を内部から破壊することであるとすれば、彼らの起こした暴力は内部の反乱として扱われるべき」（下河辺「恐怖」九）なのである。マデラインがロデリックに倒れ込む場面に「内部へ」を意味する inward という副詞が付いていることは、ロデリックとマデラインの関係が、敵と味方という単純な二項対立ではなく、アッシャー屋敷という内部で起こった暴力であることを物語っている。

アッシャー屋敷は、マデラインがロデリックを押し倒し、二人が共に屍となるとまもなく崩壊する。頑丈なはずの屋敷が破片となって崩れ落ちる様子を描いた本作からツインタワーの崩壊を連想した人も少なくない(10)。アッシャー屋敷を一つの国家とし、マデラインが二一世紀におけるテロ行為において、テロリストの役割を担っていると仮定すれば、アッシャー屋敷という国家の内部で、ロデリックは全体を、マデラインは全体から排除され、無視された他者となる。テロリストによって飛行機がツインタワーの内部に突っ込み、タワー全体が崩壊した様子は、マデラインがロデリックの内部に倒れ込み、屋敷全体の崩壊をまねいた本作の結末と重なり、まるでポーが一五〇年以上も先の未来を予見していたかのようである。

無論「アッシャー家の崩壊」で描かれる恐怖の構図が映し出すのは二一世紀のテロだけではない。一九世紀の作家であるポーが「アッシャー家」に描いたのは、同時代のアメリカ南部に潜む潜在的な恐怖であったはずだ。一八三〇年八月に起こったナット・ターナーによる暴動が南部社会に、そしてポーの作品に与えた影響についてはすでにジョン・カーロス・ロウやレスリー・ギンズバーグなどに詳しい。ロウは捕鯨船における反乱や島の原住民の造反が描かれる『ナンタケット島出身のアーサー・ゴードン・ピムの物語』を取り上げ、南部の奴隷反乱に対するポー自身の抑圧された恐怖は、ポーの創作における精神的な主柱である（Rowe 127）といい、ギンズバーグは「黒猫」はナット・ターナーの反乱の再演であるとし、もし南部がターナーに取り憑かれているとすれば、語り手の所有する黒い動物のゴシック的な誇張によって、語り手の物語は南部における避けられない抑圧の悪夢のような再来として読むことができる（Ginsberg 117）と指摘する。また、トマス・マボットによれば、「アッシャー家の崩壊」が出版された一八三九年は第二次セミノール戦争の最中《さなか》であり、新聞にはフロリダにおけるネイティブ・アメリカンとの戦いに関する記事が溢れていた（Mabbott 377）。

奴隷の反乱やネイティブ・アメリカンとの争いという恐怖に晒されていた一八三〇年代の南部社会のなかに「アッシャー家」を置いてみると、屋敷の内部で展開する恐怖の構図はじつに同時代的である。建国の歴史においてその存在を隠蔽され、隔離された他者として、ネイティブ・アメリカンは生き埋めにされたマデラインと重なる。同じく、プランテーションという空間を共有する奴隷たちが反乱を起こす姿は、同じ屋敷に住み、所有権を有するロデリックに抑圧されたマデラインが迫る姿を彷彿とさせる。さらに、ロデリックとマデラインの亡骸とともに屋敷のかけらをすべて飲み込んだのは「黒く不気味な沼」（398）であることも見逃せない。

アッシャー屋敷を一九世紀アメリカ南部からさらに広げ、アメリカ国家全体のアレゴリーだとすれば、「アッシャー家」は建国以前から九・一一同時多発テロまでを包括するアメリカの恐怖の構図を体現した作品だといえるのではないか。入植者たちが新大陸に降り立った瞬間から現在までのアメリカの歴史を概観するとき、アメリカという国家が全体として無視してきた他者、マデラインの系譜を継ぐ者たちは後を絶たない。

マデラインを生き埋めにし、自らの残虐行為に罪の意識を感じながらも、彼女をあえて無視し続けたロデリックは、アメリカ国家の恐怖の構図を体現した存在である。恐怖を与える側として、他者を攻撃・抑圧してきたアメリカ国家は、他者の声を無視したことにより、恐怖する側へと転覆したのである。

アッシャー屋敷の足元に広がる沼は、語り手がのぞき込むと、「組み替えられ上下あべこべになった」（398）屋敷の姿を映す鏡のような沼である。声をもたないマデラインと同様に、沼は「物言わぬ沼」（400）であり、屋敷と沼の関係は、アッシャー家の双子のような鏡像関係にある。二人の最期の場面と呼応するように、鏡像である沼が屋敷のすべてを飲み込み物語は幕を下ろす。他者として「恐怖するもの」は、じつは鏡に映る自己像のように、もう一つの自分の姿かもしれない。

◉註

（1）ポーリン（Pollin）のリストは彼が亡くなる二〇〇九年までの間に第四版まで作成された。

（2）青柳によれば、クロード・ドビュッシーは、どちらも未完に終わってはいるが、「鐘楼の悪魔」と「アッシャー家の崩壊」をオペラ化することに取り組み、ドビュッシーの後輩にあたるフローラン・シュミットは「アッシャー家の崩壊」のなかでロデリックが朗読する作中詩と同じ題名の交響曲エチュード『幽霊宮殿』を、アンドレ・カプレは『赤死病の仮面』を書いている（二三八―三九）。セルゲイ・ラフマニノフの『鐘』（一九一三）は学生から匿名で送られたポーの詩「鐘」に感銘を受けたラフマニノフが音楽をつけたというエピソードをもつ（青柳二四四）。

（3）邦訳は、巽孝之『黒猫・アッシャー家の崩壊――ポー短編集Ⅰ ゴシック編』（二〇〇九年）を参照した。

（4）マデラインが埋葬される以前に登場する場面は一度しかなく、声を発することは一度もない。埋葬前の彼女の唯一の登場シーンを以下に示す。「ロデリックが語るかたわらを、まさにその妹、通称マデライン姫が、同じ部屋のなかでもわれわれからはずいぶん離れた片隅をゆっくりと通り過ぎ、こちらに気づくことなく消えていった」（404）。

（5）ロデリックは生きたまま妹を埋葬してしまったこと、彼女が生きていることをあえて話さなかったことを語り手に告白する言葉のなかで「あえて～しない」を意味する dare not を五回繰り返している。

（6）下河辺は、『大統領の秘密の娘』で作者のバーバラ・チェイス・リボウが用いた音楽のメタファーに注目している。トマス・ジェファソンの混血の娘ハリエットは音楽家になりたい理由を「芸術家は自分の人生を作り出せるから」（Chase-Riboud 183）と説明する。「混血奴隷という立場にいながらも、音楽を奏でるときだけ、白い紙の上の黒い点や線という記号から、音という実体あるものを生み出して、自身がその世界を主催する主人になれる」（下河辺『歴史』二二八）のだ。

（7）ブッシュ元大統領による九月二〇日の演説のなかで、「テロとの戦い」（war on terror）という語句が含まれる一文を以下に示す。

Our war on terror begins with al Qaeda, but it does not end there. It will not end until every terrorist group of global reach has been found, stopped and defeated（Bush, "Address"）.

（8）下河辺は、「テロとの戦い」という言葉のもついかがわしさについて、次のような疑問を投げかけている。「「テロリスト」が存在し「テロ」が行なわれたとして、それは「戦い」の対象となりうるのか。「テロ」とは「～と戦う」という他動詞の目的語になりうるのか。「テロ」とは内部に巣くう状況を指すのであって、外部の敵にはなり得ないのではないか」（下河辺「恐怖」八）。さらに、テロ行為を戦争とみなすことがもたらす効果について、次のように説明する。「九・一一を「戦争」とみなして対処すれば、内的差異を国家間の差異として読み替えて敵を「国家」として特定し、攻撃してきた相手との空間的位置関係をつかむことができる。相手の顔が見えたように錯覚するとき、共同体の心情にセキュリティの感覚が訪れる。政府の機能を保持することが第一義的目的である政治という営みは、この一瞬の安心感を与えることによって国民から支持をとりつけるのだ」（下河辺「恐怖」一〇）。

（9）ビリー・バッドがクラガートに振り下ろした拳についてはすでにさまざまな解釈がある。バーバラ・ジョンソンは「メルヴィルの拳」において、『ビリー・バッド』が知ることと行なうことの根本的な両立不可能性を遂行してみせることを指摘し、それは「吃音という言語的欠陥によって誘発される」といった。福岡和子はこの場面について、ビリーの言葉を奪ったのはヴィア船長の存在ではないかと推察する。「ヴィア自身が意識していないにもかかわらず、彼が思わず振舞ってしまう二重性、言葉を封じ込める権威者としての立場と、率直な言葉を引き出そうとする父親的存在、その両者の矛盾こそ、ビリーをあの瞬間、麻痺に陥らせ、逆に言葉を奪ってしまったのではないだろうか」（福岡　八九）。また、下河辺は次のように指摘する。「いわれなき告発を受けたとき、ビリーの心は衝撃を受けたはずである。しかし、彼の心は、そのことに対応する能力を欠いていたと思われる……衝撃を処理するためには、自分の潔白を自分の声で言語として発しなくてはならない……しかし、彼の受けた衝撃の量は、彼の乏しい言語能力を超えていたのである」（下河辺『歴史』一一三）。

（10）拙論「遺された家と消える家――「アッシャー家の崩壊」に見るネイティブアメリカン」に詳しい。また、ジェラルド・ケネディーも *Strange Nation: Literary Nationalism and Cultural Conflict in the Age of Poe* において、「アッシャー家」の結末における建築の崩壊は、一族の終焉の前兆となるが、不気味にもツインタワーの崩壊を予見していると指摘する（Kennedy 399）。

※本研究はJSPS科研費JP17K13407,JP16K02837の助成を受けたものです。

◉引用文献

Akhtar, Salman. "The Psychodynamic Dimension of Terrorism." *Terrorism and War: Unconscious Dynamics of Political Violence*, edited by Coline Covington, et al., Routledge, 2002, pp.87-96.

bin Laden, Osama. "Transcript of Al Jazeera Tape". *The New York Times*, 29 October 2004, www.nytimes.com/2004/10/29/international/transcript-of-al-jazeera-tape.html.

Bush, George W. "Statement by the President in His Address to the Nation." *The White House President George W. Bush*, September 11 2001, georgewbush-whitehouse.archives.gov/news/releases/2001/09/20010911-16.html.

——. "Address to a Joint Session of Congress and the American People." *The White House President George W. Bush*, September 20, 2001, georgewbush-whitehouse.archives.gov/news/releases/2001/09/20010920-8.htm.

Chase-Riboud, Barbara. *The President's Daughter.* Crown Publishers, Inc., 1994.

FBI (The Federal Bureau of Investigation). "Terrorism". *What We Investigate*, www.fbi.gov/investigate/terrorism.

Johnson, Barbara. “Melville’s Fist: The Execution of Billy Budd.” *The Critical Difference: Essays in the Contemporary Rhetoric of Reading*. Johns Hopkins UP, 1980, pp.79-109.

Kennedy, J. Gerald. *Strange Nation: Literary Nationalism and Cultural Conflict in the Age of Poe*. Oxford UP, 2016.

Ginsberg, Lesley. “Slavery and the Gothic Horror of Poe’s ‘The Black Cat.’” *American Gothic: New Interventions in a National Narrative,* edited by Robert K. Martin and Eric Savoy, U of Iowa P, 1998, pp. 99–128. JSTOR, www.jstor.org/stable/j.ctt20q1zmk.9.

Mabbott, Thomas Ollive. *Tales and Sketches, Volume 1: 1831-1842*, edited by Thomas Ollive Mabbott, U of Illinois P, 2000.

Melville, Herman. *Billy Budd, Bartleby, and Other Stories*. Penguin Books, 2016.

“Paris attacks: What happened on the night.” *BBC News*, 9 December 2015, BBC www.bbc.com/news/world-europe-34818994.

“Paris attacks: Who were the attackers?” *BBC News*, 27 April 2016, BBC www.bbc.com/news/world-europe-34832512.

Poe, Edgar Allan. “The Fall of the House of Usher.” *Tales and Sketches, Volume 1: 1831-1842*, edited by Thomas Ollive Mabbott, U of Illinois P, 2000, pp. 397-422.

——. “The Poetic Principle.” *The Portable Edgar Allan Poe*, edited by J. Gerald Kennedy, Penguin Books, 2006, pp. 558-64.

Pollin, Burton R. “Music and Edgar Allan Poe: A Second Annotated Check List.” *Poe Studies*, vol. xv, no.1, 15, 1982, pp. 7-13, www.eapoe.org/pstudies/ps1980/p1982102.htm.

Ray, Michael. “London bombings of 2005.” Encyclopedia Britanica, www.britannica.com/event/London-bombings-of-2005.

Rowe, John Carlos. “Poe, Antebellum Slavery, and Modern Criticism.” *Poe’s Pym: Critical Explorations*, edited by Richard Kopley, Duke UP, 1992, pp.117-38.

“7 July London bombings: What happened that day?” *BBC News*, 3 July 2015, BBC, www.bbc.com/news/uk-33253598.

Silverman, Kenneth. *Edgar A. Poe: A Biography Mournful and Never-Ending Remembrance*. Harper Perennial, 1991.

"terrorism, n." OED Online, Oxford University Press, December 2018, www.oed.com/view/Entry/199608. Accessed 15 January 2019.

United States Code. *Legal Information Institute*, 22 U.S. Code 2656f-Annual country reports on terrorism, www.law.cornell.edu/uscode/text/22/2656f.

青柳いづみこ「音楽になったポー――クロード・ドビュッシーとフランス近代を中心に」『エドガー・アラン・ポーの世紀』八木敏雄・巽孝之編、研究社、二〇〇九年、一三三―四九頁。

池末陽子「「鐘楼の悪魔」における音風景――ポー、悪魔、そしてハープ」『悪魔とハープ――エドガー・アラン・ポーと十九世紀アメリカ』辻和彦共著、音羽書房鶴見書店、二〇〇八年、一六五―八五頁。

大和田俊之「ハリウッド・ゴシック――一九三〇年代のホラー映画に見る恐怖の構造」『アメリカン・テロル――内なる敵と恐怖の連鎖』彩流社、二〇〇九年、一六五―八四頁。

下河辺美知子「恐怖の中で／恐怖を超えて思索すること」『アメリカン・テロル――内なる敵と恐怖の連鎖』彩流社、二〇〇九年、七―二九頁。

――「テロリストである可能性への恐怖――「内包」と全体主義の密やかな関係」『アメリカン・テロル――内なる敵と恐怖の連鎖』彩流社、二〇〇九年、二一三―三五頁。

――『歴史とトラウマ――記憶と忘却のメカニズム』作品社、二〇〇〇年。

髙瀬祐子「遺された家と消える家――「アッシャー家の崩壊」に見るネイティブアメリカン」『ポー研究』第七号、二〇一五年、二三―三八頁。

西山智則『恐怖の表象――映画／文学における〈竜殺し〉の文化史』彩流社、二〇一六年。

福岡和子「他者の変貌――『タイピー』から『ビリー・バッド』」『英文学評論』第七八集、二〇〇六年、七一―九四頁。

第二章　音とオカルト

――ハーマン・メルヴィルとラフカディオ・ハーンのコスモポリタニズム

佐久間みかよ

The Sound and the Occult:
Cosmopolitanism in Melville and Hearn

Mikayo Sakuma

はじめに

南北戦争後、国家の統一を確保できたアメリカは、国内から世界へ視線を移していく。国外旅行も盛んになり、グローブ・トロッター、あるいはコスモポリタン的人物も文学作品に登場する。[1]そして、アメリカ文学と世界文学の関係を考察できる土壌も成立する。コスモポリタンの定義は時代と共に変化しているが、世界文学とは何かについても近年新しい議論が展開している。[2]フランコ・モレッティは、コスモポリタンの定義が「である」から「でない」に変化することに注目する。「コスモポリタンとは qui n'adopte point de partie（いかなる国も選ばない人間である）。あらゆる場所に属するのではなく、いかなる場所にも属していない」（モレッティ 一二三）。世界文学という概念もコスモポリタニズムも、国家、国民文学を超えた存在を想定しうるものである。その際「である」から「でない」という定義の変換は、現在のともすれば排他的な情勢をみるとき、有効に機能する視点である。モレッティの世界文学論には批判も多々あるが、[3]コスモポリタンで提示されるどこにも属さないことに注目する視点は、国民文学を再定義することにも示唆を与える。排他的な傾向の深層にある、国家、国民文学の固定的意識は、国家とは「である」、あるいは国民文学は「である」という正当性の意識の上に成り立つものであるといえよう。こうした意識を「でない」という定義で見直すとき、新たな「国民文学」、そして「世界文学」が浮かび上がってくるのでないだろうか。モレッティは、ヨーロッパ近代文学の変遷をたどり、以下のように記す。

イギリスが島でなかったら、シェイクスピアはこの世に存在しただろうか？　だれにもわかりはしない。だが、悲劇形式に一［線］を画した独創が、大陸から離れた場所で、「ラテン語はかじった程度、ギリシア語はほとんど知らない」（ベン・ジョンソン）人物から生まれたという事実は、まさしく、ヨーロッパ文学が統一の喪失、および過去の忘却とひきかえに手に入れなければならなかったものを示している。（モレッティ　二〇）

劇作家シェイクスピアの誕生をヨーロッパ大陸の伝統から離れ、イギリスという周辺の島により新たな文化空間が作り出されていく可能性と捉えている。ヨーロッパ圏周辺で起こった中心から周縁への移動を、西半球に拡大することも可能であろう。アメリカ文学がヨーロッパ圏文学という中心から周縁への移動によって成立した国民文学というより世界文学であるとも考えられるのではないだろうか。そこで、本章では、中心から周縁に移動したラフカディオ・ハーン、周縁にいる人々を物語化したハーマン・メルヴィルに注目したい。近代国民文学の成立に疑問を呈してきた二人の作家の、世界を旅した身体感覚の表現に焦点を当て、これまでの国民文学の定義が見落としてきた問題――異文化に対する不安と受容のプロセスをみていく。

アイルランド出身の父とギリシア人の母をもち、その後アメリカで職業作家生活を始めたハーンは、日本では民話を基にした『怪談』の作者小泉八雲として知られるマルチ・カルチュラルな作家である。一方メルヴィルは父と母がアメリカ人であり、ニューヨークに生まれ、ニューヨークで没した生粋のアメリカ人といえるが、捕鯨船などでの経験を生かした作品において、さまざまな世界の場所と人種を登場させた作家である。

二人の作家をコスモポリタン性を有する作家の一例として取り上げたい。一見異なる二人の作家に共通して見られる要素に、音に着目したオカルト的な表象がある。二人の作家がオカルト的事象で伝えようとした不安について考察することで、作家の新たな一面が提示できればと思う。

一　ハーンの耳

ハーンはカリブ海地域の土着文化に興味を抱いた。これは土地のもつ神秘的、あるいは呪術的な要素が、彼の出自の一部をなすケルト文化の呪術的な要素と呼応するところがあったからではないだろうか。カリブ海を舞台にしたスケッチ「白装束」(*Item*, September 14, 1879) という小品がある (佐久間 一〇六)。ハバナで窓越しに見た美しい死装束の少女を描いたものである。通りが沈黙に包まれているなかを歩いていると、窓越しに美しい少女の姿が目に留まる。この少女は白い死装束に身を包まれ横たわっていた。語り手の目が彼女に釘付けになると、通りの隅から、不意に大きな音が近づいてくる。スペイン兵の大群であった。しかし、彼らは白い服に身を包み、無言で行進し、機械的な足音だけが聞こえてくる。兵士たちは、「終わることのない幽霊の行進」(*Fantastics* 31) に感じられる。静寂を破るこの不気味な音に驚きを感じた語り手が窓際の少女を見ると、その眼差しに復讐するかのように笑みを唇にたたえたというくだりで終わる。

この作品は最初も最後も沈黙で包まれ、視覚による描写が続くが、それを破るスペイン兵の行進の音を登場させる。この音を境に、語り手の精神の目が働きだすかのような展開になり、死んだ少女に笑いを見るという不可思議で異様な物語として締めくくる。語り手が聞きとった音は、現実世界と内面世界のあわいを通過させる音として機能している。

ハーンが音に対して敏感に反応していることが、彼のマルチニク諸島での生活を描写した作品を読むと納得できるであろう。たとえば、「チータ」では、ニューオリンズから船に乗り、バイユーやミシシッピ河を下って行くときの様子を、湿地帯で聞くカエルや爬虫類の不気味な音で表現し、さらにこれらが、リズムをもち、クレシェンドし、あるときはディミヌエンドする楽曲の流れのようだと表現する（*Lafcadio Hearn* 77）。自然のリズムに音楽の調べを聞き取っているのである。

ハーンの耳が捉えたマルチニクの音は、魂の深層に迫るものであったといえよう。なぜならハーンは、南米の呪術的要素に神秘主義的傾向を汲み取っているからである。エドモンド・バークを引用するまでもなく、魂に響く事象は、恐怖の概念と結びついている。崇高であれ、オカルトであれこれまで経験したことのない事象は、魂の震える経験となる。ハーンにとってのマルチニクでの新しい文化の体験は、occultという言葉と結びつけられている。奇妙な体験をstrangeともあらわせるが、strangeという自分と他者を区別することからくる感覚と、occultという自分と他者を区別しえないゆえに感じる奇妙な感覚は、本質的に別なものである。かつてラルフ・ウォルドー・エマソンは、パリの自然史博物館で展示されている爬虫類などの生物を見て「奇妙な共感」（strange sympathies）（*The Early Lectures* 2:10）を感じたと最初記すが、「自然論」では「人間と植物の間の奇妙な関係」（an occult relationship between the man and the vegetables）（*The Collected Works* 1:34）と表現し直し、異国の体験を強調する（Sakuma 25-26）。この変更は、二つの間の関係をオカルトと表現することで、見えないけれどもより密接な関係があることを示唆する。ハーン、エマソンの二人とも日常を離れた異国で得た経験から惹起された感情に対してオカルトと表現している。ハーンの場合の超自然的な感覚は、自然から疎外された人間が、日常の束縛を離れたとき、自然に包摂されると感じたとき起こった感情ではないだろうか。あるいは、疎外感のなかで暮らしたハーンに、包摂されたと感じさせる自然がマルチニクの風土にはあった。だとすれば、ハーンの物語は疎外と包摂を経験する心の動きの瞬間を描いたものである。

では、ハーンにとってマルチニクでの体験がどのように日本における経験と結びついていくのだろうか。平川祐弘は、ハーンの幻想について以下のように述べる。

この種の幻想は黒人から聞いたというよりも、ハーンの内なる恐怖に形を与えたものではないか、という気もするのである。幼少年期以来、夢魔にうなされることの多かったハーンでなければ、これほど繰り返し nightmare を話題とすることはありえなかったであろう。物語であれ、一見客観的、学術的な記事であれ、新聞の犯罪記事であれ、底に流れているものは、自己の内なる恐怖であり、それは単なる怪奇趣味ではあるまい。趣味の次元よりももっと深くハーンという人間の心に根ざしている何かである。（『著作集』一：四六四）

ハーンの魂の奥に住み着いた恐怖の概念を考える際に、ハーンの生い立ちを見る限り、アイルランド的な伝承・文化に出会った経験を考慮に入れる必要があろう。(4) 父親、および父方のアイルランドの血縁との不幸な記憶が、アイルランドを意図的に消し去ることにハーンを向かわせたとはいえ、自分にはない、しかし、どこか自分と結びつくものを求めて彷徨した、ハーンの生の軌跡から、ケルトの文化の呪術性は看過できないと思われる。ケルト文化に登場するあの世とこの世の接点をハーンは身をもって経験していたのではないだろうか。ハーンが父方への反発からその名から取り去ったパトリックという名前のようには、彼のアイルランド性は取り除けるものではなかったのではないだろうか。ハーンの超自然現象に対する興味は、ケルト的な文化の伝承と考えることもできよう。アイルランドからイギリスへ、そしてアメリカへと渡るハーンの軌跡は、アイルランド移民がアメリカに持ち込んだ風習を参照すれば、環大西洋的な文化の移動と交流の一例と考えられる。(5) こうした移動は、マルチニクの風土のなかで、超自然現象への興味と相まってハーンの想像力を刺激していく。

平川祐弘は、ハーンの聴覚に注目する。そして、ハーンがニューオリンズで聞いた売り子の呼び込みの声の表現の仕方から、ハーンに特有の美学を引き出している。(6) ハーンの耳は、さまざまな音をありのままに聞き取り、それを自分の内なる音と結びつけた。だからこそ、音が契機となり、異界へと誘われる物語を書いていったのではないだろうか。

現世界と異界の分水嶺を画するのが、音という聴覚であるなら、ハーンにとって知悉《ちしつ》した世界と未知の世界の区分に関して再考する必要がある。未知のものに対する言葉として「不気味」（uncanny）という定義を検証することができよう。フロイトを参照しつつニコラス・ロイルは、「不気味とは、不吉な、あるいは恐ろしいものであり、死、死体、カニバリズム、生き埋め、死者の蘇りにかかわるものである。しかし、一方でそれらは奇妙にも美しく、法悦との境界（ありえないほど美しいもの）にあり、不気味な記憶、デジャヴのようなものでもある」（Royle 2）と述べる。「不気味」に含まれる美意識が、ハーンを見知らぬ土地へ、そして異国へと導いていった。ハーンの描く異文化は、美意識の下に描写されるものであった。

聴覚による信号を受け取ることによって、ハーンは自分の属する世界から異界へと移っていった。「ありえない」世界の美を感じ取るために、肉体を反応させることをハーンの作品は示している。五感を通して知る経験は、おそらくハーンを西洋中心的なイデオロギーから解放したのではないだろうか。ポール・ド・マンが『美学イデオロギー』で、美学意識が構築される際の言語の誘導的特性をメタファーとして説明している（de Man 35）。ハーンにとって、美学を構築するメタファーは言語でなく聴覚で感じる音である。

ハーンが日本で書いた作品『怪談』に「雪女」という作品がある。きこりのモサクとミノキチが、吹雪の日に駆け込んだ漁師の釣り小屋で、不思議な体験をする。すぐに眠りこむ年長のモサクに対し、ミノキチは、聴覚を研ぎ澄ましているため寝つけない。川の荒れる音、小屋が荒波の小舟のように揺られてきしむ音が聞こえてくるのである。それでもやっと眠れたと思うと、顔に雪があたって目が覚めると、「白装束の女」（*Kwaidan* 113）を見る。白装束の女はモキチを殺すが、ミノキチの命を助ける。その女から今日見たことは決して話すなと囁かれる。彼女が忽然と消えた後、ミノキチには、夢だったのか雪灯りを見間違えたかもはや判然としなかった。ここで注目したいのは、雪女が現れるまでの暴風雨の音と、雪女が現れた後の静寂である。一瞬訪れた静寂のなかで、ミノキチは、女の声を聞くが、それが現実か夢か断定できない世界に引き込まれた。この女の声がどのような音調であったのか、ここでは書かれていないが、それとは対照的にのちにこの女が、オユキと名乗って再びミノキチの前に現れたときの声は、「さえずる鳥の声のように心地よい声」（115）と書かれる。これにより、囁く声とだけ記された不思議な夜の出来事が、異界の出来事として一層印象づけられるのである。

ハーンの音に対するこだわりは、チェンバレンへの手紙に中にも確認できる。ハーンが書いた日本に関する文章では、英訳せずに日本語の単語を音で表記する（Kuruma, jinrikisha, gwaikokujin など）。これに対して苦言を呈したチェンバレンに以下のように反論する。

私にとって語は、色彩、姿、品性を持っているのです。語には顔があり、立居振舞があり、態度や身振りがあるのです。語はそのときどきの気分、また気性、奇癖を持っているのです――色合い、音色、人柄を持っているのです。その語が了解不能であるかといって、そうしたことはどういうこともないのです。異国人に言葉が通じようと通じまいと、かれの外見から――かれの服装――かれの風貌――かれの風変わりな様子から、時に人は感銘を受けざるを得ないのです。（著作集一五：二七）

ハーンが音による表記を重視するのは、音を通した感覚を重視しているからである。ハーンが捉えようとした音は、マルチニクの場合も、日本の場合も、近代以前のローカルな文化が映り変わりゆく姿に対しての身体的反応といえる。ハーンはマルチニクを含むカリブ海地域のクレオール文化に惹かれた。[7] ハーンはクレオール文化が次第になくなるのではないかという危惧を抱いていた。前記作品に見られる現実界と異界を分ける奇妙な音は、文化が融合する際の不安とそれを乗り越えて受容する際の身体の反応であり、ハーンにとってなくてはならないものだった。

ハーンが聞き取った奇妙な音の感覚は、来日以降、急速に進む日本の近代化への危惧からも来ている。ハーンが『怪談』を執筆したのは、島根から熊本という地方での生活に別れを告げ、東京に移り東京帝国大学での教授職を解任されてからのことである。東京へ向かう際、ハーンは、「自然のかもすとこしなえの詩に満足し、仏の愛の教理の完全な信仰心にみたされ、この世の日々の美しさに喜びを感ずる旧日本よ。新日本は私を待っている、長らく私が恐れていたあの大首都が、とうとう私をその渦にひきこんだ」（著作集十三、四五七）と書き記している。ハーンが東京で見たのは、近代化する東洋であり、それはハーン自身の近代化への恐れと期待の具現化であったといえる。こうした恐れは、日本が伝統文化を喪失し、近代日本の文学という形で世界文学へ参入することが同時に進む時代の流れをハーンが感じ取っていた証左であるといえよう。

これに数年先立つ頃、近代化の不協和音を作品化したのがメルヴィルである。メルヴィルの遺作となった『ビリー・バッド』は、一八九一年の死去の際、原稿として残されていた。この作品のもととなるバラッド「手錠のビリー」をメルヴィルが作ったのは、一八八五年のこととされ、一八八六年から一八八八年の間にバラッドの構想が小説になったとされる（Melville 447）。ハーンがマルチニクに魅せられ、同時に東洋への興味が固まっていく頃であった（Benfey 221）。

二　『ビリー・バッド』の不協和音

ハーンよりおよそ三〇年早く、ニューヨークに生まれたメルヴィルは、ハーンと同じく、若くして自活の道を探すこととなる。商船、捕鯨船、軍艦に乗ったメルヴィルは、イギリス、ヨーロッパのみならず、ハワイを含む太平洋上の南海諸島を旅する人となった。なかでもタヒチとハワイでは、メルヴィルはさまざまな仕事をしながら逗留した。ハワイに滞在していたとき、イギリス人の下で働き、イギリスから見たハワイの現状に接し、あわせてアメリカの政策を外から見る機会を得た。アメリカ合衆国を外から見る視点はこのときからメルヴィルに根づいたのではないだろうか。帰国後、政治色の強いニューヨークジャーナリズムからしだいに離れるが、創作活動は終生絶えることなく、死を迎えるまで続いた。その最後の作品が『ビリー・バッド』である。

シカゴ版『ビリー・バッド』での序文で、編者のハリソン・ヘイフォードとマートン・シールツは、構想の段階で最初に置かれていたバラッド「手錠のビリー」は、その後の制作過程で完成を迎えるときに、最後に置かれたとする。本文が終わった後に、補遺的な部分を付け加えるのは、処女作の『タイピー』及び、『戦争詩集』でも用いている手法である。いずれも、議論の的となる時事的な内容についての意見を明らかにしている。『ビリー・バッド』の主要な登場人物たちの人格構成などまだ固まらない段階でできたこのバラッドは、メルヴィルの思いが詰まったものといえるのではないだろうか。作品で表される不安は、一九世紀後半を生きるメルヴィルの不安とも通じるものがある。この作品は、舞台はイギリスの軍艦、そして時代は一八世紀最後の一〇年にさしかかった頃とあるが、その一〇〇年後のアメリカにいるメルヴィルの姿を想起することはさほど難しいことではない。

この作品でも不安を醸し出すために音が効果的に使われている。まず、第一に美少年の徴兵船員のビリーの唯一の欠点は発話上の欠陥であるとされる。その容姿から滑らかな発話が期待されるが、ビリーは極度のストレスを感じると、いつもはナイチンンゲールのような音楽的な声が、「吃音、もしくは、それよりひどいもの」（a stutter or even worse）（Melville 458 強調筆者）になるのだった。吃音よりひどい状態とはどのようなものであろうか。

ビリーは、同じ徴用兵から疑わしい誘い、おそらく反乱の誘いを受ける。このときの声は「発声上の欠点」（480）と表されるが、ビリーが決定的な事件を引きおこすに及んで、その吃音はより不気味な「それよりひどいもの」になるのではないだろうか。伍長のクラガートが、ヴィア艦長に徴用兵の反乱の計画を告げる場面がある。ヴィア艦長は、クラガートのいう「趣旨」（the general tenor）（489）に心を乱されたことはなかったとある。ここで使われている「テノール」という語は、男性の音域の意味もあり、ビリーの吃音と対照的に、クラガートの滑らかな発声を示唆しているのではないだろうか。これに対し、告発を受けて気が動転したビリーは、言葉を失ったときの奇妙な所作をし、「ゴロゴロと喉のなる音」（gurgling）（493）を出す。間髪をおかずクラガートは、言葉の代わりに出たビリーの拳を避けることなく、一撃の元に倒されてしまう。クラガートはビリーより年長とはいえ壮年の男性である。素手で打ち出された一撃で命を落とすのは、異常な事態を示している。ビリーの美しい容姿には似通わない、喉のなる音——不協和音の世界に、クラガートが動きをなくしてしまったとはいえないだろうか。

ビリーにまつわる奇妙な音はその死のときにも描写される。処刑されたビリーが昇天する際船員たちの間からと思われる「ビリーを祝福する自然に出た声の響き（echoing）」（Melville 515）が沸き起こる。そして、ビリーの死体が水葬されるため、海に流されるとき、「短い奇妙な人の騒めく声（murmur）」（515）が聞こえ、鳥の叫び声が「嗄れ声のレクイエム」（the croaked requiem）（516）のように聞こえてくるのである。ビリーには、奇妙な音がまとわりつき、そして、最後にその音と共に海に沈む。後日譚として書かれた「手錠のビリー」で、死んだ自分を歌うビリーとして復活する。ビリーの矛盾する要素をとらえたのがバラッド「手錠のビリー」である。

「ビリー・バッド」の最終部に置かれたバラッドの「手錠のビリー」はメルヴィルのバラッドへの興味とその意味を知る上でも重要なものであるが、アグネス・キャノンがメルヴィルのバラッドへの関心を指摘して以降それほど注目は集まっていない。キャノンは、メルヴィル作品には、「哲学的考察、アレゴリーの使用、演劇的大団円、精妙な象徴主義といった交響詩的主題がある一方で、これと対照的な民衆音楽が基底部にある」という（Cannon 1）。スターリング・スタッキーも、メルヴィルがアフリカ系アメリカ人らの作り出す歌に興味を抱いており、メルヴィルの美学は音への興味という特徴があると指摘する。いずれの批評家もメルヴィルが正統的な音楽だけでなく、日々の大衆の歌にも興味があったことを示している。[8]

当時ハーバード大学教授であったフランシス・ジェイムズ・チャイルドがバラッドを収集・分類し出版した『イギリス・スコットランド・バラッド集』（一八八四―九二）は多くの読者を獲得、そのなかにメルヴィルもいた。バラッドの特徴をウイラ・ミューアは、人間の無意識の世界にある深い衝動を表現し、「象徴と物語の近接した関係」を反映するものであると述べる（Muir 18）。バラッドでは、超自然的現象が日常世界に入り込み、いつの間にかその境が曖昧になるといった展開のものがある。そこでは私たちの日常の時間と場所の認識が無意識の世界によって影響を受け、恐れと希望がないまぜになった世界が展開する。ハーンが興味を抱いた日常と異界の世界の混交は、こうしたバラッドが表現する領域である。メルヴィルの場合、「手錠のビリー」にも恐れと希望が託されている。従来の批評の受容か皮肉かにある二項対立的あるいは、キアズミックな人間の善悪、法の正義の微妙な境界を描くこの作品には、矛盾を含んだ「手錠のビリー」が結末にふさわしい。

チャイルドのバラッド集が人気を集めたことからわかるように、当時バラッドや民話などへの関心が高まっていた。バラッドが内包する人間の無意識の世界にある衝動や、日常に潜む超自然的世界に人々の目が向いた。「フォークロア」という言葉が作られたのは、一八四六年のことであり、ナターシャ・ワズバックによれば、スウィンバーン、スコット、ロングフェローなども、チャイルドのバラッド集からヒントを得た自身の創作によるバラッドを作ったとされる。メルヴィルが、最初に「手錠のビリー」というバラッドを構想したのも、この系譜の上で考えることができるだろう。作品では、このバラッドは、仲間の水夫が、瑞々しいハンサム・セイラーのビリーがその心にも邪道なところがないことを記そうとして書いたとされる。即興で作ったわけでなく、時間がかかったが、出来上がったものは、いわゆるブロードサイド・バラッドとして一般に出回ることになったことが記される。(9) このバラッドを読む者は、若い水夫に起こった出来事の内輪話を期待するであろう。しかし、その内容は、処刑の前日の描写であるという異常性を含むものであり、さらに処刑を宣告された水夫の回想は、そもそも手錠をされ海底へと沈む水夫の無意識の世界であったという複雑な構成になっている。『ビリー・バッド』の舞台はイギリス艦隊、時代は一八世紀ではあるが、ここで問題となっているのは、当時の法や海軍の問題ではなく、バラッドでテーマ化される境界の曖昧さとそこから引き起こされる不安の方である。本編の小説でビリーの処刑を通して描かれるのは、人間の本性と人間の法の間の緊張関係であり、無意識に存在する賞賛、愛、情熱、理性、そして、一方で、嫉妬、不条理、処罰の間で揺れ動く人間たちだ。これらの緊張関係、あるいは対立関係を告げるシンボリックな役目を果たしているのが、これまで指摘した音であり、声である。クラガートの嫉妬心とビリーの未熟さがぶつかり合う対決の場面で、分岐点となるのは、ビリーが発するゴロゴロという不気味な音である。この後、ビリーは、説明ができない突発的な行動、無意識の一撃をクラガートに食らわすことになる。ビリーにまつわる不条理な状態と説明できない人格と行為の相違に、人は不安を覚える。ビリーが醸し出す不安や不条理を示唆するのにバラッドは有効な形式であった。書き手の水夫の意図の説明も何層にもレトリックが駆使される。ビリーの本当の姿を受容するのかどうか、作者は問いかけながら終わる。

注目すべきは、「手錠のビリー」の作者らが感じた反乱者ビリーの処刑に関する違和感と読者に提示された海軍記録「地中海日誌」の相違である。「地中海日誌」にある記録と物語での事実の相違点は、素手がナイフに、そしてビリーの出自がイギリス人を偽った外国人であるとしているところである。現場にいた者には事実を改変した文書だが、愛国心を称揚する事例として公的に書き残される。船内の反乱が、外敵に誘導された犯罪であるというのである。現在の状況から考えると、この記録が公的に書き残そうとしたのは、外からのテロの犯罪の可能性であろう。ポール・ジャイルズも指摘するように、当時の外国人犯罪への恐怖の反映ともいえるものである。[10]外国人恐怖は、異質なるものを排除して秩序と統一をえようとする愛国心の裏返しといえよう。ビリーの出自が謎であると共に彼の行動の説明不能性に対して、外国人であるという示唆はある種の納得を与える説明となる。これまでの『ビリー・バッド』批評で論じられていた法、正義、行為と意図の問題に通底しているのは、異質なものへの恐怖の感情があるのではないだろうか。こうしたゼノフォビアにも対抗するかのように、実際にあったことは何かを伝えようとする一般人の感覚が述べられる三〇章が設けられる。ビリーを知る人は、彼の出自に関わりなくビリーは若く美しいハンサム・セイラーであり、波乱を企てるような人物ではないと確信している。そして、「手錠のビリー」が巷で流通する印刷物として残されるのである。手錠を緩めてくれと懇願し死にゆくビリーの姿は排除の論理の犠牲者の姿として印象づけられる。

おわりに——世界文学の渦

異国の風土・文化に魅せられたハーン、異なるものへの恐れと受容を描いたメルヴィルは、共に他者への恐れと共感を身体感覚で表現した。二人の作家は、世界文学と国民文学の関係を考える上で示唆に富む作家である。世界文学は、帝国主義や資本主義と共犯関係になり得るし、また一方でそれらを超える契機にもなり得る。メルヴィルもハーンも帝国主義と資本主義が進む近代化の問題に直面していった。その違和感を身体感覚、聴覚を駆使して表現していった。規律と統一を求める近代的法の世界に対する疑問を感じたメルヴィルは、その違和感、恐れを身体感覚として味わっていた。『ビリー・バッド』で表される不条理、不安は、奇妙な音、あるいは声として表される。一九世紀後半に生きたメルヴィルは、資本主義が世界を平準化していく姿をまだ見たわけでない。しかし、その予感を肌で感じていたのではないだろうか。その説明できない奇妙な身体感覚が作品上、音として示唆しうることをメルヴィルの作品は示している。ハーンは、急速な近代化を実際に感じていた。その不安と批判は書簡にも記されている。ハーンはマルチニク以来異世界に関心をもちつづけ、近代化への不安と相まって日本の説話収集に向かう。ハーンの『怪談』は、近代化の波で失われて行く日本の霊的世界を語り直すこと――再話によって蘇らせようとしているのである。

世界文学は各国文学との比較において捉えられることが多いが、これを包括的にみることも可能であろう。近年の惑星思考的なエコクリティシズムは、批評の流れを「波」の比喩で捉え（スロビック 一五）、世界の動向に合わせて作品が変化する様子を喩えている。[11] これと同様に、世界文学と国民文学の波がぶつかりあったところに生まれた「渦」としての文学を想定することもできるのでないだろうか。

自分のいる場所、自分がいる世界の変化に疑問を感じ、その不安を作品化したのがメルヴィルでありハーンである。彼らの文学が国民文学であると同時に世界文学でもあるのは、国民文学と世界文学のせめぎあいから生まれたからだ。「そこ」にいることに違和感を覚えるハーン、理解できない他者に共感するメルヴィルは、ともに異文化への畏怖と受容を描いた。世界のきしむ音を聞きとり、違和感としてその根源をほりおこす二人の営みがコスモポリタニズムを更新していく。

◉註

（1）ＯＥＤの Globetrotter の初出は、一八七三年の *Daily News* である。

（2）世界文学は、ゲーテによって提唱されたが、近年比較文学者デイヴィッド・ダムロッシュはその著作『世界文学とは何か』によって新たな意味づけを与えている。またＯＥＤでは、Cosmopolitan の定義の二番目として国境や国家の帰属意識から自由である人としての初出に、エマソンの一八四四年の講演にある "Young American" があげられている。

（3）モレッティは、「世界文学への試論」の批判に対し、「さらなる試論」で応えている（一四九―一六五）。しかし、モレッティの世界文学論は、西欧対周縁の枠組みから出るものではない。また、モレッティの数値化する手法にも批判が多い。世界文学を世界システムと比較し、「世界文学は唯一にして不均衡」であり、圧力だ（一七五）とも述べるが、世界文学を常に変遷していくものと捉えることも可能であろう。

（4）ハーンは、チェンバレンへの手紙のなかで、「ゲール語の与える効果は、単に荒く重いものにすぎません――というのも、わたくしがその意味を理解できないからです。しかし、わたくしはそのアクセントを知っておりますし、その声を聞くことができるのです。子どものころにゲール語が話される声を聞いておりましたから」（『著作集』一五：四五）と記している。

（5）ハロウィンも起源をたどると、ケルトの伝統である季節祭「サウィン」（冬から夏への再生を期す季節祭）にあると鶴岡真弓は論じる。死者たちが復活するこの日は、「ふだんは「死と生」を隔てている壁が破られ、「あの世とこの世」の間の扉が開かれ、「祖先」と、親しい「死者たち」が、この世に戻ってくると信じられた」（鶴岡八）。この風習が、一九世紀に急増するアイルランド移民によってアメリカに伝えられたとされているが、ハーンの移動もこの流れと同じといっていいだろう。

（6）平川は、ニューオリンズの夜明けに物売りの声が、tomate と叫びながら行くのに対し、Tom ate toes とハーンの耳は聞き、ユーモラスに捉えているとする（『著作集』一五：三五二）。

（7）ハーンは、人種的混交によるクレオール文化がこの地域の政治の動向によって変動する姿に言及した記事も書いている。ハーンは、クレオールが人種の覇権構造の中で駆逐され、クレオール文化が政治性の影響で滅亡していく恐れを感じていた。

（8）キャノン以降、スターリング・スタッキーなど大衆音楽との関係で述べるもの、またメアリ・バーコウ・エドワーズ、ヘスター・ブラムなどメルヴィルと船乗りの歌との関係で述べるものはあるが、バラッドに関心が集まることは多くない。近年、関根全宏がバラッドに焦点をあて後期詩作品を論じている。

（9）伝統的なバラッドは口承伝承であり、歌として語り伝えられ、やがて歌詞が印刷され、安価で流通するようになる。これらはブロードサイド・バラッドと呼ばれた（"Traditional Ballad"）。

（10）ジャイルズは、バーバラ・ジョンソンの指摘を参照しつつ、ビリーが外国人であるという記述は、暴動は外国人によるものという当時の意識を示しているとする（84）。

福岡和子も不気味な他者をキーワードに『ビリー・バッド』におけるメルヴィルの同時代の不安を読み込もうとする（一三一-三二）。アメリカとテロの不安に関しては、下河辺美知子編『アメリカン・テロル』に詳しい。ポール・ハーは、メルヴィルを含むアメリカ文学のテーマにある恐怖に関して、歴史的考察だけでない、美学・哲学的考察を加えている。

（11）モレッティも波を比喩として使い、「各国文学は樹を見る人のためのものである。世界文学は波を見る人のものである」（八一）とし、これらは共存し競合する関係にあるという。

◉参考文献

Benfy, Christopher. *The Great Wave*. Random House, 2003.
Cannon, Dicken Agnes. "Melville's Use of Sea Ballads and Songs." *Western Folklore*, vol.23, 1964, pp.1-16.

Child, Frances James. *The English and Scottish Popular Ballads*. Dover Publishing, 2003. 5 vols.

de Man, Paul. *Aesthetic Ideology*. U of Minnesota P, 1996.

Edwards, Mary K. Bercaw. *Cannibal Old Me*. Kent State UP, 2009.

Emerson, Ralph Waldo. *The Collected Work of Ralph Waldo Emerson*. Edited by Alfred R. Ferguson et al, Harvard UP, 1971-2013. 10 vols.

——. *The Early Letters of Ralph Waldo Emerson 1833-1842*. Edited by Stephen E. Whicher et al, Belknap P of Harvard UP, 1959-1972. 2 vols.

Giles, Paul. *Visual America: Transnational Fictions and Transatlantic Imagery*. Duke UP 2002.

Harris, Joseph. Editor. *The Ballad and Oral Literature*. Harvard UP, 1991.

Hearn, Lafcadio. *Lafcadio Hearn: American Writings,* The Library of America, 2009.

——. *Fantastics and Other Fancies*. Edited by Charles Woodward Hutson, Houghton Mifflin Co., 1919.

——. *Kwaidan*. Tuttle, 1971.

Hurh, Paul. *American Terror. The Feeling of Thinking in Edwards, Poe, and Melville*. Stanford UP, 2015.

Library of Congress, "Traditional Ballads,"
www.loc.gov/collections/songs-of-america/articles-and-essays/musical-styles/t
raditional-and-ethnic/traditional-ballads/ Accessed on January 28,2019.

Melville, Herman. *Tales, Poems, and Other Writings*. Edited by John Bryant, The Modern Library, 2002.

Muir, Willa. *Living with Ballad*. Hogarth Press, 1965.

Royle, Nicholas. *The Uncanny*. Manchester UP, 2003.

Sakuma, Mikayo. "Emerson's Proto-Evolutionary Idea: Its Formation in Transatlantic Contexts." *Studies in English Literature,* vol. 48, 2007, pp. 21-40.

Sekine, Masahiko. "Pathos in the Civil War: Melville's 'The Scout toward Aldie' as a Ballad." *Sky-Hawk*, no.4, 2016, pp. 25-40.

Stuckey, Sterling. *African Culture and Melville's Art: The Creative Process in Benito Cereno and Moby-Dick*. Oxford UP, 2009.

Wurzbach, Natascha. "Tradition and Innovation: The Influence of Child Ballads on the Anglo-American Literary Ballad." Harris, pp.171-92.

遠田勝『〈転生する〉物語――小泉八雲「怪談」の世界』、新曜社、二〇一一年。

佐久間みかよ「ハーンの英文学試論」『和洋女子大学英文学会誌』、第五一号、二〇一七年三月。

塩田弘・松永京子他編著『エコクリティシズムの波を超えて』音羽書房鶴見書店、二〇一七年。

下河辺美知子編著『アメリカン・テロル』彩流社、二〇〇九年。

スロヴィック・スコット「序章　第四の波のかなた」伊藤詔子訳、塩田・松永、一－一八頁。

鶴岡真弓『ケルト　再生の思想』ちくま書房、二〇一七年。

デイヴィッド・ダムロッシュ『世界文学とは何か？』秋草俊一郎他訳、国書刊行会、二〇一一年。

平川祐弘「解説」『ラフカディオ・ハーン著作集1』、四六一－六八頁。

福岡和子『「他者」で読むアメリカン・ルネサンス』、世界思想社、二〇〇七年。

フランコ・モレッティ『遠読』秋草俊一郎他訳、みすず書房、二〇一六年。

ラフカディオ・ハーン『ラフカディオ・ハーン著作集』恒文社、一九八〇－一九八八、全一五巻。

第三章　恥、あるいは人格の臨界
――ヘンリー・ジェイムズの知の体質について

新田啓子

Shame, or the Limit of Personality:
Characteristics of Henry James's Perception

Keiko Nitta

はじめに

ヘンリー・ジェイムズは、おそらくほとんどすべての作品に「恥」という情動経験を描きこんでいる。本章では、そうした物語風景が、ジェイムズの創作において何を意味していたのかを考察してみたい。ちなみに彼は、「恥」に対する特異な関心をもっていた。しかしまず、そのような関心を掻き立てたとしてもまったく不思議ではない状況が、彼の生きた時代にはあったように思われる。

南北戦争以前に生まれて一九世紀後半に人格形成し、近代化の喧騒に満ちた世紀転換期を経て、二〇世紀初頭にいたる時代のなかで後半生を送ることになった作家である。変わりゆく世のなかの価値基準や、それを体現する巷を「恥ずかしい」ものとして捉えたり、あるいは逆に、そのようなものに取り残された自己に対する「気恥ずかしさ」を覚えたりするという心境の出来は、容易に想像できるだろう。おりしも彼より五歳年長のヘンリー・アダムズは、みずからの受けた最良の教育、ないしは生まれながらにして得た「素晴らしいカード」も、「二〇世紀のゲーム」、つまり変質する民主社会を生きる方法論を教えてはくれなかったというロジックで、よく似た挫折感を表していた（Adams 4）。

しかし、恥の経験がアメリカ文学の主題として、体系的な関心を惹いてきたことは従来なかったと思われる。いわばアメリカと「恥」は容易に結びつかないということである。事実、たとえばルース・ベネディクトの『菊と刀』（一九四六）を思い出せば、そのような理解の根拠が、すでに提示されている。この著作でベネディクトは、「恥を基調とする文化」と「罪を基調とする文化」を峻別し、日本文化を前者の典型的な例と置く一方、ピューリタン的な内省傾向を礎とするアメリカ文化を、後者の代表と置いていた（Benedict 222）。つまり、もしアメリカ文学における「恥」が目立たぬものであったとしても、それには十分な根拠があるということである。

しかし、そうした前提をすり抜ける状況が、アメリカ文化に認められるということもまた、見逃し得ない事実である。まず英語には、「恥ずかしさ」に類する気持ちを表現する語彙が大変豊かに存在する。一瞥しただけでも、最も一般的な shame のみならず、embarrassment, abashment, indignity, mortification, humiliation, chagrin, disgrace, dishonor, awkwardness など、気まずさ、当惑、屈辱感、不名誉、恥辱、無念、面汚し等々の意味を共有する単語がいくつも見つかり、他方では contempt（侮辱）や ignobleness（卑しさ）、stigma（汚名）など、恥の誘引となる経験を意味する言葉が豊富にある。こう見ると、恥とは別段、日本に固有の文化的特徴ではないことが明白となる。英語圏文化もまた恥という経験に敏感であることを、これらの語彙は伝えているのだ。言い換えれば英語とは、恥という心的経験を、むしろこれほどの機微をもって表現してきた言語であるということだ。

果たしてジェイムズは、そのキャリアの中期にあたる一八九六年、『気恥ずかしさ』（*Embarrassments*）という作品を出版していた。この書物は、「絨毯の下絵」（“The Figure in the Carpet”）、「眼鏡」（“Glasses”）、「この次こそは」（“The Next Time”）、「かくなりき」（“The Way It Came”）の四編を収めた短編集だが、その興味深いタイトルゆえに、まるで読者を、作家にとっての恥の意味の探究に誘っているかのように見える。そこで以下では、この稀有な名の冠された本の位置づけを明らかにしつつ、ジェイムズがいったいどのように恥と係わり、そして何を目指して恥という経験が生じる光景を描いたのか、その理由の一端を考えてみたい。それを論じる過程には同時に、彼の生きた社会そのものが帯びていた「恥への注意」といったものも、明るみになると思われる。

一　バイオグラフィとしての恥

まずジェイムズを端的に、恥に苛まれ、恥を追い詰めた作家であると考えてみたい。彼は事実として、そうあることを仕向けた時代の一員であった。繰り返すなら、彼の生きた社会そのものが恥に多大な関心を寄せていた。文明の進展や大衆社会の勃興、政治領域の拡大や帝国主義などを背景に、非人間的な横暴が衆目を集め、人間というカテゴリー自体が岐路に立った時代である。心理や生理の面から人間なるものを観察し直そうとした科学者にとっても、恥は重要なメルクマールであった。

一九世紀を代表する生物学者であり、ジェイムズ自身も一八六九年の訪問をきっかけに、家族ぐるみで親交を深めることになったといわれるチャールズ・ダーウィンも（*Henry* 515）、恥にまつわる人間の身体反応を観察している。[1]

赤面は、あらゆる表情のなかでも最も固有に人間的なものである。猿も興奮すると顔が赤くなるが、どの動物でも赤面しうるという確信を得るには、膨大な証拠が必要となろう。顔が赤くなるという現象は、細い動脈を包む筋肉の弛緩によって惹き起こされる。……多大な心的動揺が生じると、同時に血液循環への作用が及ぶのは間違いない。（310）

ダーウィンは、猿も興奮すれば赤面する場合があるとことわりつつも、「赤らんだ顔」を最も固有かつ人間的な表情であるとし、人間の赤面を動物のそれとは区別している。また彼は、このように身体が起こす物理的な反応を、心的動揺が作用した（affect）ものとして説明している。赤面とはつまり、ひとつの身体的な発露を伴う感情（emotion）を意味する情動（affect）であるということである。

赤面（blushing）とは事実、ジェイムズの作品を超えた同時代のテクストに頻出する恥の符牒であった。おそらくその最も判然たる例は、マーク・トウェインの「人は赤面する、あるいはしなくてはならない唯一の動物である」という言葉であろう（256）。多様な作品に恥ずべきキャラクターを登場させ、コミカルな物語を、しばしば人間への絶望感で裏打ちしたトウェインであるが[2]、この文句は『赤道を辿って』（一八九七）のなかに置かれた「まぬけのウィルソンの新日録」に登場する。正しく赤面できない、つまり恥を感じられないような者は人間には値しないという一種の公共哲学の持ち主こそが、トウェインであったということができよう。

ところで、身体の反応や反射と連動しているこの「情動＝アフェクト」という出来事は、人間の主体概念を修正し、人格を精神性のみから規定してきた人間主義を解体する根拠ともされる現象である。人を狼狽させ、その平衡感覚を奪い、人格の臨界に追いやる恥という反応は、アフェクトのメカニズムにうまく当てはまるものである。

しかし、心理学者ドナルド・ネイザンソンは、恥にはエモーションとアフェクト、両方の次元があるとしつつ、「アフェクトはバイオロジー、エモーションはバイオグラフィ」と定義する（50）。つまり生物学と人物史、両方の側面をもつ恥という機制は、赤面のような心身反応であると同時に、経験として蓄積された感情のパターンでもあることになる。ちなみに「恥の文化」を措定したベネディクトは、「バイオグラフィ」としての恥に、もっぱら注目していたと考えて間違いなかろう。

創作においてジェイムズが示した恥への関心は、ダーウィンやトウェインのテクストが示すような、同時代の多角的な注目のなかに位置づけられる現象である。だがいうまでもなく、同時にそれは極めて個人的な事情を踏まえたものであり、その意味ではまさにバイオグラフィそのものであった。キャロル・ホリーは、彼の自己形成に影響を与えた恥辱の感覚が、家系的に蓄積されたものであった可能性を推測している。「闘争や心理的痛みというものは家系において受け継がれ、時には世代を超えて増幅する。この原理に基づけば、ヘンリー・ジェイムズの『猛烈な功名心』に火をつけた感情は、少なくとも二世代にわたる職業選択と達成にまつわる確執と不安、あるいは『個人』が家族全体に及ぼす名誉や恥の所産であった」(Holly 58)。

「猛烈な功名心」、それはジェイムズが一八七八年二月一七日にしたためた母への手紙に綴った言葉だ（*Complete* 49)。稿料で身を立てる暮らしがいまだ安定せず、親への負債が滞っていることを気まずそうに話題にする文脈で、彼は母に、作家としての大成についての心に秘めた野心を吐露した。ホリーによれば、この思いは、少なくとも父のヘンリー・シニアから持ち越された悲願であった。ヘンリー・シニアといえば、エマソンにも一目置かれた学問の人であり、子供たちには頻繁なヨーロッパ旅行によって稀有な教育の機会を授けた賢父であったはずである。ところがホリーは、そのような経歴の裏側には、神学者としても文筆家としても成功できず、ついに一生自活するに足る職業選択ができなかった彼の素顔があったという。それゆえか、彼は不安定な人物で、妻や息子たちをはじめとした周囲の人物への毒舌や批判や虐待を、常習としていたというのである（Holly 44-45）。

ホリーによれば、ヘンリーやウィリアムの祖父が築いた巨万の富は、まず父に惜しみなく投資されたが、それが実を結ぶことはなかった。そんな父の挫折感や焦燥を、家族は共有しながら隠蔽し、子供たち、とくにヘンリーは、その劣等感や情けなさ、恥ずかしさをはねのけようと必死に自立に励んだという（43, 50-51）。反面、年長の兄たちに比せば精彩を欠く下の息子たち——ガース・ウィルキンソン（ウィルキー）とロバートソン（ボブ）——は、一家では唯一、ニューイングランド的奴隷解放思想を実践し、南北戦争に出征したが、戦後はそろって南部や西部で父の挫折を反復した。苦労の末に、彼らは長兄たちよりも短い一生を終えている。[3]

文学の世界における「猛烈な功名心」を宣言した三五歳のジェイムズにも、成功すれば名誉、失敗すれば恥辱がもたらされるのは同じだが、いうなれば彼は、その賭けをもって家族のステイタスを決する役目を、おのれに課したことになる（そして実際この直後、『デイジー・ミラー』がヒットした）。こうした資料を手がかりに、ホリーの伝記的研究は、そのような決断にともなう心理的重圧や行動パターンが、作家の恥への反応を、特有に構築したと仮定している。事実、数多の恥が彼によって描かれていたことを見出す限り、その仮説には一定の理があるように思われる。

とはいうものの、このような逸話に、ジェイムズ文学のあらゆる意味を帰すことは不可能であるだろう。いえるのはただ、ジェイムズという作家がおそらく時に抗いがたく恥と向き合い、半ば自覚的に恥にとらわれ、その現象を考究した人であったということ。さらにはその経験を、文学創作の糧としただろうということのみだ。しかしそのことに関してならば、彼のテクストからある程度、客観的に跡づけることが可能である。

たとえば彼は、一八九四年一月九日の創作ノートに、作家の挫折という主題が生ぜしめる、あらゆる状況を分析的に明記していた。

私は、挫折した野心を扱った設定、あるいはドラマや悲劇を書くことを考えていた――具体的には、芸術家や文筆家を主人公としたものを。野心、プライド、情熱、優れた着想が、外的な事情で、あるいは人生や運命のいたずら、敵対的なキャラクター、弱さ、愚かさ、不運といった障壁によって潰えるといったものを想定している。そのようなシチュエーションにこそ――あるいはそれと緊密に連関してこそ――ドラマは生まれる。悲愴な意識、生きながらの死、救いようのない惨めさ、そして激しい屈辱、そういったものを考えている。(*Notebooks* 143)

この構想は、恥辱を惹き起こすような設定に、彼が小説家として深く魅せられていたことを思わせる。悲劇的なドラマとは、まさに恥にまみれた場面に生まれるものだと書く彼は、そのような実感を、みずからもまた抱くことがあったのだろうか。

あるいはまた別の折に、彼がウィリアム・ディーン・ハウエルズに宛てた手紙(一八八八年一月二日付)には、このようなことが記されていた。

それら［『ボストニアンズ』と『カサマシマ公爵夫人』］は私の創作に対する欲望と必要性をゼロにまで縮小してしまいました――ここにいたるまでかなりの時間、多くの出来のよい短編を書いてきたのに、それらを出版できていないという事実も、もう救いようのないほどですから。編集者たちは、まるでそれらの作品を恥じるように、もう何ヵ月も、何年も私に背を向けています。つまり、明らかに私は永遠の沈黙を宣告されているのです。（*HJL* 209）

作品評価をめぐるジェイムズの恥の意識は、戯曲『ガイ・ドンヴィル』の失敗により顕在化したと一般にはいわれている。(4) しかしこの二冊の中期長編小説の不発を嘆いた一節は、戯曲ならまだしも、小説家たる彼が小説で失敗することは、それこそ致命的なことだと受け取っていた可能性を、彷彿とさせるものであろう。

このような資料は、ジェイムズが、恥という情動の特異な力に注目していた可能性を裏づけるものとなるだろう。みずから恥に導かれ、恥をあぶり出し、恥を追い詰め、そして恥と戯れた作家がジェイムズであった。では彼は、いかなる風景を描きながら、恥に迫っていったのだろうか。以下では『気恥ずかしさ』と名付けられたコレクションに収められた、四つの物語を紐解いてみたい。

二　小説家業と恥ずかしさ

この短編集の興味深い特徴は、収録された四編のうち、作家ものが二編も含まれている点と、『ガイ・

ドンヴィル』初演が酷評された翌年に出版されたという事実であろう。先の創作ノートに明言されていたように、彼がこだわったのは、文筆家を主人公とした「野心の挫折」のドラマであった。この本に収められた最初の作品は「絨毯の下絵」であり、特にこのモティーフを先取りしたようなシチュエーションが展開している。

よく知られる通りこの小説は、作家ヒュー・ヴェレカーが、彼の作品の本質をめぐる謎解きに、自分よりキャリアの浅い評論家や、後進の女性作家を駆り立てるというプロットを中心に構成される。

「君に言わなくてはいけないのかい、もう長い間あれほど仕事をしてきたこの期におよんで？」。その口調には——冗談でわざと大げさにいったような——親しみの込もった非難が感じられ、若く熱心な真理探究の徒であった私は、髪のつけ根まで真っ赤になった。……ヴェレカーが愉快に強調したせいで、私には、そしておそらくは彼のほうでも、私の間抜けぶりがあからさまとなった。（"The Figure" Chap. 3, *EM* 強調原典）

このくだりは、新進の批評家である語り手が、書評を提供したヴェレカーから、まだ彼の創作の要点には迫れていないという指摘を受け、それを追い求める熱を最初に吹き込まれた場面である。ここでヴェレカーは、巧みな誘惑者として描かれている。この物語では、語り手からグェンドレン、ドレイトン・ディーンまで、何人もの挑戦者や関係者が、恥ずかしさで真っ赤にさせられたり、屈辱を感じるよう仕向けられたりすることで、作家のゲームに引き込まれていく。つまりヴェレカーは、彼の作品について語ろうとする批評家たちを挑発し、彼らの平衡感覚を奪うことで、みずからが君臨する知の世界に、彼らを引き込んでしまうということである。

以下は、語り手がこの謎探しに、そもそもくだんの書評を書くことになっていた彼の友人コーヴィックと、のちに彼と結婚する女性作家のグウェンドレンを誘った場面である。このくだりの二人もほぼ自動的に、ヴェレカーのゲームを厳粛に受け取り、情熱をもってそれに勤しまなくてはならないというわきまえを示したことが強調される。

［ヴェレカーから］受けた忠告をジョージ・コーヴィックに伝えると、自分の分別に疑いがかかれば、それは侮辱に等しいといわんばかりであった。彼はあれからすぐグウェンドレンに話したが、グウェンドレンの熱心な反応それ自体が慎みを約束していた……。彼らは本能的に、ヴェレカーの独特な遊びの感覚に捕らえられてしまったようだった。二人には知的な誇りがあったが、彼らが手にしたこの問題に私が投じた光明に対して無関心ではいられなかった。（"The Figure" Chap. 5, *EM*）

ヴェレカーの「忠告」とは、彼が語り手に伝えた謎解きのヒントを他言するなということである。このように、知の対象がことさらに稀少化され、それへのアクセスもほかならぬ作者＝権威によって狭められることを踏まえて、この謎探しは、若い文学の徒の関心をますます掻き立てていく。いわく「文学は技術を要するゲームであり、技術とは胆力であり、胆力とは名誉であり、名誉とは情熱であり、情熱とは人生なのであった」("The Figure" Chap. 6, *EM*)。

このように、文学そのものの秘訣にまで崇高化されたヴェレカーの命題は、技術＝胆力＝名誉＝情熱＝人生と、実際決してイコールではないものをハイパーに横滑りさせた競争に、彼らを駆り立てている。さらに、そのように仕向ける一種の権力が一人の作家のものであるということは興味深い。つまり、もしジェイムズに、批評家からの冷遇に涙を呑み、挫折感に耐えたという先に示した実体験があったなら、この設定は、見事にその力関係を転覆させたものだからである。作家がおのれの虚構によって、現実に得た屈辱感を濯いだという可能性を、ここに読むことができるだろう。

しかし、作家ヴェレカーは途中で亡くなり、ここで問題となっている秘訣が明らかにされることはない。ジェイムズは、この人物が出した謎に崇高さを付け加え、謎解きの進行をさらに複雑化しようとするのだ。コーヴィックはその秘密、「絨毯の下絵」にたどり着いたといわれており、彼と結婚したグェンドレンもそれを聞いたとされているが、後半でコーヴィックが事故死を遂げると、問題の焦点は、その伝達が実際に行なわれたか否かに変化していくのである。つまり語り手は、「絨毯の下絵」そのものよりも、それを共有するとされる者の排他的関係により、疎外されることとなるのだ。

語り手は、「絨毯の下絵をたどり、判読することができるのは夫と妻、つまり至高の恋人同士だけなのだろうか」と焦りつつ、「望みのものを得るためには、コーヴィック夫人と結婚」する必要があるだろうと推測している("The Figure" Chap. 9, *EM*)。当初はコーヴィックとグェンドレン、そしてその後にはグェンドレンとディーンだけがヴェレカーの奥義を知り得たという憶測は、公的な正統性をもつ関係にだけ、秘密が開示されうるという可能性を示している。するとそれは、非該当者はそこから除外されるという、これもまた屈辱や恥辱を伴う状況に甘んじるしかない状況を、あわせて示すことになる。事実語り手は、グェンドレンと結婚できない。彼女はより俗物的とほのめかされる批評家、ディーンと再婚してしまう。

最終的な展開は、ドラマティックに、その筋書きに基づいて現れる。第一〇章に、コーヴィックの死後、むしろ作家としての名声を高めたグェンドレンが、ディーンを介し、語り手を差し置いてヴェレカーの遺作を手に入れて、早々に読了しているという場面がある。明らかに出遅れた語り手に、ディーンがその評を書くことを彼女は告げるが、語り手は、それはかつて亡夫とともにその謎に挑んだ彼女自身の仕事だろうと反発する。だがその言葉は、「私が書評するんじゃないの。私はされる側なんだから」という返答で、一笑に付されてしまうのだ（"The Figure," Chap. 10, *EM*）。

語り手＝コーヴィック＝グェンドレンの知の共同体は、すでに存在していない。作者＝権威の立場を手にしたグェンドレンが一転し、もとよりヴェレカー本人からゲームを託された語り手を、サディスティックに翻弄するのだ。さらに終盤、彼女の死後には、謎に関する一切の話は、ディーンには毛頭伝わっていなかったらしいことが明かされる。つまり彼女は、文学の秘訣の帰属先を「作家」に固定したのである。よって結末では、この人物を媒介し、批評のエコノミーを「困惑」に陥れる構図こそが浮上する。謎探しの物語は、最終的に別の作家に回収されることになるのだ。

「絨毯の下絵」がこのように批評家に臍を噛ませる作家の物語である一方、いまひとつの作家ものの、「この次こそは」に描かれる世界は、ほぼ正反対といってよい。この物語に登場する作家レイ・ランバートは、素晴らしく洗練された高踏的な作風をもち、（またしても）評論家である語り手をはじめとする支援者の尊敬を一身に集める人物である。だが反面、その作風は高尚に過ぎ、俗気が足りないためだろうか、彼は一向に読者の共感を得ることができないという問題を抱えていた。それぱかりかランバートは、もとは語り手自身が思いを寄せていた女性、モード・スタンナスの愛を得て、やがて彼女と結婚するが、とうとう生活に見合うだけの金を稼ぎ出せないままに一生を閉じる。

そのような設定で何を描いてみせたいのか、ジェイムズは再び、語り手の恥への感受性を動員している。「これほどのページを産み出すことのできる作家が、結婚するだけの金ももたないという現実への屈辱で、私は顔を赤らめた」（"The Next Time" Chap. 2, *EM*）。かたやモードは、彼の才能をひたすら信じ、豊かでない暮らしに甘んじながら耐え忍び続ける女性であり、かつ同じく彼女に思いを寄せる語り手にとっては、困惑的な女性であった。「彼女は貧しい男にあてがわれるには最良の妻でなかったにせよ、詩人の妻としては貴重であった」（"The Next Time" Chap. 2, *EM*）。このように、語り手や女性流行作家を含めた友人たちが、一丸となって「この次こそは」と掛け声を送り、いつか低俗な読書界を一変させる作品を産み出すことを念じつつ、ランバートへの支援を続けるという筋書きが、この短編の中心となる。

しかし物語は、進むにつれて皮肉なものへと変わっていく。ランバートの作品の価値を完璧に理解して、その方向性を支えようとした誠実な友人たちの連帯こそが、実は彼の不遇の原因を作っていたという事実が明らかとなるのである。つまり、彼らはランバートの才能を認めてはいたが、実は彼のやり方では決して成功できないことを知っていた。にも拘わらず、非情にもそう教えてやらなかった。語り手は仲間の人気作家にこのように告げ、彼女に身震いを起こさせる。「初めから彼にはあれ以外なかったじゃありませんか。彼にとって、現在とは決して実を結ばないものなんですよ。結果はずっと遅れっぱなし、しかも誰か他人のものになっちゃうんだ」（"The Next Time" Chap. 4, *EM*）。結果たして最終章では、彼を純粋に信頼していたモードですらが、他の取り巻きと同様に、最初から彼には見込みがないと知っていたことが明らかとなる。

彼女は本質的に我々の仲間だった――ずっとわかっていたのである。……彼女は一度私に――たった一度だけ、事態が如何ともし難くなったロンドン時代の陰鬱なある時、私にいったことがある――つまり、夫のことは本当にとても偉い人だと思わなければならないのだと。そうしなければ、むしろ彼を恥ずかしいと感じざるを得なくなってしまうから。（"The Next Time" Chap. 5, *EM*）

彼女はつまり、夫から得る恥辱の念を打ち消すために、逆に彼を、偉大な作家と錯覚し続ける必要があったということになる。このようにして、ランバートの理解者たちは、「可能な限り心を込めて」、「彼の美点が最も逆効果となっている箇所へは巧みに言葉を濁すにとどめ」、結果、「賛美者が共謀し、人のいうことを真に受けやすい芸術家に、道を誤らせるという奇妙な立場にある自分たちに気づいたのだ」（"The Next Time" Chap. 5, *EM*）。

いうなればこの状況は、作家が最も恥とする場面を察するこのできる者が、気を利かせて彼を守ろうとしていたはずが、その実、彼を取り返しのつかない状況に追い込んでいたというものである。

当初は善意の共同体と見えたものが、終わりになるとランバートのあがきを傍観する、文学市場の代弁者へと変貌する。「彼の本の売れ行きについて私の正しさを証明するには、二、三ヵ月で十分だった」と言い放つ語り手は、売れ行き以外の作品評価の基準を失した文壇に対する複雑な思いを抱いている。が、彼の言葉の端々には、ランバートの境遇は恥ずべきものという冷徹な理解が覗くのである。この状況はひるがえって、ジェイムズの「猛烈な功名心」を思い出させるものであろう。しかし彼は、そんな心の真実が作品に投影されることをよしとしたのか。場合によるとこの小説は、作家にとって、気恥ずかしい《エンバラシング》ものになってしまった可能性がある。

三　親密性と恥ずかしさ

短編集『気恥ずかしさ』に収録される残る二つの物語は、以上のような作家ものとは異なる輪郭をもっている。その両方が、男女両者の係わる親密な人間関係、つまり恋愛／恋慕や友情や嫉妬、さらには婚姻にまつわる不安や駆け引きを主題としている。前節でみた作家ものは、ジェイムズ自身の作家論、文学市場論を読み込むことが可能な意匠をもっていた。成功をめぐる彼自身の奮闘に満ちたバイオグラフィを重ねると、同じくこれらの作品には、ジェイムズ自身の恥の理解を読み取ることもできるだろう。それに対し、親密な現場に生じる恥とは、他者を自分のものとしたいという狂おしい心理に派生するに違いない。そのことを生々しく伝えているのが、以下二編の物語である。

まず「かくなりき」(5)は、ジェイムズのキャノンでは『ねじの回転』に相通ずる着想をもった作品である。名前のない女性がある事件を綴った手記が、第三者により読者に開示されるという構成を取り、かつそこに幽霊と恋愛感情が係わってくる。主要登場人物は、手記の書き手、つまり語り手を含めた三人――語り手は、母親の亡霊を見たことのある男と婚約しているが、彼と似て、父親の亡霊を見たという女性と出会った際、この共通の体験をもとに二人は知り合いになるべきだという思いに駆られる。自分が間を取りもって、二人を対面させてみたいという強い欲求をもつようになるのだ。

果たして、この男女はそれぞれ語り手の提案を受け入れて、計画の実行を期しているが、なぜか予定の日取りになると、いつもどちらかの都合が変わり、五年にわたって面会の実現しない状況が続く。ちなみに女性の方は、家柄はいいものの浮かれた環境が好きではなく、郊外にやや隠遁気味に暮らしている。夫がいるが別居中で、のちに彼には虐待を受けていたことが示される。こうして二人の対面は日延べされ続けていたが、語り手と男の結婚の日取りが決まったことを境とし、その可能性が現実味を帯び、とうとう面会が設定される。

しかしちょうどその折、女性の夫が死んだことが知らされる。それまでは彼女が既婚者であったことが、語り手にある安心感を与えていたが、この離婚は彼女を一転して不安にさせる。つまり、魅力的な女が再び独身となった以上、彼女は語り手の地位を脅かしかねないということである。いよいよ対面日、喪服に身を包んで嬉しそうに現れた女性に語り手は、男の都合が悪くなったと嘘をつき、結局二人が会わないように画策する。意気消沈した女は、帰宅後持病の悪化で急死し、しかし、語り手の婚約者の元に幽霊となって出現したらしいことが伝えられる。その後、男がこの幽霊との密会を続けているという疑念に耐えられなくなった語り手は、結局婚約を破棄してしまう。

語り手が陥る三角関係への不安は、彼女が女性に向ける思慕が、婚約者への思いにも増して描かれていることに鑑みれば、同性愛や超自然込みの、いわば境界のない嫉妬心を示唆するものと読めるであろう。婚約者が、訪れた幽霊とどの程度睦みあったか、問いただそうとしてみずからを恥じる彼女の脳裏に浮かんだのは、むしろ女性の死に対する「グロテスクな」こだわりであった。「これで大きな愛情が消えました。私はどれほど彼女を愛し、信頼していたことでしょう」(“The Way,” Chap. 6, *EM*)。物語の表層では、無論、婚約者をめぐる女性に対する嫉妬心が前面に出る。しかし印象的なのは、当初は単なる気まぐれであった、二人の出会いを仲介したいという欲求が、やがて語り手の自己省察に変わったことを暗に示す展開である。

対面の機会を待ち望みながらあまりにも実現しない状況が、もう「お笑い種」にしかならないと感じかけたその矢先、語り手は、そのことがむしろ計画外の事態を呼び寄せる予兆であると感じてしまう。

それは確かにお笑い種で済ますことはできたけれど、そんな冗談が状況を、むしろ真剣なものにしてしまう。そう人は考えざるを得なくなります。ここに来るまで起きてきた数々の偶然への自覚、気まずさ、そしてはっきりとした恐ろしさが、両方の側に生じていたのではないでしょうか。まだ起きていない偶然はただ一つ、たまたま二人が鉢合わせしてしまうことだけでした。これまでの一連の妨げは、この最終的な顛末に可能性を灯したものとも見られます。二人はかなり恥じ入っていました――いえおそらくお互いいくらかは。あれだけ準備してきたのですか

ら、落胆もひとしおでした。（“The Way” Chap. 2, *EM*）

語り手は、引き合わせたいと願う両者に相当の情熱を抱いている。だからこそ、彼女の手記のこの一節は、その対面の成功が、当初は関係の要であったはずの自分を除外しだす可能性への恐怖を露呈しているのである。面会を仕切っているのがほかならぬ彼女であってみれば、それが不発に終わることを「恥じ入」るべきは二人ではない。語り手自身であるはずのものをはぐらかしているのである。冗談のような間の悪さを笑えないのも彼女であれば、偶然の鉢合わせを恐れる気持ちも彼女のものに相違ないのだ。

語り手が、二人がやがて自分なしで出会ってしまう可能性を心配するのは、無論二人が彼女にはない幽霊が見える体質を共有しているからである。彼女はすでに第二章で、自分の背後で二人が通じているという漠然とした印象を抱く。面会がなかなか実現しないという事態に、「二人はまったく同じ意見を表したうえ、おのおのが何らかの方法で、必ず他方の考えを耳に入れてしまうのでした」（“The Way” Chap. 2, *EM*）。そしてその疑念が爆発したとき、彼女は婚約を破棄するにいたる。

「あなたはあの人を愛していらっしゃるんでしょ。これまでにないほどの愛情で。そして情熱には情熱で、あの人もまっすぐ応えているんでしょう。あの人はあなたを支配して、あなたを抱きしめて、もうあなたの全部を自分のものにしてしまっているんでしょ。」（“The Way” Chap. 7, *EM* 強調原典）

幽霊を見る能力をもつ二人には、「情熱」を通わせることなど簡単であろう。そう推測することで語り手は、女性が生前すでに婚約者を支配していたという論理を肥大させる。

第六章では、嫉妬から二人が会えないように画策した自分自身を恥じているとの告白をしていた語り手は、超自然的な「特技」によって密通を犯した男女の構図を描き出し、そこに恥を外在化する。しかし彼女はそれゆえに、「絨毯の下絵」でただ一人、秘密への情熱を分かち合う恋人をもたなかった語り手と似た、孤独な状況へみずからを追い込む。婚約者との絆を破壊し、親密性からおのれ自身を排除する道を選ぶのである。

幽霊が本当に出ていようが出ていまいが、恋愛で暴走する自我が惹き起こす想像力の怪異を描くジェイムズの小説は、間違いなく第一級のサイコホラーと呼ぶことができよう。他方でここまで見てきた短編集の作品のうち、残る一編「眼鏡」では、作家にしては珍しく心理ではなく身体が主題となっている。この短編は、この書からは唯一ニューヨーク・エディションに再録されていないものだが、作家はこれを、あえてキャノンから葬り去ったのであろうか。その真偽は不明ながら、異色の作であるのは事実だ。

物語の主人公は、フローラ・ソーントという極めて美しい孤児である。身体美だけが取り柄の愚かで打算的なこの少女は、それを武器に貴族との結婚を目論んだ末、アイフィールド卿という婚約者を手に入れる。しかし彼女は、じつは失明寸前の弱視であり、人の見ていないところでは、「醜い」眼鏡で視力を矯正しなくてはならない。果たしてそれが、あるときアイフィールド卿に発覚し、結局彼女は捨てられてしまう。しかし物語には、彼女の美に惹かれ、深く愛するもう一人の男がいる。オックスフォード出の教育者、ジェフリー・ダウリングという男である。ダウリングは醜い容貌の持ち主で、彼女にはもとより嫌われていたが、失明し、彼を見ずに済むようになったフローラは、結果的に彼と結婚することになる。

この物語に描かれる恥辱は、まず登場人物の不具や不幸が徹底的に晒されることで、ある種のエロスを帯びるような状況である。異形のものが好奇の目により、特殊に艶めき出す瞬間を作家は巧みに描いていく。孤児のフローラには、メルドラム夫人という後見人が付いているが、まずこの人自身が弱視であり、醜い眼鏡姿であるという光景が、物語冒頭に描かれる。画家である語り手が捉えるこの女性は、「金縁の視力矯正装置越しに人を睨んでいる」ように見え、「かなりの直径のレンズが絶えずずり落ちる」さまや、「眼鏡を支える金の縁が、鼻を潰すように顔を横切る」グロテスクな容貌が、周囲の遠慮ない悪口の標的となっているような人物である。「眼鏡は彼女に、自分自身の醜悪さ以外の世界のすべてを見えるようにしたのである」（"Glasses" Chap. 1, *EM*）。

彼女に対する世間の反応を知っているため、フローラはなお一層眼鏡を嫌う。しかし、彼女の秘密を夫人から聞いた語り手は、面と向かって彼女に目が見えないのは本当かどうか、尋ねてしまう。フローラはその暴力的な質問に顔を赤らめ、涙を流しながら強気にそれを否定して、逆に自分は五体満足であると言い張り勝ち誇る。

「わたくしは自分の体のあらゆる場所になんの問題も抱えていないといえますことを、とても幸せに存じておりますʼ。ほんの小さな不具合だってありませんのよ！」彼女はいつもの自己満足げな口調をさらに強めて言い放った。……「わたくし目はいいんですの。歯も大丈夫、胃腸も大丈夫、精神状態も良好ですわ。わたくしいたって健康よ！」気になったのは、この時彼女が赤くなり、涙していたことである。自分のいかなる特徴についても不完全と思われることが、彼女には我慢ならなかったのだ。（"Glasses" Chap. 3, *EM*）

本人自身が認めないため、語り手はダウリングと、始終その真実についての議論を交わすことになる。だが実際、彼がやっていることは、あえてフローラの羞恥を帯びた反応を引き出し、取り乱した彼女を観察するというサディズムを含んでいる。

フローラが押し隠そうとする恥を語り手が窃視する設定は、果たしてここだけに留まらない。最もセンセーショナルなのは、玩具店でクリスマスの買い物をしているアイフィールド卿とフローラに彼が遭遇するくだりである。彼女はある玩具の仕掛けを確認するためこっそり眼鏡をかけるのであるが、それをアイフィールドに見咎められ、公然と暴力的な仕打ちを受ける。

アイフィールド卿は、もう彼女の腕を掴んでおり、いきなり自分のもとに乱暴に彼女を引き寄せた。次の瞬間、私は非常に悲惨な光景を目の当たりにすることになった。あの至上の美しさを誇るものが、真っ赤になっていかがわしく衆目に晒され、その顔には一対の黒縁眼鏡が乗っていた。美しい鼻にねじ曲がってまたがるその形は、美形を損なうに十分であった。彼女が空

いているほうの手でそれを掴み取った間に、私は取り乱して現場を離れた。（“Glasses” Chap. 6, *EM*）

アイフィールドがフローラに行なった急激な動作（jerk）は、数多のネガティヴな含意をもつ言葉であるが、ほかにもここには「さらけだす expose」、「またがる astride」等、性的な暗示を含んだ語彙が現れている。またそれもさることながら、個人の秘密を暴き立てるという筋自体が、ジェイムズにおいてはおそらく特に野卑を極めた行為である。これらの意匠は連動し、彼にしては珍しくフィジカルな物語を効果的に演出している。

第一一章でこの事件の報告を受けたダウリングは、涙を流して不憫がる。しかし注目すべきなのは、美しい不具者フローラは、徹底的に人目に晒され、物象化・醜悪化されながら、盲いた後はダウリングと隠遁し、そのために公には性的欲望を喚起するモノには堕しきらないという展開だ。そしてまさにこの設定により、本作はいわば、当初感じられた「ポルノグラフィック」な方向とは逆向きに閉じていく。ジェイムズの美学の基本とは、もとより晒すより隠すことだ。その意味ではこの作品も、彼の文法の範囲に収まる。ただその結末には、フローラの盲目ゆえ幸運にも彼女を手に入れ、かつその他の関係から身を引こうとするダウリングへ寄せられた、語り手の一抹の軽蔑が描かれる。恥ずかしい人物は、いわば最後で入れ替わっているのである。

おわりに　情動の展示と気恥ずかしさ

この短編集に収録された物語に描かれた恥の位相は以上のようなものである。この作品を恥のアレゴリー集だと断定する意図はないながら、最後にこの書のタイトルに選ばれたembarrassmentの意味に照らして、ジェイムズにとって恥とは一体何であったか、考察を加えて本論を閉じたい。ある心理学者はembarrassmentを一般的なshameと差異化し、以下のように定義づける。

エンバラスメントとは散漫や崩壊の状態を表す。なぜならその際、自我は二方向に引き裂かれるからである――人目につく外側へ、そしてその外向きの反応への不安を受けて内側へ。その時人は、顔が紅潮していることを自覚するが、目に見える外向きの反応とはそのことである。……私がシェイムと呼ぶものは、圧倒的で独特な痛みの経験であり、収縮する自我感を核に編成される。「エンバラスメント」とは極度に強い痛みを伴うシェイムによって惹起されるものだといえよう。しかし感情面での打撃は軽微で、一部快感さえも伴いうる。（Miller 38-39）

この心理学者によれば、目を伏せ、頭を落とし、小さく内向きに縮こまる動作を誘発するshameとは対照的に、目に見えた反応が公になることから開始され、そこから縮こまりたい衝動が続いていく反応をembarrassmentと呼ぶようである。また公になるという事態にほかならぬ快感さえ覚えるような、外向きの衝動が分裂あるいは矛盾して生じるのが、この心理作用であるというのだ。

端的にいえば、おのれが何かを恥じている事実が暴露されることこそが「困惑」や「気恥ずかしさ」だということであろう。果たしてこの説明は、ジェイムズにおける恥を想像するにあたって非常に役立つイメージである。それはつまり、一種暴露の予感さえがあらかじめ折り込まれた人格の統合と分裂のあいだ、さらには能動性と受動性のあいだに生じる自己表現の領域を表意しているということである。そして「野心の挫折」に興味を抱いたジェイムズにしてみれば、人間感情のこの領域に注目したのはほとんど必然的であったと考えることも可能であろう。

恥を人間に特徴的な情動と見なしたシルヴァン・トムキンズも、この点を補強すべき恥の作用を興味深く説明している。「恥が下等な動物にも見られることは、これがある程度、動物が生まれもった情動の定式」であることを示しているが、人間においては「後天的に獲得された」コミュニケーションの方法として、「戦略的に用いられることもおおいにありうる」（Tomkins 353）。すなわち人は、恥を意図的にパフォーマンスすることがあるという意味である。これは、仮にジェイムズ自身が、おのれの恥と自覚的に取り組んでいた可能性を想定する際、非常に重要な次元となろう。

いかにみずから恥の意識に苛まれたことがあったにせよ、その並外れた職業意識に鑑みれば、彼のような作家が単に、自分のただ赤裸々な経験談として、恥を描いたはずはないのだ。恥を物語化するにあたり、彼は大胆に想像力を働かせ、そこから倫理的な問いを練りあげたに違いない。以上でみた四作品でも、文学市場や批評というビジネスの欺瞞性や、愛する行為にまつわる利己主義、さらには虚栄心、弱い者への嗜虐性、他者の身体性をめぐる享楽――こうした多様な対象に対し、彼の批判が向かっているのは明白である。

このことはさらに、優れたジェイムズの読み手たちがしばしば考究してきた問い、すなわち彼はいかにして、あの独異な小説技法に逢着したのかという問題とも交差する。イヴ・セジウィックは、ニューヨーク・エディションの編集作業でジェイムズは、本来「人の身をすくませるような情動」であると解される恥を「生産的なものに変えた」と語っている（55）。人は恥を表現上の戦略として外在化しうる。だとすれば、ジェイムズ文学に散りばめられた羞恥がひらく思いがけない物語は、いまだ人間というものに、未知の部分を探究できる可能性を示唆するものに違いない。

◉註

（1）ダーウィンの邸宅への訪問は、同家と姻戚関係にあるチャールズ・エリオット・ノートンの計らいで行なわれている。ダーウィンの息子と結婚したノートン夫人の妹セアラ・セジウィックはまた、ジェイムズの妹アリスの親友であった（Lucas, 2011）。

（2）この点については、主に『ハックルベリー・フィンの冒険』を通して詳しく論じたことがある。拙著『アメリカ文学のカルトグラフィ』第三章を参照。

（3）戦争時には、二人はそれぞれマサチューセッツのいわゆる黒人連隊（第五四、五五連隊）に所属していた。戦後ウィルキーは、フロリダで自由黒人の雇用に基づくプランテーションの経営を目論んで莫大な投資を行なったが、結局それに失敗し、ヘンリー・シニアの遺言では遺産相続人から外された。ボブは鉄道会社に入り西部に移住し、妻の実家の支援もあってミルウォーキーで農園を営んだりもした。が、仕事への不満などから飲酒癖を得たといわれている。このような経緯については、特に二人の人生を主題とした伝記（Maher, 1986）で詳しく読むことができる。

（4）ただし水野尚之によれば、ジェイムズの「失敗」は、単に劇作の失敗であったとはいえないようだ。「ジェイムズは、『ガイ・ドンヴィル』初演の経験によって劇作の筆を折り、小説創作へと回帰した、というような言説が時々見られるが、これは少々乱暴な断定である。実際には、ジェイムズは『ガイ・ドンヴィル』以後も劇を書き続けている」（二三一）。

（5）同作のタイトルは、ニューヨーク・エディションに加えられた際に "The Friends of the Friends"（「友達の友達」）に改められており、おそらくそちらの知名度のほうが高い。しかし本稿においては当初のタイトルを使用する。

◉引用文献

Adams, Henry. *The Education of Henry Adams*. 1918. Introduction by D.W. Brogan. Houghton Mifflin, 1971.

Benedict, Ruth. *The Chrysanthemum and the Sword*. 1946. Houghton Mifflin, 1989.

Darwin, Charles. *The Expression of the Emotions in Man and Animals*. 1872. Darwin Online. darwin-online.org.uk. Accessed, 22 November 2018.

Holly, Carol. *Intensely Family: The Inheritance of Family Shame and the Autobiographies of Henry James*. U of Wisconsin P, 1995.

James, Henry. *The Complete Letters of Henry James, 1876-1878*, vol.2., edited by Pierre A. Walker and Greg W. Zacharias. U of Nebraska P, 2013. 2 vols.

——. *Embarrassments*. [EM] Kindle, ed., Heinemann, 1896.

——. *Henry James Letters, 1883-1895*. Vol. III. [HJL], edited by Leon Edel. Harvard UP, 1980. 4 vols.

——. *The Notebooks of Henry James*, edited by F. O. Matthiessen and Kenneth B. Murdock. U of Chicago P, 1981.

——. *Henry James: Autobiography*, edited by Frederick W. Dupee. Criterion, 1956.

Lucas, Peter. "The 'Young Yankee' and the Darwin Family." 2011. Darwin Online. darwin-online.org.uk. Accessed 22 November 2018.

Maher, Jane. *Biography of Broken Fortunes : Wilkie and Bob, Brothers of William, Henry, and Alice James*. Archon, 1986.

Miller, Susan. *The Shame Experience*. Analytic, 1985.

Nathanson, Donald. *Shame and Pride: Affect, Sex, and the Birth of the Self*. Norton, 1992.

Sedgwick, Eve Kosofsky. "Shame, Theatricality, and Queer Performativity: Henry James's *The Art of the Novel*." *Gay Shame*, edited by David M. Halperin and Valerie Traub. U of Chicago P, 2009. pp. 49-62.

Tomkins, Silvan. *Affect, Imagery, Consciousness*. The Complete Edition. Springer, 2008. 2 vols.

Twain, Mark. *Following the Equator*. 1897. Beaufoy Books, 2010.

水野尚之「解説」『ガイ・ドンヴィル』ヘンリー・ジェイムズ著、水野尚之訳、大阪教育図書、二〇一八年。一九八–二三九頁。

新田啓子『アメリカ文学のカルトグラフィ――批評による認知地図の試み』研究社、二〇一二年。

第二部　音楽が響く

Music Echoes

第四章　現実に立ち向かえ《フェイス・ザ・ミュージック》

――『気まま時代』（一九三八）における精神分析

日比野 啓

"Face the Music": Contextualizing Vulgar Freudianism in *Carefree* (1938)

Kei Hibino

超自我を修正してもっと制御しやすいものにし、とりわけセクシュアリティの規制において現実主義的にすることが一九二〇年代以降の精神分析療法の大きな目標だった。（Hale 387）

はじめに

フレッド・アステアとジンジャー・ロジャースのコンビによるＲＫＯ製作の『気まま時代』（*Carefree*）は、じつに奇妙な作品である。

ミュージカル映画を標榜しながら、ナンバーが四曲しかない、という点も異例だが、アステアが精神分析医トニー・フラッグ博士を演じているのもおかしい。それまでの作品でアステアはダンサーや元ダンサーを演じ、ナンバーを劇中劇の扱いにすることで、対話からナンバーへの移行が不自然に見えないようにするための工夫をせずにすんでいた。一九三〇年代に量産されたアステア&ロジャースもの第八作になる本作で、なんとか目先を変えようとするのはわかるものの、よりによって精神分析医なのはなぜなのか。その結果、ミュージカル映画におけるナンバーは二人のカップルの恋の進展を描き出すはずなのに、「『気まま時代』はナンバー構成の点からはありきたりのものだが、ナンバーを支える筋立ては全くもってありきたりではないし、ナンバーの意味を根本的に変えてしまう」とギャラフェントが示唆するように（82）、本作ではナンバーは物語に統合されず、物語の進行を妨げるものになってしまっている。

本章では、アメリカ社会にフロイト流精神分析の諸概念、とりわけ『夢判断』（*Die Traumdeutung*〔一八九九〕）の内容が単純化され「俗化」されて普及していく過程と、ミュージカル映画の発達がほぼ時期を一にしていたことに注目し、『気まま時代』が俗流フロイト主義や精神分析医を諷刺しつつ、精神分析のイデオロギーに取り込まれていることを示す。スクリューボール・コメディとミュージカルを足して三で割ったような出来がいいとはいえないこの作品が、「現実に立ち向か《フェイス・ザ・ミュージック》」うことが「社会的意義のある歌を歌う」（"Sing Me a Song with Social Significance"）ことを意味していたはずの一九三〇年代において、（性的）欲望の適切な管理という俗流フロイト主義の核に埋め込まれた強迫観念を反復することで現実に立ち向かっていたことを示す。

一　『気まま時代』における俗流フロイト主義

ロジャースが演じるアマンダ・クーパーは、ラジオのレギュラー番組をもつ歌手でダンサーだが、スティーブン・アーデン（ラルフ・ベラミ）と婚約をこれまで三回破棄している。スティーブンは心配して大学時代の友人で精神分析医をしているトニー・フラッグの診察を受けさせるが、トニーが診察の前にメモ代わりに残していた音声記録を偶然聞いてしまったアマンダは、そのなかで自分を「優柔不断な、愚かで、浅はかで、不適応のよくある女性がまた一人」[1]（9）だとトニーが評しているのを知って、トニーに対し反抗的な態度を取ることを決める。

この出だしの設定は、これまでのアステア&ロジャースものでおなじみのものだ。すなわち、二人の最初の接触はつねにうまくいかない。アステアが必ず何かヘマをして、ロジャースはアステアについて悪い印象を抱く。物語は、いかにアステアが当初の失策を乗り越えてロジャースと結ばれるかをめぐって展開する。

他方、『気まま時代』は型通りの展開にひねりを加えてもいる。これまでの作品では「優柔不断」なのはロジャースだけだった。アステア&ロジャースものにおけるロジャースの役どころは、自分の本心を押し隠して、男を手玉にとり、最後には破滅させる古典的な「運命の女」と似ているようで異なる。なるほど、ロジャースも「運命の女」同様、男には「読めない」言動をとることでアステアを振り回すのだが、それは彼女が自分の本心を自分でもわかっていない、すなわち真の欲望を知らないからだ。ロジャースはアステアのことが本当は好きなのに、「女だから」＝「愚かだから」そのことを自覚できず、結果としてアステアを手ひどくはねつけ、混乱させる。対照的にアステアは自分の欲望をよく知っている。自分がロジャースを愛しており、最終的にはロジャースも自分の気持ちを受け入れてくれるとわかった上で、ロジャースの心ない言動にくじけることなく口説き続ける。

デルポイの神殿に掲げられていたという「汝自身を知れ」という格言が西欧の知の在り方を根本的なところで規定していたとすれば、フロイトの精神分析はそれを「汝の欲望を知れ」と書き換えたといえる。そして一八九六年に発表された論文「ヒステリーの病因について」からはじまるフロイトのヒステリー論が女性のヒステリー患者の臨床経験をもとに書かれたことが示唆するように、初期の精神分析では、己の欲望を知るのは男性であり、女性は男性から自分の知らない自らの欲望を教えられることになる。このような女性とその欲望にたいする精神分析の謬見をそのまま反復して、アステア&ロジャースものではアステアがロジャースに彼女の欲望を教えることで二人は結ばれる。ところが『気まま時代』では、ロジャースだけでなく、アステアもまた自分の欲望を最後まで知ることがない。なるほど、アステア演じる精神分析医トニーは、「［精神分析の目的は］意識と潜在意識の完璧な協調が得られるように骨折る」ことだと説明すると「最初は精神分析をしてもらいたいかわからなかったけれど、今ははっきりされたくないわ」（11）と撥ねつけるアマンダに困り果てた挙句、「お願いだから、僕はただ、君が自分自身を発見する手伝いをしているだけだってわかってほしいな」（12　傍点筆者）と、それまでの作品には見られない明瞭さで、精神分析における男性と女性の非対称的関係を提示する。けれどもトニーは、鏡に写った「潜在意識の自分」（！）が「お前は彼女を愛している」と教えてくれるまで、自分のアマンダに対する恋心を知ることはない。

　医者の不養生という使い古された言葉を持ち出さなくても、作り手たちが精神分析とその効能を茶化そうとしていることはこれだけでわかる。すでに一九二〇年代には精神分析を性的解放の方法だと考える大衆信仰が生まれ、「リトル・ブルー・ブックス」というシリーズで『精神分析におけるセックス』（*Sex in Psychoanalysis*）『睡眠と性夢についてのフロイト』（*Freud on Sleep and Sexual Dreams*）のような一般読者向けの解説書が次々と出版されていたことはネイサン・ヘイルの『合衆国における精神分析の勃興と危機』が示す通りで（76-77）、猫も杓子も精神分析といった社会状況を諷刺しようという意図が作り手たちにあったことは見てとれる。トニーは何度か「やぶ医者」（quack）と言われるが（池のアヒルが「クワック！」と鳴くカットまである）、それはトニー個人に向けられたものというより、精神分析医一般をうさん臭く思う世間の声を代表したものだったろう。[2]

興味深いのは、作り手たちがそのような諷刺をするにあたって、精神分析について相当程度理解していたことだ。本作は当時の精神分析の知見が随所に取り入れられており、精神分析の流行に対する皮相的な反撥から精神分析医を滑稽に描くだけではないように思われる。たとえば、精神分析では嘘をつけない、患者がどんなに否認しようと、真実を覆い隠そうとしてでっち上げる物言いにかえって真実が現れる、ということがある。アマンダが夢判断を受ける場面を見てみよう。アマンダは「僕には色が見えていなかった」（"I Used to Be Color Blind"）のナンバーをトニーと踊るという夢を見て、自分がトニーに恋心を抱いていることに気づいてしまう。診察室でトニーが求めるように夢の内容を率直に語って聞かせることはできない、と判断した彼女は、その場を取り繕うために『赤ずきんちゃん』の夢を見た、と出まかせを述べる。自分は赤ずきんちゃんではなく、オオカミになり歯を向いてうなっていたのだが、次の瞬間赤ずきんちゃんに、さらにはたくさんの数字に変わる、と語るアマンダに「数字とは？」とトニーが問うと、アマンダは一瞬ためらってから「自分はラジオのダイヤルになったのだ」と答え、「どうやら一晩中、何千人もの人々が、ずっと私のスイッチを入れたり、消したりしていた」（keep turning me on and off, 31）と続ける。

『赤ずきんちゃん』のずきんの赤は生理の経血を表し、赤ずきんちゃんがおばあさんの警告を守らずにオオカミに食べられてしまうことは破瓜を意味すると最初に説いたのはエーリヒ・フロムで、一九五一年に英語で出版された（日本語には未訳の）『忘れられた言語——夢、おとぎ話、神話の理解入門』（*The Forgotten Language: An Introduction to the Understanding of Dreams, Fairy Tales and Myths*）においてだが、これは一般読者向けの啓蒙書で、フロムがいつ『赤ずきんちゃん』の象徴的解釈を流布し始めたのかは定かではない。フロムは一九三四年にナチスの迫害を逃れるためジュネーヴ経由でニューヨークにやってきて、三〇年代はコロンビア大学で教鞭を執っていたから、あるいはこのことは一九三八年の『気まま時代』制作時には知られていたことだったかもしれない。

たとえ『赤ずきんちゃん』の象徴的意味を作り手たちが知らなかったとしても、「性的に興奮させる」（turn on）という表現がラジオのスイッチのオン・オフに重ね合わされて巧妙に滑り込まされているのは意図的なものだろう。その後もアマンダは自分の変身譚を語り継ぐ。突然カエデの木――カエデの花言葉は慎み（reserve）である――に変わった彼女は近道を通って川を渡ろうとするが、サメ（dogfish）が現われて嚙みつこうとする。それから後ろを振り返ると、何千匹ものリスが飢えたオオカミのように彼女に向かってくる。四方八方から襲ってくるので、彼女は逃げられず、リスの歯で嚙みつかれたと言ってアマンダの偽の告白は終わる。

この直後に「彼女はノイローゼと抑圧のオンパレードだ、こんなのはじめてだ」（33）とトニーが同僚のパワーズ博士に興奮して話すとき、トニーはアマンダが見た夢の内容を正直に話していると信じ込んでいる。だが精神分析では原理的に嘘をつくことはできない。偽の告白ですらも、一片の真実を含んでいる。なるほどトニーは、アマンダが自分に恋していることに気づかなかったかもしれないが、アマンダが自らの性的抑圧によって混乱しているという別の真実を正しく言い当てている。もっと正確にいおう。本作は、アマンダが自らの性的抑圧によって混乱しているという別の真実をトニーが正しく言い当てるというエピソードをもりこむことによって、精神分析は患者が嘘をついても患者の潜在意識で抑圧されていた真実を明らかにできる、という精神分析の根幹にあるイデオロギーを観客に刷り込むことに成功している。

抑圧されたものの回帰という、フロイトがフェレンツィ・シャーンドルへの一九一〇年一二月六日付の手紙ではじめて公にし、それ以降もたびたび著作で触れることになる見解を、『気まま時代』の作り手たちがよく理解している証拠は他にもいくつかある。まず、トニーが作品の冒頭で語ることに耳を傾けてみよう。「僕たちはみな現実から逃避しようとする。僕たちはみな本当の自分とかけ離れた何かになりたいと思っている。僕は子供の頃、消防士になりたかった」(7)。しかし彼は本当に子供の頃「本当の自分とかけ離れた何かになりたい」と考えていたのだろうか。炎が燃えさかる情念を象徴するのなら、消火活動にあたる消防士は欲求を昇華するのに手を貸す精神分析医の謂いということになる。トニーは自らの願望を抑圧したつもりだが、実際には別のかたちでそれをかなえていた。

もう一つの例は言及するのもためらうほど露骨なものだが、管見によれば先行研究では指摘されていない。先ほど言及したトニーによるアマンダの夢判断は、普段夢を見ないと答えるアマンダに何とか夢を見せようと、「夢を誘引する食べ物」(23)をトニーが注文する、という場面の後に続くものだった。このレストランの場面でトニーは、そのおぞましさに身悶えするウェイターを尻目に、ホイップクリームを添えたシーフード・カクテル、ロブスターとたっぷりのマヨネーズ、バターミルクをかけたキュウリ、ストロベリーのショート・ケーキを注文する。クリーム色をした濃厚なもの、つまり精液を連想させるこれらの食事を、トニー、スティーブ、アマンダ、アマンダの叔母コーラという四人の男女がとった後、男たち二人は気分が悪くなってしまう。対して女たちは元気になる。

一九三〇年に映画製作倫理規定、いわゆるヘイズ・コードと呼ばれた自主検閲基準が導入されて、ハリウッドはそれまでのあけすけな性描写を断念せざるを得なくなる。後ほど詳述するように、『気まま時代』はミュージカル映画でありながら、当時流行していたスクリューボール・コメディの特徴を多く兼ね備えているが、「セックス抜きのセックス・コメディ」（Sarris 8）とよばれたスクリューボール・コメディが流行したのはポスト・ヘイズ・コード時代だから、ということもあった。ヘイズ・コードの導入を決めたアメリカ映画製作配給業者協会に挑戦し、性的な事柄は抑圧しても回帰してくるとフロイトにならって宣言するかのように、この映画では精神分析という隠れ蓑を使って、アマンダが性的欲求不満に悩まされていることを読者に示唆する。

もっともこの作品では、精神分析の知見をあちこちで披露しながらも、そのような知見を精神分析医であるトニー本人はそう大して持ち合わせていない、という皮肉な設定をとっている。前記の二つの例でも、トニーは自分が子供の頃の夢を実はかなえているとわかっていないし、自分たちが食べたものが象徴としての精液だから、自分たち男は気持ち悪くなったのだ、ということに思いをいたすことはない。そもそも自分がアマンダに抱く恋心も当初はわかっていないのだから、池のアヒルならずともヤブ医者、と言いたくなるところだ。

とはいえ、精神分析の観点から象徴的意味に満ちている世界で、象徴を解釈することが不得手な精神分析医が右往左往する、という『気まま時代』の趣向は、そのままこの作品の駆動力となっている。トニーは自分に対するアマンダの愛情を（作品中でその言葉は使われないものの）患者が分析家に転移を起こしたものだと考え、その感情が婚約者であるスティーヴンに正しく向かうように「治療」を行なうからだ。だがその治療は、当時にあってもいささか時代遅れな催眠療法である。

それでも最初の試みは、アマンダの抑圧を解くために麻酔薬を使うという真っ当なものだ。とはいえ、アマンダの入眠直後にトニーが用事で席を外すと、ラジオの生放送の出番が十分後だから急ぐようにと入ってきて知らせるスティーヴが、トニーの知らないうちに彼女を外に連れ出してしまうことがきっかけで大騒動が起きる。付き添っていたスティーヴが目を離したすきに、催眠が解けないまま街へふらふらと出て行ったアマンダは、行き交う車の列に割って入って交通を渋滞させ、トラックの積荷として運ばれていた巨大なガラス板を割り、挙げ句の果てにはラジオの生放送で番組のスポンサーであるセンテラ歯磨きだけは使うなと叫ぶ。数々の「してはいけないこと」をしでかし、好き放題に振る舞うアマンダを見て、当時の観客は笑うとともに「抑圧からの解放」「人間の本能の追求」が文明を破壊するかもしれない、という俗流精神分析とその浅薄な理解がもたらした懸念を味わうことになっただろう。

けれどもアマンダの夢についての説明がデタラメだったことを知り、彼女が自分に抱く愛情を認識した後のトニーが行なう二度目の催眠治療は医学ではなく、たんなる催眠術だ。目に光を当てて催眠状態にさせた後、トニーは自分の言葉を復唱するようにとアマンダに命じ、「私はスティーヴンを愛している。私はスティーヴンと結婚する。フラッグ博士は恐ろしい怪物だ。あの男のような人間たちは犬のように射殺されるべきだ。私はトニーを愛していない。トニーは私を愛していない」(59)と繰り返し言わせて自己暗示にかける。アマンダは自分の意思に反してスティーヴンを愛するようになる。

さらにこの後、トニーは自分がアマンダを愛していることを「潜在意識の自分」に教えられると、自分のかけた催眠術を解こうとして、スティーヴの監視の目をかいくぐってアマンダと接触する。ナンバー「チェンジ・パートナーズ」のダンスは、偽の長距離電話で呼び出されたスティーヴが席を外した隙に、トニーが「一言話させてくれ」と言ってアマンダに近づき、「いやよ」（73）と答える彼女を両手の動きによって意のままに操りながら踊るもので、アステアが手繰る見えない糸によって機械仕掛け人形のロジャースが踊っているように見える。趣向としては楽しめるものの、女性の意志をコントロールする催眠術＝精神分析というイデオロギーが当然のこととして扱われているさまは現代の私たちの目にはいささかグロテスクに映る。

ところが運悪く、ハワイからの長距離電話がトニーの看護師であるコナーズ（ジャック・カーソン）が正体を偽って近くからかけていたものだと見破ったスティーヴがアマンダのもとに駆けつけることで催眠術を解けずに失敗に終わる。そしていよいよスティーヴとアマンダの結婚式という日に、コーラの手引きもあって式場の花嫁控室に侵入したトニーとコナーズは、アマンダを殴って気絶させることで催眠術を解こうとするが、トニーは拳を構えて殴ろうとするものの「こんなことはできない」（77）と言ってやめてしまう。だがちょうどそのとき、トニーたちを追ってきたスティーヴがトニーに殴りかかり、身をかわしたトニーのかわりに殴られたアマンダが気絶するので、トニーは「僕の言うことを復唱して。トニーはアマンダを愛している」（78）と囁く。次の場面で、ワーグナー『ローエングリーン』から「婚礼の合唱」が鳴り響くなか、スティーヴのかわりにトニーが、片目の周りを黒く腫らしたアマンダと腕を組んで入場してくるところで作品は終わる。

二　『気まま時代』とスクリューボール・コメディ

当時の観客であってもこの結末には驚いただろう。その急転直下の解決自体にというより、「チェンジ・パートナーズ」のダンスのとき以上にアマンダの意思を排除することで解決をしてしまうその強引さに、である。トニーはスティーヴに向かって「[自分が催眠術を使って植えつけた]あの不自然な考えを彼女の精神から取り除き、そのあとで彼女に二人のどちらかを選んでもらうのが公平だ」(68)と言っていなかったか？　実際にトニーがやったことは、「取り除く」ことではなく、新たな考えを植えつけることだった。物語後半において、ヒロインであるはずのアマンダは自分の意思をまるで発揮しない。

この奇妙さは精神分析のミソジニー性だけでなく、スクリューボール・コメディというジャンルの特異性を考えることで、もう少し説明できるように思われる。スクリューボール・コメディは、一九三〇年代から四〇年代初めにかけてハリウッド映画で流行したロマンティック・コメディの一亜種で、主役カップルの間の深刻な諍いと辛辣なやり取りをその特徴とするもの、とひとまずいえるだろう。その源流や厳密な定義についてはここでは立ち入らない。一九三〇年代に量産されたアステア&ロジャースものは同時代のスクリューボール・コメディに影響を受けており、『コンチネンタル』(一九三四)と『トップハット』(一九三五)がその例として挙げられることが多いが、スクリューボール・コメディの特徴がもっともよく現れているのは本作『気まま時代』だろう。予定されていたカップルの結婚式が直前になって取りやめになり、三角関係にあったもう一人の男が女と結婚する、という『気まま時代』の筋立ては、スクリューボール・コメディの代表作として取り上げられてきた『或る夜の出来事』（一九三四）と『フィラデルフィア物語』（一九四〇）にも見られるもので、『コンチネンタル』や『トップハット』にはないものだ。

他にも『気まま時代』が備えているスクリューボール・コメディの特徴はいくつもある。たとえばシャムウェイによれば、スクリューボール・コメディはその遠い先祖である牧歌劇《パストラル》以来の、文明から隔絶された場所を舞台とするという設定を少しひねり、富裕層が行楽の場所としていた都市の郊外を舞台とするというのだが(3)、これはシャムウェイが挙げる『或る夜の出来事』『フィラデルフィア物語』に当てはまるだけでなく、大半の事件がメドウィック・カントリークラブなる場所で起きる『気まま時代』にもいえることだ。二一世紀の日本でもゴルフ場の名前として残るカントリークラブは二〇世紀初頭に合衆国の郊外化とともに発展したブルジョア紳士淑女の社交場であり、その多くはメドウィック・カントリークラブ同様、射撃場やサイクリングコースを備えていた（Mayo）。

だが『気まま時代』がもっともスクリューボール・コメディらしいところは、女性主人公の内面の取り扱いにある。一般にロマンティック・コメディがいささか現実離れした設定と展開とを持ち味とするなら、リアリズムを基調とするスクリューボール・コメディは、女性主人公が（見かけ上）主体性を発揮し、男性主人公と丁々発止のやり取りを繰り広げるところにその特徴があった。男の言いなりにならない、従順でない女が出てくるところに当時の観客はリアリティを感じ、ロマンティック・コメディが本質的に夢物語でしかないことへの不満を幾分紛らわせることができたわけだが、だからといって「自立した」女性主人公が男性主人公に最後まで逆らい続けることはなく、結末で女性は意地をはるのをやめて素直になり、男性と結ばれるという「夢」が描かれることには変わりはない。「現実」としての両性間の主導権争いから、「幻想」としての男性に対する女性の服従へ。スクリューボール・コメディの作り手たちは、無理のないその移行に腐心する一方で、それがジャンルの約束事《コンベンション》でしかないことをあえて暴露するかのように、女性主人公が突然従順になる、という筋立てを用いることも少なからずあった。たとえば舞台ミュージカル『キス・ミー・ケート』（一九四八）とその映画化（一九五三）では、原作となる『じゃじゃ馬ならし』（一五九四）を上演するという劇中劇の構造をとることで、キャタリーナ役を演じるリリーが、元夫でペトルーキオ役を演じるフレッドのもとに戻る経緯を原作以上に唐突で不可解なものにみせている。原作者バーナード・ショーの暗黙の了解のもとに結末を改変した『ピグマリオン』（一九三八）は、イライザがヒギンズ教授と口論して袂を分かったように見えながら、なぜか彼のもとに戻るという展開にした点で、スクリューボール・コメディふうに書き換えたのだといえなくもない（なお、スクリューボール・コメディとして通常分類されている『特急二十世紀』（一九三四）も、過干渉のせいで育てた女優に逃げられた演劇プロデューサーのところに、最後にその女優が戻ってくるというもので、三八年映画版『ピグマリオン』との共通点が見られる）。

途中までリアリスティックに描かれてきた女性主人公の内面が、ジャンルの約束事を墨守するために突然消失する。スクリューボール・コメディの多くに見られるこのような特徴を、自己言及的なパロディにしたのが『気まま時代』であるといえば、この作品の結末の異様さはある程度理解できるものになる。アマンダの意思はトニーの催眠術によって植えつけられた「偽の」意思だと批判するのは、『フィラデルフィア物語』で、トレイシーが婚約者ジョージと結婚できないと遅まきながら決めたにもかかわらず結婚式が始まってしまったので、元夫のデクスターの求婚を受け入れてかわりに結婚するのは馬鹿馬鹿しすぎる、と批判するのと同じぐらいお門違いである。観客の期待通り、主役カップルが結ばれるのだから文句をいうべきではないのだ。

三　「現実に立ち向かえ《フェイス・ザ・ミュージック》」という呪文

『気まま時代』はスクリューボール・コメディの約束事をパロディにしているだけでなく、それまでのアステア&ロジャースものの約束事を逆手にとっている。第一節で触れたように、アステア&ロジャースものにおいてロジャース演じる女性主人公は、アステア演じる男性主人公の求愛を何度も撥ねつける。それもあって、一般向け概説書だとロジャースは「頭空っぽの金髪女」（flippant blonde）をその役どころとしていた、と説明されることが多い。けれどもロジャースが求愛を拒絶するのは、アステアが（勘違いではあるものの）既婚者だったり（『トップハット』）、勤務先のダンススクールから解雇されるきっかけを作った男だったり（『有頂天時代』［一九三六］）、正体を偽って自分に近づいてきた上に勝手に結婚の噂を流すような人物（『踊らん哉』［一九三七］）だったりするからなのだ。通常の判断力があれば当然するはずの選択をしたに過ぎないロジャース演じる女性主人公たちは、「軽薄な」「うわついた」（flippant）と形容される。それはひとえに、彼女たちが「本当は」アステア演じる男性主人公を好きであることを自分で分かっておらず、彼らをいいように引きずり回す、ということになっているからだ。

ただし、これらの作品の説話《ナラティヴ》上の分析からはこのような解釈は不可能である。すなわち、彼女たちの無意識はアステア演じる男性主人公の魅力を正しく見抜いているのだが、アステアの表層的な言動に苛ついたり惑わされたりした結果、意識では自分の恋心を抑圧してしまっている、というような精神分析的解釈を観客に許す台詞や仕草をロジャース演じる女性主人公たちがしているわけではない。物語だけを追っていくと、結末に至ってアステアの求婚を突然受け入れるロジャースが、それまではアステアを手ひどい目に合わせていたことを見てとった観客が、前述のような物語を遡及的に構成するようにすら思える。

一方で、同様に男性主人公を手ひどい目に遭わせたあげく最後に求婚を受け入れるスクリューボール・コメディの女性主人公たちが「頭空っぽの金髪女」と呼ばれることはない。クローデット・コルベール（『或る夜の出来事』）も、キャサリン・ヘプバーン（『フィラデルフィア物語』）も、キャロル・ロンバード（『特急二十世紀』）も、男性と対等に渡り合える知的な女性として描かれ、観客にもそう捉えられている。アステアに自分が魅了されているという現実を受け入れられずにアステアを巻き込んで騒動を起こすロジャースと違って、彼女たちは自分の恋心という現実と折り合いをつけて賢明にも男性主人公との結婚（あるいは再婚）を選択するように見える。

このような相違が生じるのは、アステア&ロジャースものがミュージカル映画で、ナンバーがあり、そこで身体を通じて「無意識の」女性の欲望が露呈するからだ。アステア&ロジャースものの第二作『コンチネンタル』（一九三四）のナンバー「昼も夜も」で、アステアの強引な誘いにしぶしぶ応じて踊りはじめたロジャースが次第に興に乗るさまをカメラは追い、踊り終えて恍惚とした表情を浮かべるロジャースのクロースアップを提示することで、二人のダンスが性行為の隠喩であることをほのめかしていると看破したのはコーハンだった（Cohan）。ここまで極端でなくても、ナンバーにおいてロジャースの「真」の欲望が明かされる一方、通常の会話ではロジャースはアステアを何とも思っていないようにふるまうという仕掛けは、アステア&ロジャースものの基本的枠組みになっている。

だから観客はロジャースが日常生活において真の欲望を抑圧していることを、「現実」に立ち向かえていないことを知るようになる。一般にミュージカル映画では語りが二重になっており、ナンバーが「夢の世界」を表している（Feuer 68-70）ことを考慮に入れれば、アステア&ロジャースもので語られているのは、精神分析の見本のような物語、ということになる。『気まま時代』は、アステアを精神分析医にすることによって、アステア&ロジャースもののこのような約束事を自己言及的に暴露し、メタナラティヴとでもいうべき共通の枠組み――ロジャースがアステアのナンバー＝「治療」によって真の欲望を知り、「現実」に立ち向かえるようになる――を説話上で反復する。

なるほど、一般的にも欠点と考えられている『気まま時代』のナンバーの少なさは、このような離れ業を観客の目から隠すことに寄与している。さらに、トニーを自分の欲望を知らないヘボ精神科医とすることで、従来のメタナラティヴは見えにくいものになっている。けれども（他のアステア&ロジャースと異なり）『気まま時代』では説話上の設定がそう示している以上、ロジャースが日常生活において無意識の欲望を抑圧していることは観客に明らかだ。また、前述したとおり「僕には色が見えていなかった」のナンバーはアマンダの夢のなかという設定で、夢は無意識の欲望を成就するものという俗流フロイト精神分析の主張を裏書きするかのように、踊り終えた二人はキスをする。アステアは自伝で、「主演女優にキスをしないのは、妻が許してくれないからだという伝説が広まっていた」ので、「世界的疑惑を逆手にとって利用することに決め」、ロジャースに「きみさえよければ今度の映画でぼくはきみに正規の接吻をしよう。そうすればこの国の国際的危機を終わらせるかもしれない」と申し出て「この何年ものあいだジンジャーにキスしてこなかったことの埋め合わせになるような、スローモーションのキスを挿入した」（三〇三―四）ことをさらりと述べているが、作り手たちの思惑がどんなものであれ、この夢の場面によってロジャースが「頭空っぽの金髪女」であり、「優柔不断な、愚かで、浅はかで、不適応のよくある女性」の一人であると観客はさらに深く納得することになる。

現在ジャズのスタンダードとなっている「レッツ・フェイス・ザ・ミュージック・アンド・ダンス」は、もともとアステア&ロジャースものの第五作『艦隊を追って』（一九三六）のために、『気まま時代』と同じ作詞・作曲家アーヴィング・バーリンが書き下ろしたもので、「現実に立ち向かう」という意味の慣用句（face the music）をひねったものだ。「困難が待ち受けているかもしれないけれど／音楽と月明かりと愛とロマンスがある間は現実＝音楽とダンスに立ち向かおう」という、いかにも才人バーリンらしい小粋な歌詞と甘い旋律はアステアのほか、フランク・シナトラやナット・キング・コールのカバーでも知られている。

ところでバーリンはもう一つ、『現実に立ち向かえ《フェイス・ザ・ミュージック》』というミュージカルを一九三二年二月一七日にニュー・アムスターダム・シアターで初演していた。その約二ヵ月前、三一年一二月二六日に幕が開いた、アイラ・ガーシュウィンとジョージ・ガーシュウィン兄弟による社会派ミュージカル『君がために歌わん』（*Of Thee I Sing*）が、プロデューサーのサム・ハリスとバーリンの共同所有するミュージック・ボックス・シアターで大ヒットしはじめていた最中のことで、バーリンはジョージ・カフマンとモス・ハートと組んで同様の社会諷刺に挑んだ。柳の下の二匹目のドジョウを狙ったわけだが、警官の腐敗や禁酒法の無意味さ、ショウビジネスの内幕などを面白おかしく描いたこの作品は、一九二九年大恐慌以降の社会に受け入れられ、『君がために歌わん』の四四一回には及ばないが、一六五回という当時としてはそう悪くない公演回数で終わっている。

『現実に立ち向かえ』には作品の主題を簡潔に示すような同名のナンバーはないが、作品内容からすれば、ポスト大恐慌の時代の「現実に立ち向か」わなくてはならないのは主人公たち――『ジーグフェルド・フォーリーズ』をはじめとするレヴューのプロデューサーであるフロレンツ・ジーグフェルド・ジュニアをモデルにしたことが明らかなハル・リースマンが、尾羽打ち枯らした姿で登場する――である。だが、それは同時に当時のバーリン自身の心境を表してもいた。というのは、バーグリーンの評伝によれば、バーリンはこの時期スランプにあったからだ。

バーリンは芸術的にも経済的にも『現実に立ち向かえ』によって復活を遂げた。そして一九三四年にＲＫＯと契約して『トップハット』（一九三五）をはじめとするアステア＆ロジャースもののナンバーを書き下ろすことで、巨額の契約金を再び手にすることになる。スランプを脱し、ふたたびとのように裕福な生活に戻ったバーリンが、『気まま時代』のナンバーを作詞作曲する際にまだ「現実に立ち向か」おうと考え続けていたかどうかは定かではない。『トップハット』公開直前に妹を飛び降り自殺で失っていることを述べる箇所でバーグリーンは、バーリンに「過酷な現実を否定する生涯の性癖」があったことを記している。

しかも『気まま時代』は、他の多くのアステア&ロジャースものと同様、深刻な景気後退に見舞われていた一九三〇年代のアメリカ社会の経済的現実を描くかわりに、富裕層の何一つ不自由のない暮らしを描いて当時の人々の現実逃避の対象となっていた。そんな作品ばかりが当時上映・上演されていたわけではない。『君がために歌わん』や『現実に立ち向かえ』以外にも、『四十二番街』（一九三三）のようなワーナー・ブラザーズのミュージカル映画では出演者の貧困が描かれていた。一九三七年一一月初演の『縫い針と留め針《ピンズ・アンド・ニードルズ》』は国際婦人服労働組合員の素人たちによるプロパガンダ・レヴューだが、「社会的意義のある歌を歌え」という作詞・作曲のハロルド・ロームが書き下ろしたナンバーが象徴しているように、レヴューですら社会的意義をもたなくてはいけないことを自嘲気味に示していた。それでは『気まま時代』は「現実に立ち向か」っていないのだろうか。

本作品は女性に性欲があり、しかもその性欲は男性が適切に管理しないと「暴発」する可能性がある、という「現実」に立ち向かうことが必要であると伝えている。メドウィック・カントリー・クラブに催眠状態のまま乱入したアマンダが、スティーヴンをお供に連れてスキート射撃を楽しんでいるジョー・トラヴァース判事から銃を取り上げて、的であるスキートを見事に射ち落とし、さらにはトラヴァース判事の帽子まで射抜く、というエピソードは、催眠術によってトニーがアマンダの意思を支配下に置いているからこそ、彼女はまともに的を射抜けることを暗示している。精神分析において射撃はしばしば射精の比喩になり、的を射抜くことが精子の子宮への着床を暗示することを考えれば、アマンダが「暴発」（＝膣外射精その他）せずに、生殖のための性行為を行なうために精神分析医たるトニーが適切にアマンダの性欲を管理しなければいけないことが示唆されていることがわかるだろう。もちろん射撃と結びつくのは男性の射精であり、それは男性の性欲でもあるのだが、アマンダがトラヴァース判事――いうまでもなく、「横切る、越境する」（traverse）を含意するこの名前は道徳を守るべき裁判官にはあるまじき欲望の「越境」を暗示している――から銃を取り上げる行為は、女性が男性器の象徴を男性から奪うことを示している。アマンダが男性と同様に性欲をもっており、しかもその性浴は男性の性欲同様制御不可能であることは、『赤ずきんちゃん』の夢を語る精神分析の場面ですでに明らかにされていたが、この象徴的行為を通じてそのことが説話レベルで再度確認される。

一方、アステアは「正しく的を射抜ける男」として描かれている。「『ローモンド湖』でスイング」（"Since They Turned 'Loch Lomond' into Swing"）のナンバーで、メドウィック・カントリー・クラブにやってきたトニーはタップダンスを踊りながらゴルフクラブを振り回し、並んだボールを次々に打っていく。精神分析を揶揄するために精神分析医が自分の本当の欲望を知らないという設定を導入しながらも、トニーは他のアステア&ロジャースものでアステアが演じる役どころと同様、自分の欲望を適切に管理できる人間なのであり、だからこそアマンダの意思を意のままに操ることの正当性がその身体性を通じて与えられる。

『気まま時代』は一九三〇年代に製作されたミュージカル映画である以上、現実逃避型の娯楽を提供しつつも「現実に立ち向かう」ことをしようとしている。この作品は当時の多くの舞台ミュージカル・映画ミュージカルと異なり、現実社会の諸問題に立ち向かうかわりに、精神分析の諷刺を通じて人間の心の問題、とりわけ女性にも性欲があり、（男性同様）女性たちはその扱いに苦労している、という問題を取り上げる。そしてその解決方法として、男性による女性の心の管理＝支配という、正しく当時の精神分析の主題であるところのものを提示するのだ。

◉註

（1）『気まま時代』からの台詞の引用は *Carefree* (Frederick Unger, 1965) により、以降はページ数のみ示す。RKO Classic Screenplays シリーズとして映画公開のずっと後になって出版されたこの台本は、「RKO General（日比野註・RKO Radio Pictures の著作権を継承した持ち株会社）との取り決めによって出版された」とあるだけで、脚本を担当したアラン・スコットとアーネスト・パガーノの名前が正式な著者名として表記されているわけではない。通常の脚本にはないような溶暗／溶明／暗転／明転の指定が書かれている一方で、俳優たちが実際に話す台詞とは多少異なる部分もあるので、実際に使用された脚本をもとに映画を参考にして溶暗／溶明／暗転／明転などの指定を付け加えて作られたものと考えられるが、詳細は定かではない。

（2）ブロードウェイで一九四〇年に初演された『レディ・イン・ザ・ダーク』(*Lady in the Dark*) もまた精神分析を扱って当時話題をよんだが、クルト・ワイル作曲・作詞、モス・ハート脚本のこの作品は『気まま時代』とは異なり、精神分析をはるかに真面目にとっている。

◉引用文献

Carefree. Frederick Unger, 1965.

Bergreen, Laurence. *As Thousands Cheer: The Life of Irving Berlin*. Viking, 1990. Kindle ed., Da Capo Press, 1996.

Carvell, Stanley. *Pursuit of Happiness. The Hollywood Comedy of Remarriage*. Harvard UP, 1981.
Cohan, Steven. "'Feminizing' the Song-and-Dance Man: Fred Astaire and the Spectacle of Masculinity in the Hollywood Musical" in Steven Cohan, ed., *Hollywood Musicals, The Film Reader*. Routledge, 2002.
Gallafent, Edward. *Astaire & Rogers*. Cameron & Hollis, 2000. Columbia UP, 2002.
Gehring, Wes D. *Screwball Comedy: A Genre of Madcap Romance*. Greenwood Press, 1986.
Hale, Nathan G. *The Rise and Crisis of Psychoanalysis in the United States: Freud and the Americans, 1917-1985*. Oxford UP, 1995.
Mayo, James M. *The American Country Club: Its Origins and Development*. Kindle ed., Rutgers UP, 1998.
Sarris, Andrew. "The Sex Comedy Without Sex." *American Film*, vol. 3, no. 5, 1978, pp. 8-15.
Shumway, David R. "Screwball Comedies: Constructing Romance, Mystifying Marriage." *Cinema Journal*, vol.30, no. 4, 1991, pp. 7-23.

アステア、フレッド『フレッド・アステア自伝』、篠儀直子訳。青土社、二〇〇六年。

第五章　場違いな音楽
——ポール・ボウルズ『シェルタリング・スカイ』における異国の響き

大串尚代

“Wrong Music for the Moment”: Reconsidering Exotic Sounds in Paul Bowles’ *The Sheltering Sky*

Hisayo Ogushi

はじめに

「もし歴史が彼を思い出すとするなら、作曲家としての彼だろう」——一九七二年、ポール・ボウルズが自伝『止まることなく』を出版したことを受けて、作曲家ネッド・ロアムは、雑誌『ニュー・リパブリック』四月号に「帰っておいで、ポール・ボウルズ」と題する記事を掲載した。そこでロアムは、ボウルズの「物憂げな三拍子やホット・ジャズ、アラビア風の音の響きを通して、二〇年代、三〇年代、そして四〇年代のフランス、アメリカ、モロッコという時代と場所を呼び起こす、ノスタルジックでウィットがきいた音楽」を高く評価している（Rorem 24）。一方、ボウルズの小説についてのロアムの弁はいささか辛口で、ボウルズの作曲家と作家というふたつの才能はかみあっていない、と述べる（Rorem 24）。ロアム自身も作曲家と同時に執筆活動を行なっているものの、『パリス・レビュー』誌のインタビューで、あくまでも自分は「執筆することもある作曲家」であり、「作曲もたしなむ作家」ではないと述べている（"The Art of the Diary No. 1."）。ロアムはあくまで作曲家としてのボウルズを求めていたのかもしれない。だが作曲家、小説家の他にもエスノグラファー、翻訳家としての側面も持ち合わせるボウルズの経歴は、紆余曲折をたどる。

わずか一七歳のときに、フランスで刊行されていた文芸誌『トランジション』に詩作品「尖塔歌」が掲載されたボウルズは、その後アーロン・コープランドやヴァージル・トムソンらとの親交をもち、一九三〇、四〇年代には作曲家として活躍した。だが一九四〇年代の後半になって、その作曲活動は「他人から頼まれた音をいつも『生産』している」にすぎないことに気づく（*Without Stopping* 273）。そして「ふとしたことで係わるようになった舞踏会から、一歩外に踏み出したいという欲求が少しずつ大きくなってきたのを自覚」したとき、彼は「魔法の街」であるタンジールの夢を見て、その夏をタンジールで過ごすことに決める（*Without Stopping* 273-74）。そこで執筆されたのがボウルズ初の長編小説である『シェルタリング・スカイ』（一九四九年）であった。

ボウルズの音楽評論集『ボウルズ、音楽について』を編集したティモシー・マンガンは、『シェルタリング・スカイ』の冒頭部で、登場人物のポートとキットのモレズビー夫妻と友人タナーがカフェにいる以下の場面にふれ、そこにボウルズがこれまで過ごしてきたニューヨークの音楽業界と決別し、作家への転換をはかったことが暗示されていると考察する（vii）。

通りの向う側では、ラジオからコロラチュラ・ソプラノのヒステリカルな叫び声が放たれていた。キットは身ぶるいした。「いそいであちらへ行きましょうよ」と言った。「そしたらあれから逃れられるわ」。

アリアが一段落に近づき、終局にかならず控えている高音へと定石通り運ばれてゆくあいだ、彼らは金縛りにあったように耳を傾けていた。

やがてキットが口を開いた。「ようやく終わったわね。わたしウルメスをもう一瓶もらわなくちゃ」（15）

叫び声のような歌声から逃れ、その終わりを確認して安堵するというこの場面は、音楽との決別を示しているとマンガンは指摘する。たしかに『シェルタリング・スカイ』の主要登場人物であるポートもキットも、結局ニューヨークに帰ることなく、異国の地をさまようことになるのだから、この小説が音楽――おもに舞台音楽や映画音楽など、依頼を受けて創り出された音楽――によって生活を支えていたボウルズのニューヨーク生活との決別を示しているという解釈は、あながち的外れではないだろう。

同時に、『シェルタリング・スカイ』から音楽的要素が完全に排除されているかと問われれば、その答えは否である。むしろ、音楽や音の描写に満ちているといえる。たとえば、キットがどこからか耳にする、「奇妙な繰り返しの多い節回しの歌」(70) や、キットがタナーとふたりで列車に乗った際、キットが即興の歌をスペイン語で歌う場面 (70)、あるいは現地の子供たちが歌うシンコペーションのリズムの歌 (120)、遠くから聞こえるドラムの合奏 (219) などの描写を見ると、音楽そのものは小説のなかに物語と分かちがたいかたちで現れているように思われる。それは、ポートが耳にする犬の鳴き声を「場違いな音楽 (wrong music for the moment)」(36) と記したように、西洋音楽を基準にすれば「場違い」に聞こえる音であったかもしれない。だが、この「場違い」という感覚そのものが、音楽を通じて『シェルタリング・スカイ』のなかで問い直されている可能性がある。本章ではこの「場違い」さをひとつの手がかりとして、ボウルズにとっての音楽と文学の関係、さらに一九三〇、四〇年代のアメリカと北アフリカとの関係についての考察を試みる。

一　詩人・作曲家・小説家

高校時代に文芸誌『トランジション』を読み始めたボウルズは、一九二八年三月に刊行された同誌一二号に自身の詩が掲載され、文壇デビューを果たした。その後知己を得たガートルード・スタインは、しかし、このボウルズの詩を読み「この詩の唯一の欠点は、これが詩ではないってことね」と言い放ったという（*Without Stopping* 121）。むろん、これが唯一の理由というわけではなかろうが、ボウルズはその後音楽を創作活動の中心に据えていく。

作曲家としてのボウルズの転機は、アーロン・コープランドと出会ったことであろう。一九三〇年にコープランドの住まいをたずねたボウルズは、コープランドから作曲のレッスンを受けるようになり、コープランドが芸術家村ヤドーを訪れた際にはボウルズも同行するほどの仲になっていた（*Without Stopping* 98-102）。彼らの親密な師弟関係は、翌年の夏、スタインのすすめによってともに初めてタンジールを訪れたことからも明らかである。

ふたりが乗り込んだ船は、アルジェリアのオランに寄港したのち、スペイン領モロッコのセウタに到着した。船上からアルジェリアの山並みを目にしたとき、ボウルズは「大きな興奮を覚えた」という。さらにボウルズは「この感覚を言葉でいい表わせなかったが、自分がこの世界に存在しているのは、地球上のある地域に、他の場所よりも魅力的（magic）な場所があるという根拠のない信念がひとつには、あるからだった」（*Without Stopping* 125）と続ける。今いる世界がすべてなのではなく、どこか他に自分を惹きつける場所がある、というこの感覚は、移動を続けるボウルズの創造の源と考えることができるだろう。

この後タンジールに入ったコープランドとボウルズは一軒家を購入し、コープランドは作曲を、ボウルズも和声のレッスンをコープランドから受けながら、作曲活動にいそしんだ（129）。ボウルズにとっての最初の北アフリカ滞在は、音楽とともにあった。ボウルズはタンジールの印象を自伝で以下のように記録しているが、そこには風景とともに街の音も描きこまれている。

もし私がタンジールは「夢の街《ドリーム・シティ》」のようであるといえば、文字通りの意味で言っていることになるだろう。タンジールの地形には、原型的な夢の情景があふれていた。……薄暗い袋小路。狭い路地裏。……さらには、昔から夢には付きもののトンネル、城壁、廃墟、土牢そして断崖。気候は激烈でまた物憂かった。八月の風は葉ずれの音を残してシュロの木を通り抜け、ユーカリを揺らし、通りを縁取った藤の茂みをざわつかせた。タンジールはまだ自動車の往来する汚れた時代に入っていなかった。それでもグラン・ソコには馬車と並んで数台のタクシーが停車していて、アーロンと私は毎晩夕食がすむとその一台に乗って家に帰った。自動車が走っていなかったので、フランス広場のカフェで落ち着いて坐り、木々にとまった蝉の声を聴けたように、モロッコにラジオが届いていなかったという事実は、旧市街《メディナ》の中心にあるカフェでも、何百という人々の声だけしか聞こえないことを意味した。（128-29）

風が葉を揺らし、茂みをざわつかせる。蝉の声が聞こえ、カフェでは人々が語らっている声がする。

ボウルズが「魅惑的な場所」「夢の街」としたタンジール、そして北アフリカは、西洋音楽とは異なる音に満ちあふれていた。

一九三〇年代から四〇年代のボウルズは、ニューヨークとヨーロッパ、北アフリカ（モロッコ・アルジェリア）そして中米を移動しながら、舞台・映画音楽を作曲していた。同時に、おそらくボウルズは、移動した先で出会う「音」たちを吸収していたであろう。一九三〇年代半ばに、ニュースクール大学で教鞭を執っていたヘンリー・カウエルの授業のために、ボウルズは自身が所有していた北アフリカ音楽のレコードをダビングしたという（*Without Stopping* 191）。移動と音楽は、ボウルズのなかで分かちがたく結びついていたであろうし、現地で演奏されるその土地の音楽を聴き、その音の収集を計画したボウルズによるモロッコ音楽収集は、こののち一九五八年にロックフェラー財団の奨学金を得て実現することになる。[1] ボウルズは、音を通じて「夢の街」を記録に留めようとしていたのだった。

二　アメリカン・モロッコ

一九三一年の夏、コープランドとボウルズにタンジール行きを勧めたのは、先述の通り、スタインだった。ここで興味深いのは、ボウルズはタンジールで自身が溶け込めないことに戸惑いを感じていることである。「……モロッコでは存在を消せなかった。私のような金髪のよそ者はあまりに目立った」（*Without Stopping* 131）。あくまでもよそ者であることを自認し、観光客として目立たずに「見えない存在」になるべきというボウルズの考えは、フェズの街を一緒に旅した友人には理解されなかったと述べている（131）。

モロッコ、アルジェリア、チュニジアなどを含む北アフリカ諸国をマグレブと呼ぶが、アメリカ合衆国とこの地域の関係は古い。振り返るならば、アメリカが建国してまもない時期に、解決せねばならない初めての国際問題として浮上したのが、この北アフリカ問題、すなわちバルバリア海賊の問題であった。当時は、地中海における船の航行の安全性を確保するために、北アフリカ諸領に貢納が求められていた。ヨーロッパと北アフリカ諸領とアメリカ合衆国それぞれの思惑が交差するなか、一七八五年にアルジェリア領でアメリカ船が拿捕され、乗員が捕虜となってしまう。独立したばかりのアメリカは捕虜解放の条件を話し合うため、代表を現地に派遣するが、最終的に乗組員らが解放されるまでには約十年を要した（桃井 四二–四四）。最終的にトリポリ戦争（一八〇一–〇五年）にまで発展したこの問題は、スザンナ・ローソンの『アルジェリアの奴隷』（一七九三年）や、ロイヤル・タイラーの『アルジェリアの捕囚』（一七九七年）などの、アメリカ建国期の作品にも描かれている。

ブライアン・エドワーズによれば、アメリカでふたたび北アフリカが注目されるようになったのは二〇世紀に入ってすぐのことである。北アフリカのサハラ砂漠が注目されるようになり、「魅惑と夢の場所」となった要因のひとつに、イギリスの作家たちによる北アフリカを舞台にした小説作品がアメリカで人気を得たことがあげられる（Edwards Introduction）。とくに、E・M・ハルの小説『シーク』（一九一九年）は、出版の二年後にルドルフ・ヴァレンチノ主演でパラマウント社によって映画化され、人気を博したことでよく知られていよう。スーミン・テオによれば、この「シーク熱」はかなりのもので、続編小説『シークの息子』（一九二五年）が執筆されたのみならず、類似した映画が大量に制作されていた（Teo Introduction）。この「シーク熱」は一九三〇年頃には一段落しているが、このあたりからモロッコやアルジェリアをはじめとする北アフリカが「魅惑と夢の場所」として定着していったと考えられる。その決定的な作品が一九三〇年に公開されたマレーネ・ディートリッヒとゲイリー・クーパーが主演した映画『モロッコ』であろう。(2) さらに翌年マンハッタンの伝説的ナイトクラブとなったエル・モロッコが開店したことも、象徴的な出来事だった。もちろん、これらのマグレブ（北アフリカ）のイメージは、ハリウッドが創り出したオリエンタリズムであることは想像にかたくない。おそらく多くのアメリカ人にとって、北アフリカは地理的に遠い場所であるからこそ、大衆文化のなかでステレオタイプ――砂漠、捕囚、ハーレム――が確立されていったのだろう。

こうしたなか、一九四二年一一月に連合国軍によって行なわれたトーチ作戦は、アメリカがもっていた北アフリカに関する言説が、オリエンタリズムをともないながらも「同化」を誘発するものになっていったことを、エドワーズは指摘する（Edwards Chapter 1）。ドイツの兵力を分散させるため、北アフリカにアメリカ軍とイギリス軍を上陸させたトーチ作戦において、アメリカ軍を指揮していたジョージ・パットンは、カサブランカに着いた際に「ハリウッドと聖書を合わせたような街」と述べている（qtd. in Edwards Chapter 1; Patton Chapter 8）。その一方で、北アフリカとアメリカを重ねる言説――すなわち未知なる土地のフロンティア物語――も生成されていった。それは、アメリカ人が北アフリカに感じた「じゅうぶんオリエンタルではないという感覚」に起因するものだ。エドワーズはこれについて次のように述べている。「パットンがそうであったように、マグレブをオリエンタルとみなすのがよく見られる最初の反応だった。しかし、アメリカ人たちは往々にして、その後マグレブはじゅうぶんにオリエンタルではないという感覚」をもっていた（Edwards Chapter 1）。言い換えるならば、この「じゅうぶんにオリエンタルではない」という感想は、アメリカ人にとってすでにマグレブが見慣れた場所であったことを物語る。それは、アメリカ人が『シーク』や『モロッコ』などの映画に描かれたハリウッド化された北アフリカを見知っていたことに加え、何もない砂漠をアメリカン・フロンティアと重ねた結果ではなかったか。

リチャード・スロトキンは『ガンファイター・ネーション』において、フロンティアの概念が一九世紀末に形成されたことは、同時期に始まるアメリカの帝国主義と関連があることを述べるが、それは同時に、荒野を舞台にしたウェスタンというジャンルが映画を通じて広く拡散していく時代でもあった。ウェスタンが広まる二〇世紀初頭は、たとえば一九一八年に『モロッコの男』といった北アフリカを舞台にした映画が制作され始めた時期とも重なっている。こうした異人種との邂逅を含む荒野のモチーフは、北アフリカの大地をフロンティアと同一視する方向性をはらんでいた。こうした背景を踏まえて、一九三〇年にパラマウント社によって制作された映画『モロッコ』を見てみるならば、前述のエドワーズが指摘するとおり、『モロッコ』が全編南カリフォルニアで撮影されていることは（Edwards Chapter 1）、アメリカと北アフリカを重ねるという意味において着目すべきことであろう。アメリカの風景のなかに北アフリカを幻視し、その後一九四二年のトーチ作戦への参加によって、北アフリカの景色にアメリカを重ねる。(3) 一九三〇年代から四〇年代にかけて、こうしたオリエンタリズムと同化のメカニズムを、実際に北アフリカのみならず、ヨーロッパ、中米にまで足を伸ばしていたボウルズはどう考えていたのだろうか。

音楽的な状況を説明するならば、この時期のアメリカにはさまざまなヴァナキュラーな音楽が入り込んでいたと、マイケル・デニングは論じている。一九二五年の電子レコーディングの導入から一九三〇年代の不況の時代にかけては、「ノイズの台頭（noise uprising）」がおこり、世界各国の土着の音楽が「ソン、ルンバ、サンバ、タンゴ、ジャズ、カリプソ……マラビ、クロンコン、フラ」といった名前で拡散していった時代だった（Denning Chapter 1）。

音楽と地域性・人種の関係については、一九三八年に出版されたウィンスロップ・サージェントの『ジャズ——熱い混血の音楽』が明らかにしている。ジャズにおける黒人音楽からの影響を音楽史・音楽理論的にとらえようとしたサージェントは、ジャズという音楽形式は、白人の西洋的音楽形式と黒人のアフリカ的要素が混交した音楽形式であるとし、リズム・パターンにアフリカ音楽の特徴がみられることを指摘する（211-20）。このウィンスロップの著作を『現代音楽』誌の一九三九年五・六月号誌上において書評したのが、他ならぬボウルズその人であった。この頃のボウルズはいわば作曲家であり音楽批評家でもあったわけだが、ウィンスロップのジャズ論を読んだボウルズは本書の目的を「伝統とルーツへの回帰を通じて、この国にいる黒人種がまったく新しい音楽をアメリカ音楽に付け加えたことを示す」ためだと説明し、本書がジャズ研究の労作であることをしたためている（*Paul Bowles on Music* 3, 5）。

ヴァナキュラーな音楽がアメリカに流れ込み、黒人音楽の影響を受けた音楽が大衆に浸透し、カリフォルニアで撮影された「異国」を舞台にした映画が封切られていたとき、ボウルズはすでに実際にアフリカに赴き、現地の音楽に接していた。音楽の混淆を認め、世に蔓延するオリエンタリズム的な音楽を知っていたボウルズは、時に雰囲気を優先して場違いともいえるまがい物の音楽や言葉が大衆文化でもてはやされる様子も目の当たりにしていた。一九四一年三・四月号の『現代音楽』誌で映画評を執筆したボウルズは、映画『バグダッドの盗賊』（一九四〇年）の音楽の場違いさを以下のように評している。「なにもかもが必死なまでに『東洋風』であろうとしている、といえば意味はおわかりだろう。まがい物のヒンドゥー語、ヘブライ語、中国語、バリ語など――作曲家がイラクの雰囲気を醸し出すだろうと想像したものがなんでもござれだった」（*Paul Bowles on Music* 39）。一方で、アルジェリアを舞台にしたフランス映画『望郷』（一九三七年）ではアルジェリア出身の作曲家シディ・モハメド・イグルブーシャンが音楽担当に入っていたおかげで救われたと述べる（40）。

同時に、ボウルズは音楽の影響は移動することも理解していた。一九四六年に『マドモワゼル』誌に寄せた「音楽」という記事では、「ラテン・アメリカ音楽」を論じるにあたり、黒人に起源をもつ音楽とインディオの音楽の要素を含んでいるもの、そしてそれぞれがヨーロッパ音楽と相互に混ざり合ってできる音楽があること、またヨーロッパの音楽がそのまま移植され、それほど混淆しないまま根づく場合もあることを指摘している。さらにボウルズは、そうした音楽の地域差を指摘し、大西洋とカリブ沿岸地域では黒人音楽の痕跡が根強いこと、メキシコやエクアドル、ペルーなど山脈があり、かつ独自の文化圏を保持していた地域では土着の文化の破壊はそれほどなかったことなどを記している（*Paul Bowles on Music* 255-56）。音楽は混淆することがあると分かっている一方で、まがい物ではないその土地ならではの音楽を評価するボウルズの相反する姿勢は、そのまま彼自身の小説作品にも現れているように思われるのだ。

三　砂漠の音楽と『シェルタリング・スカイ』

小説『シェルタリング・スカイ』は一九三二年にボウルズ自身がアルジェリアを旅した経験がもとになっている。自伝『止まることなく』では、モンテ・カルロからアルジェリアに向かう船上で出会った将校から、ガルダイアという街のヤシの木立が見事だという話を聞いたため、その地に向かうことに決めたと語られている（155-56）。(4)

本作は、三人のアメリカ人――ポート・モレズビーとその妻キット、そして彼らの友人のタナー――が、第二次世界大戦後初めて北アフリカを訪れ、アルジェリアのオランを起点として、サハラ砂漠のある南へと移動する物語だ。彼らの移動が内陸に向かうにつれて、もともとぎこちない夫婦関係であったキットとポートの気持ちはさらにすれ違う。旅の途中、チフスに冒されたポートは、フランス軍が駐屯している内陸の町スバで戻らぬ人となる。ひとり残されたキットは、通りかかった隊商のリーダー的存在であるベルカシムに自分を連れて行くよう頼み、さらにサハラ砂漠の奥へと進んでいく。

作中では、北アフリカへの旅行を提案したのは、ポートであったことが記されている。「かつて住んだことのある多くの場所のうち、自分がもっとも心やすさをおぼえたのはどこであったか」（13）を考えたポートは、「戦前はヨーロッパと近東」、「戦争中は西インド諸島と南アメリカ」であったことに気づく(13)。そして船で行ける場所を探した結果、以前ポートが学生時代に訪れたことがあった北アフリカに一年ほど滞在しようと考えたのである(13)。

ここで言及されるヨーロッパ、西インド諸島、南アメリカ、北アフリカは、いずれもボウルズ自身が訪れたことのある場所であると同時に、先述のボウルズの音楽批評でもその混淆性を論じる際に言及された場所でもある。先の引用は、本作でもっとも有名な一節「観光客というものは、おおむね数週間ないし数ヵ月ののちには家へ戻るのに対して、旅行者は、いずれの土地にも属さず、何年もかけて、地上のある場所から他の場所へとゆっくり移動する」(13)というポートの考えのすぐ後に記されているが、ここで言及されている移動が、ボウルズにとって音楽と切り離せない関係であるとするならば、『シェルタリング・スカイ』の移動も音楽とともにあるといえるだろう。さらにその移動は、自身の文化の相対化と異文化との融合の可能性を示唆する。それはポートの続くもうひとつの主張とも呼応する。すなわち「観光客が彼自身の属する文明を疑問なしに受け入れるのに対して」、「旅行者は、おのれの文明を他の文明と比較し、それらのなかから、おのれの好みに合わぬとみとめた要素を拒否する」(13)という姿勢は、先述したボウルズの、どこかに「他の場所よりも魅力的な場所がある」という感覚と繋がっている。

だがこのポートの旅行者としての姿勢は、さまざまな矛盾をはらんでいる。ポートが理想とする旅行者は自分の文明を絶対視することはないし、文化的融合を認めてはいるものの、ポート自身は西洋文明と融合していないエキゾティシズムに満ちた他者を求めているふしがある。戦争のあとは「どの国の人間も、他の全ての国の人とだんだん似てくる」と述べる妻キットに対して、ポートは「君が考えるよりも長くその病に抵抗する土地もあるさ。今にわかるよ、ここサハラでは……」と応え（15）、自分たちとは異なる土着の文化が保たれるアフリカを希求する。その一方でセントラルパークを眺めているよりも「この砂漠のなかを旅してゆくときのほうが、曾祖父母たちといっそう身近に結びついており、見知らぬ土地を切り開いている《パイオニアリング》」感覚をもつというポートからは（94-95）、さきにのべた北アフリカにアメリカの荒野を投影する大衆文化的な感覚を見て取ることもできる。

　ポートは、いうなれば、北アフリカに対してじゅうぶんにオリエンタルであり続けてほしいが、一方でアメリカ人である自分が慣れ親しんだ文化を重ねることで、異国の地に安堵感をも求めている。ポートが北アフリカに抱くちぐはぐした感覚は、ポートの周囲で音楽が演奏される場面にもあらわれる。オランから南に下ったアイン・クロルファに滞在しているポートが、ホテルの従業員モハメッドに連れられ、夜に中庭に面した部屋をたずねると、顔色の悪い少年がお茶を持ってきた。その少年についてたずねると、モハメッドは歌うたいであるという。

> すると、子供は切分音のリズムで手を叩きながら、三つの音からできている、長いくりかえしの多い哀歌を低い声でうたいはじめた。やっと物心のついたばかりの少年が、かくも子供らしくない、疲れたような音楽を生み出すのは、何かひどくそぐわぬ感じがして、恥ずべきことのように思えた。（120）

ポートが覚えた違和感は、西洋文明から遠ざかり北アフリカを南下し続けても、そこで目にする文化を受け入れることができかねる状況を示しているかのようだ。ポートは結局「アメリカ人」であることから逃れることはできなかった。異文化や他者を追い求めながらも、旅の途中でパスポートの盗難にあったポートは、助けを求めたフランス人中尉に、パスポートの紛失がわかってからというもの「自分が半分死んでいる」ようだと述べ、その不安を隠せない（142）。

ポートの妻キットは、ポートとは反対に、いずれニューヨークに戻ることを前提としている（18）。ひとりで旅先の町を歩くポートとは異なり、キットは旅をしながらもとくにその土地の人々と積極的に交流をもつことはしない。ポートは少し考えれば異なる世界を想像することができると主張し、市場から聞こえてくるドラムの音に耳をすませるが、キットはそれを耳にしながらも「あの音がどんなに気に入ったとしても、あの太鼓のどれ一つとして感じられないことを知っている。それにあのなかのどれかを感じたいと思わなければならない理由がわからないわ」（148）と言ってのける。キットは旅の途中で耳にする音や出会う人々とも一定の距離をとる。彼女は複雑なリズムを取り手を叩きながら歌っている男たちに注目することもなく、自分たちが「世界（the world）」から遠く離れてしまったことを感じている（161）。

皮肉なことに、北アフリカの大地に残されたのは、旅行者的な存在のポートではなく観光客的なキットだった。ポートは異文化を異文化のまま求めつつも、そこに溶け込むことはなかった。チフスにかかったポートが、フランス軍が駐屯しているスバの堡塁内で命を落とした後、キットは太陽が沈む頃、オアシスの方から聞こえる太鼓の音を聞きながら、ひとり堡塁を後にする（214）。ここからキットは、途中で別れたタナーを探すわけでもなく、旅の始まりの場所オランに引き返すこともしなかった。むしろポートという存在を失って初めて、キットはアフリカという土地と向き合うようになっていく。夜中に彼女がひとり町をさまよっているとき、オアシスから聞こえる太鼓の音が続いていたことが記される（218）。ここで、それまでアフリカの音楽に特段の興味を示してこなかったキットに変化が見られる。ひとり外にでたキットは一段と高まる太鼓の音を聞き、そこにまじるリズミカルに繰り返される男の声を聞き取っている。「ときどき大きな物蔭にたどりつくたびに彼女は足をとめて聞き耳を立てた。不思議な微笑みが唇にうかんだ」（219）という描写からは、彼女がアフリカの音に反応していることがわかる。

その音を聞きながら路地を歩いていたキットは、壁の割れ目から庭園に入り込み、「優雅な椰子の太い幹が大きな池の傍から空にむかってそびえている」のを見る（219）。そこで彼女はとつぜん服を脱ぎだし、池で水浴びをし始める。

> 彼女はサンダルを脱いで裸で木蔭に立った。内部に不思議な充実感が生まれるのを感じた。静寂に包まれた庭園を見回したとき、彼女は、子供時代このかた初めて、ものをはっきり見つめているという印象をもった。とつぜん生が訪れて、彼女はそのなかにいた。（220）

椰子の木の下で水浴びをしながらキットは「言葉のない歌」をうたい、そのときにはすでに太鼓の音はやんでいたが、いつまた太鼓がはじまるかと耳を澄ませている（220）。庭園を出たキットは、その後ギョリュウの木の下で眠るのだった。

キットは目覚めたあと、通りがかったトゥァレグ族の隊商に声をかけ、さらにアフリカの奥へと入り込んでいく。そこからの物語は一種の捕囚体験記のようになっていくが、ここで注目すべきは一人残されたキットが生の感覚を取り戻したのが、椰子の木の下での水浴びの場面であったことだ。池のある庭園は静寂につつまれていたと記されているが、しかしここにも、ある音楽の響きを感じることができる。

四　シェルタリング・パームズの下で

本作のタイトル『シェルタリング・スカイ』にも見られ、本作中何度か繰り返されるshelteringという言葉のイメージをボウルズが得たのは、あるポピュラーソングがきっかけとなっていたことは、ボウルズ自身が自伝のなかで告白している。それは一九四七年、ニューヨークで出版社と長編小説の契約を結んだ後、彼はすぐにタンジールに行くことを計画し出すくだりだ。

私のなかでは、北アフリカはずっと以前から伝説的な光《オーラ》で包まれ、いまや舞い戻ると決めたことで、その場所はさらに現実味を増し、何百という忘れていた小さな情景までも蘇り、いっせいに私の意識のなかへ湧き出てきた。ある日、私はバスに乗り山の手へと向かっていた。マディソン・スクエアに到着するまでに、小説の構想がまとまり、題名が決まった。第一次世界大戦の前に「庇護する椰子の木々の奥へ（“Down Among the Sheltering Palms”）」という歌謡曲があった。

そのレコードがグレノラのボートハウスにあり、四歳のときから、毎年そこへ行くと、それを探しだし、みんなの前で蓄音機にかけた。私を虜にしたのは、その曲の陳腐なメロディーではなく、「庇護する（sheltering）」という不思議な単語だった。椰子はなにから人間を庇護するのだろう？　そのような保護で大丈夫なんだろうか？……

小説の舞台はサハラ砂漠で、そこには空しかないから、題名は『シェルタリング・スカイ』にしようと思った。（*Without Stopping* 275）

ここでボウルズが繰り返し聴いていた曲「庇護する椰子の木々の奥へ」とは、エイブ・オールマン作曲、ジェイムズ・ブロックマン作詞によるポピュラーソングである。この曲は「スワニー」や映画『ジャズ・シンガー』などで、二〇世紀初頭のポピュラー・ミュージック界のスターであったアル・ジョルスンにより有名になっている。

小説では、「庇護する（sheltering）」という言葉は、ポートが抱えるいいようもない存在への不安を振り払おうとする際、空がその向こうに広がる「完全なる夜」から人々を守る（protecting）ものであるものとして語られる（89）。また、ベルカシムの家に軟禁されたキットがアメリカ領事職員に保護されたときに、誰かがむかし「空が自分たちを守ってくれる」と話してくれたことをぼんやりと思い出す、という場面が挿入され、物語の最後でふたたび「庇護してくれる空」のイメージが繰り返される（280）。一方で題名の発想のもととなった曲を聴くと、小説に見られるような不安を表すには場違いなほど、あっけらかんとしていることがわかる。恋人に焦がれる心情を歌った軽快で覚えやすいコーラスをもつラブソングだ。
いったいこの曲の舞台はどこなのだろうか。「庇護する椰子の木々」がある場所はいったいどこにあるのだろうか。かりにこの「椰子の木」がある場所が異国だとするならば『シェルタリング・スカイ』にふさわしい曲であるとひとまず考えることができるだろう。ここで、ブロックマンが作詞した歌詞を確認してみたい。

わたしは東に、東に向かうところ
わたしの心はあなたにくぎづけ
あなたは西に、西に行ってしまった
わたしの心はあなたに恋い焦がれている
あなたが好き、わかっているでしょう
そこには列車で六日かかる
あと一週間したら、またあなたと一緒にいられる
それが待ち遠しい

わたしが南に、南にいたとき
そこでは素敵な場所をいろいろみていた
わたしが北に、北にいたとき

そこでは素敵な人たちがたくさんいた
でもあなたにかなう人はいやしない
西にはたったのひとつの場所しかありはしない
あなたがいて、一緒にいたいとわたしが願うところ
それが待ち遠しい

覆い被さるような椰子の木の下で
わたしのこと待っててておくれ
なつかしのゴールデン・ゲートのたもとで会いましょう
夜の八時に日が沈む
わたしの愛は燃えさかる
わたしの心は焦がれてる
覆い被さるような椰子の木の下で
待っててておくれ、わたしの恋人

(Olman and Brockman 3-4)

ここで注目したいのは「なつかしのゴールデン・ゲートのたもとで会いましょう（Meet me down by the Old Golden Gate）」という歌詞である。つまりこの歌は、西部にいる恋人に会いに行く歌であり、

待ち合わせの場所はゴールデン・ゲート、すなわちサンフランシスコをうたった歌であることが推察される。

先述のとおり、ボウルズがこの歌に惹かれたのは「陳腐なメロディー」ではなくshelteringという「不思議な単語」のせいだった。彼はマディソン・スクエアへ行くバスの中でタンジールを舞台にした小説について考えたとき、この「庇護する椰子の木々の奥へ」を思い浮かべたのだという。ここで、ボウルズのなかでアメリカ西部と北アフリカが奇妙な重なりをみせたのではなかったか。そのときアメリカと北アフリカというふたつの土地を結びつけたのは、ボウルズが言うshelteringという言葉よりはむしろ、「椰子の木（palms）」の方ではなかったか。北アフリカを結びつけるものとしての「椰子の木」は、前述したボウルズの一九三二年のアルジェリア旅行の際、ガルダイアにある素晴らしい椰子の木立の話を聞き、「この目で確かめてみようと決心した」というところからもうかがい知れる。だがこの木は同時に、たとえば一八世紀にスペイン人宣教師によってカナリア諸島からカリフォルニアに持ち込まれたカナリーヤシや（Richter）、一九三〇年代のロサンゼルスで椰子の植樹が盛んだったというように（Masters）、カリフォルニアを想起させる木でもあった。

いうなれば、小説『シェルタリング・スカイ』は、小説と音楽が絶妙に融合した物語であると同時に、一九三〇年代以降アメリカが北アフリカに対してもっていたエキゾティシズムを批判しながらも、異国とアメリカを、音楽を介在させつつ重ね合わせた作品であったといえよう。ベルカシムの家からキットが逃げだし、ようやくアメリカ領事館と連絡がとれた際、彼女は目をつぶったまま開けようとはしなかった（278-79）。彼女は音だけの世界に生きる存在となり、オランに戻るや、領事館の引受人が目を離したすきに路面電車に乗り込み、カフェ・デックミュール・ノワズーの前を通り過ぎ、ラジオの音がうるさいバー・メトロポールやカフェ・ド・フランスを過ぎて雑踏のなかに消えていった。まるで彼女自身が音だけの存在になったかのように。

作品中で、ポートもキットもアメリカには戻ることはない。だが彼らがいたところは本当はどこだったのか。もし彼らが北アフリカとアメリカが重なり合う場所にいるのだとしたら、彼らは旅行者でもあり観光者でもあり、実際のアフリカを知る者でもあり、そこにエキゾティシズムを見出す人々でもある。ボウルズが自身の音楽観において、その土地特有の音楽があることやその音を残すことに腐心していたと同時に、音楽は混淆していくものということも理解していたことを考えるならば、『シェルタリング・スカイ』において、アメリカと北アフリカが重ね合わされ、キットが音そのものを象徴するかのように描かれていることは、ボウルズの音楽家としての視点を示す。

おわりに——音楽と文学の結節点

このように考えるならば、本作の舞台がアルジェリアであったことの意義も浮かび上がってくる。さらにはこの物語が、一種の捕囚体験記のかたちをとる必然性も読み取ることができるだろう。アメリカが国家として初めて経験した国際戦争がバルバリア海賊をめぐる北アフリカとの関係が引き金であったことを思い出してみよう。このとき出版されたロイヤル・タイラーの『アルジェリアの捕囚』に描かれていたのは、突然アメリカ人を捕らえて奴隷にするアルジェリア人たちの非道さと同時に、同じく奴隷制をもっているアメリカへの批判であった（131-36）。アメリカ人とアルジェリアの人々の差を強調しようとすればするほど、その差異が無効化されていく。捕囚物語によって北アフリカとアメリカを重ねる一八世紀末の視線は、一九三〇年代のモロッコ・ブームを経て、ボウルズへと繋がっていく。

同時に一九三〇年代に実際に北アフリカを旅し、アフリカの土地や文化を知っていたという自負もボウルズにはあったであろう。ボウルズが一九四八年に発表した「二台のピアノのためのコンツェルト」について、ジーナ・ディゲルは、発表当時に出た「最初の楽章アレグロは、複雑なアフリカ的リズムと、奇妙な楽器の組み合わせ」という批評を紹介している（qtd. in Digel 306）。近東風からラテン・アメリカ風に代わるパッセージ、第三楽章の「ボウルズ・フォーミュラ」と呼ばれる対位法を用いた木管楽器の演奏について説明したのち、ディゲルは「あらゆるジャズのスタイルを取り入れた」第四楽章に触れ、「四〇年代のモロッコ風ブームをひやかすような」構成と、「ガーシュインの『パリのアメリカ人』の有名なピアノによる三音のグリッサンドが、あたかも北アフリカにいるお上りさん（tourist）を表しているといわんばかりに引用」されていると述べる（308）。ボウルズがこの楽章で打楽器を多用しているのも、アフリカ音楽を西洋音楽のなかに溶け込ませようとしているかのようだ。

またボウルズは、一九四〇年に発表された黒人の生活や教育環境に関するドキュメンタリー映画『我らが国の一〇分の一（*One Tenth of Our Nation*）』の音楽を担当したロイ・ハリスが、黒人音楽をまったく取り入れなかったことについて、「作曲家が、曲のなかに黒人的要素（negroism）を入れないという決断をしたことを責めるつもりはない。……この映画は白人が白人のために作ったのであって、エスノグラフィックな意味合いはない」（*Paul Bowles on Music* 37）と述べている。このボウルズの態度について、ジュリー・ハバートは「ボウルズは人種的な意味合いをなくした音楽は本物らしさを欠くもの（inauthentic）」であると考えていたと考察している（70）。

北アフリカを旅行しながら、白人であるがゆえに目立ってしまい、溶け込むことが難しいと自覚していたボウルズは、自分自身が属する文化の他にもっと別の世界があることを知っていた。同時に文化の混淆についても理解し、自身の音楽のなかに民族音楽の要素を取り入れ、エスノグラフィックな音楽をよく知るエスノ・ミュージコロジストとしても知られていた（Kimball 289）。小説『シェルタリング・スカイ』で一見すると場違いな音楽とも思われる「庇護する椰子の木々の奥へ」をモチーフにすることで、彼はふたつの場をつなぎ、文学のなかで音楽を紡ぐ道をひらいていったのではないか。ボウルズが定義した旅行者と観光客は、ボウルズの作品のなかで音楽を通じてその差異を無効化される。その意味でボウルズの『シェルタリング・スカイ』は、作曲家が試みに書いてみた小説でもなく、ボウルズが「作曲もたしなむ作家」であることを示すものでもなく、ボウルズ自身が音楽と文学を結びつけた芸術家であったことを物語る。

◉註

（1）しかしボウルズが一九三三年にアフリカの民族音楽収集のためグッゲンハイム奨学金に応募した際は、「当時は、同じ地球上のこのような辺境にいかなる音楽があるのかだれも知りたいとは思わなかった」（*Without Stopping* 344）ために、プロジェクトが頓挫している。

（2）一九二〇年代から三〇年代に砂漠を舞台とした映画はアメリカ国内で撮影され、とくにカリフォルニア州インペリアル・カウンティで撮影されることが多かったという。これについてエドワーズは、マグレブはアメリカ的想像力内部に囚われていたと論じている（Edwards, Chapter 1）。

（3）一九四一年に『ライフ』誌に発表した記事「アメリカの世紀」において、ヘンリー・ロビンソン・ルースは、すでにアメリカは他のどの国よりも強力な力をもっているがゆえに、孤立主義から脱却し、ヒトラーが台頭するヨーロッパを救い、正義と平和を実現させる世界のリーダーになるために立ち上がることを主張している。また、すでにアメリカの影響力はジャズなどの音楽や映画などで世界に広まっていることを指摘し、「人民の人民による人民のための国際主義」を目指すべきだと論じている（Luce 168）。この時期アメリカが国外に目を向けるとき、そこに異国と自国の両方を幻視していた可能性が考えられる。

（4）『止まることなく』『シェルタリング・スカイ』に言及される palm は棕櫚（シュロ）と訳されているが、本論では椰子（ヤシ）で統一することとした。ここで言及されるガルダイアは palm grove（ヤシの木立）で知られている。ユネスコによるガルダイアのムザップ・ヴァレーの説明でも伝統的村落のクソールと数々のヤシの木立があることが記されている（"M'zab Valley"）。

◉参考文献

＊文中の引用は既訳があるものはそれに従った。ただし、文脈によって文言を変更したものもある。

Bowles, Paul. *Paul Bowles on Music*. edited by Timothy Mangan, and Irene Herrmann, U of California P, 2003.
——. *Selected Songs*. Sounding Press, 1984.
——. *The Sheltering Sky*. 1949. Paladin, 1990.『シェルタリング・スカイ』大久保康雄訳　新潮社、一九九一年。
——. *Without Stopping, an Autobiography*. 1972. Ecco, 1985.『止まることなく』山西治男訳　白水社、一九九五年。

Dagel, Gena. “A Nomad in New York: Paul Bowles, 1933-48.” *American Music*, vol. 7, no. 3, Autumn 1989, pp. 278-314.

Denning, Michael. *Noise Uprising: The Audiopolitics of a World Musical Revolution*. Verso, 2015. Kindle edition.

Edwards, Brian. *Morocco Bound: Disorienting America's Maghreb, from Casablanca to Marrakech Express*. Duke UP, 2005. Kindle edition.

Granville-Hicks, Peggy. “Paul Bowles: American Composer.” *Music and Letters*, vol. 26, no. 2, Apr. 1945, pp. 88-96.

Hubbert, Julie. “Race, War, Music and The Problem of *One Tenth of Our Nation* (1940).” *Music and Sound in Documentary Film*, edited by Holly Rogers. Routledge, 2015, pp. 56-73.

Kimball, Carol. *Song: A Guide to Art Song Style and Literature*. Revised ed. Hal Leonard, 2005.

Lederman, Minna. *The Life and Death of Small Magazine: Modern Music, 1924-1946*. Institute for Studies in American Music, 1983.

Luce, Henry. “The American Century.” *Diplomatic History,* vol. 23, no. 2, 1999, pp.159-71.

Masters, Nathan. “A Brief History of Palm Trees in Southern California.” Dec. 7 2011, www.kcet.org/shows/lost-la/a-brief-history-of-palm-trees-in-southern-california.

“M'zab Valley.” *UNESCO World Heritage Centre*. whc.unesco.org/en/list/188.

Mellers, Wilfred. “Modern Music: Seen from America.” *The Musical Times*, vol. 125, no. 1694, Apr. 1984, pp. 206-07.

Olman, Abe, and James Brockman. *Down Among the Sheltering Palms*. La Salle Music Pub. Co., Chicago, 1914. Notated Music. Retrived from the Library of Congress. www.log.gove/item/ihas.100008725/.

Richter, Judy. “Palsm Up!: Only One Kind is Native to the States, but California is Defined by These Trees.” *SF Gate,* July 30, 2005. www.sfgate.com/homeandgarden/article/Palms-up-Only-one-kind-is-native-to-the-state-2619677.php.

Patton, George, S. Jr. *The Patton Papers: 1940-1945*. edited by Martin Blumenson, Da Capo Press, 1974. Kindle edition.

Rorem, Ned. “Come Back, Paul Bowles.” *New Republic*, Apr 1972, pp. 24, 35, 37.

——. "The Art of the Diary No. 1." *Paris Review*, 150 Spring 1999. www.theparisreview.org/interviews/986/ned-rorem-the-art-of-the-diary-no-1-ned-rorem.

Sargeant, Winthrop. *Jazz: Hot and Hybrid*. 1938. New and Enlarged ed. E. P. Dutton, 1946.『ジャズ——熱い混血の音楽』湯川新訳　法政大学出版局、一九九〇年。

Slotkin, Richard. *Gunfighter Nation: The Myth of the Frontier in Twentieth-Century America*. U of Oklahoma P, 1992.

Swan, Claudia. *Paul Bowles Music*. Eos Music, 1995.

Teo, Hsu-Ming. *Dessert Passions: Orientalism and Romance Novels*. U of Texas P, 2012. Kindle edition.

Tyler, Royall. *The Algerine Captive, or the Life and Adventures of Doctor Updike Underhill*. 1797. Modern Library, 2002.

佐藤宏子「バーバリー海賊と建国期のアメリカ文学」『海洋国家アメリカの文学的想像力——海軍言説とアンテベラムの作家たち』中西佳世子・林以知郎編　開文社出版、二〇一八年。七五–一〇一頁。

日本アルジェリア協会編『アルジェリア・ハンドブック——旅と暮らしのすべて』西田書店、一九八三年。

桃井治郎『「バルバリア海賊」の終焉——ウィーン体制の光と影』風媒社、二〇一五年。

四方田犬彦監修『ポール・ボウルズ』思潮社、一九九〇年。

第六章　「ジャズが感じられる瞬間」
——ラルフ・エリソンの合衆国憲法とジャズ

権田建二

“In That Moment Wherein Jazz Was Being Felt”:
Ralph Ellison’s U.S. Constitution and Jazz

Kenji Gonda

はじめに

一九七三年にラルフ・エリソン（Ralph Ellison）が批評家ロバート・オミーリー（Robert O'Meally）と交わした会話は、この作家が優れた小説家であるだけでなく、アメリカの人種関係に対して鋭い洞察をもった批評家であったことを物語っている。オミーリーがハーバード大学で大学院生として学んでいた頃、アラン・ロックとハーレム・ルネッサンスについてのパネルに出席するために訪れたエリソンに「ハーレム・ルネッサンスが失敗したのは、獲得したものを保持しておくための制度を私たちがもたなかったからだと思いませんか？」という質問をぶつけたところ、エリソンは静かにこう答えたという。「われわれにだって、制度はあるのだよ。合衆国憲法と権利章典がある。それにジャズがある」(O'Meally xi)。

憲法とジャズをアフリカ系アメリカ人の文化を守るための制度として並列して捉えるのは、折に触れてエッセイでそれらについて語ったこの作家らしい発想だろう。必ずしも自明ではないこの両者の結びつきを、ジョン・F・キャラハンは、インプロヴィゼーションにあるとする（Callahan 851-52）。しかし、ことはそれほど単純ではない。というのも、合衆国憲法にせよ、ジャズにせよ、エリソンの頭にあるのは限定されたものだからだ。ジャズの即興演奏を表すインプロヴィゼーションということばでキャラハンが示唆しているのは、合衆国憲法が、社会の変化と共に変わっていった過程だと思われるが、エリソンが言及する合衆国憲法は、動的に変化するものというよりも、時間的に限定された静的なものである。権利章典を憲法とは別に挙げていることから、エリソンが合衆国憲法ということばで指しているのは、権利章典以降のさまざまな修正条項を含んだ総体としての憲法ではなく、制定時の憲法であるはずだ。だからこそエリソンは、合衆国憲法に「優れた道徳的な力が備わっている」（"Roscoe Dunjee" 458）のは、「この国を建設した人たちは、多様性から統一性を作り出すことが、彼らが直面している問題の一つであることをはっきりと認識していた」（"Roscoe Dunjee" 458）からだとして建国の父たちのヴィジョンに高い評価を与える。

また、インプロヴィゼーションがジャズという音楽ジャンルを特徴づけているとはいえ、エリソンが評価するジャズは、「即興演奏がより強調されるようになった」（Davis 4）ビバップではなく、それ以前のジャズだった。ビバップ以降のモダン・ジャズ全般をエリソンが嫌悪していたことはよく知られている[1]。

このような憲法やジャズに対する限定的な見方は、矛盾しているとも考えられる。一方で、エリソンはジャズを語るとき、それがアフリカ系アメリカ人の文化であることを強調するが、制定時にはアフリカ系アメリカ人が市民として認めていなかった合衆国憲法に対する信頼は、白人の価値観に迎合する態度を表しているように思える。もちろん、ラルフ・エリソンの人種観は、民族主義的か白人迎合的か、白人社会との分離かそれとも統合か、という単純な二元論で捉えられる訳ではない。エリソンの考えでは、アフリカ系アメリカ人は、疎外されることでアメリカの一部であり続けたからだ。そこでは、いわば分離／統合という二つの項が渾然一体となっていると考えられている。エリソンの憲法論とジャズ論に共通しているのは、正にこのような分離された上で統合される、あるいは統合されるために分離される、というアフリカ系アメリカ人の矛盾した存在に対する認識なのである。本章では、エリソンが合衆国憲法とジャズについて語ったことを中心に、彼の人種関係論を検討し、それが一方では、エリソンの黒人としての矜持の表現であると同時に、白人に迎合的であるという批判を招くものであったことを確認したい。

一　黒人性

まず、エリソンが憲法やジャズについて述べていることを検討する前に、アフリカ系アメリカ人の文化や自らの黒人性に対する彼の態度がアンビヴァレントに見えることを確認したい。彼は、「誰が黒人になりたがるかって？　私だ！」（"The World and the Jug" 178）と毅然と宣言したことがある一方で、白人に迎合する黒人、アンクル・トムとして揶揄されてもきた(2)。

アフリカ系アメリカ人作家がジャズを愛好することをアフリカ系アメリカ人の文化に対する民族主義的な賛美と捉えることは容易い（DeVeaux, "Constructing the Jazz Tradition" 529）。エリソンもジャズについて語るとき、それが黒人文化であることを強調する。一九五八年にニューポート・ジャズ・フェスティヴァルでシンポジウムに参加した際に、同席した批評家がジャズをアフリカ系アメリカ人のものとして捉えていないことに苛立ちを隠せなかったことを、エリソンは友人であるジャズ批評家のアルバート・マレイに告白する。

ニューポートでは、ジャズに合わせてダンスをする黒人の聴衆とジャズバンドの関係について私が語っているときに、批評家であり作曲家である人物がジャズはこの国の特定の人種の生活と関係があるとは思わないなどと言って、話に割り込んできた。……アルバート、私はもう本当に我慢がならないよ。だから、私は、堪えることはせず、自分がどこから来たと思っているのか、自分の父親——つまり彼の黒人の父親——がどこからやって来たと思っているのか、と彼に言ってしまった。文化の面では、人種問題について戦うつもりはない。しかし、ジャズがどこから来たのかについてペラペラ喋るのであれば、自分の文化の源泉がどこにあるかは知っておくべきだ。(Murray and Callahan 195)

しかし、こう述べる一方でエリソンは、はっきりと民族主義的立場からは距離をおいている。ミーリーとのインタビューでは、ガーヴェイズム的な民族主義・分離主義を次のように明瞭に否定する。

アフリカには興味はある。しかし、アフリカと自分を同一視したことは決してなかった。もちろん、私は、自分のアフリカ人の血を否定するつもりは全くない。……私の力の源は、ルイ・アームストロングであり、ジミー・ラッシングであり、ホット・リップ・ペイジであり、彼らと同じレベルにある人たち、デューク・エリントン、ミセス・ブロー、マーク・トウェインだ。つまり、さまざまな背景や文化の複雑な相互関係という極めてアメリカ的なものに影響を受け、これに貢献したいろいろなアメリカ人たちだ。("My Strength" 286)

こうしてエリソンは、アフリカへの回帰よりもアメリカへの帰属を強調する。ここにあるのは、アフリカ系であるというよりも「アメリカ人」という自己認識だ。

このような認識の主張は時として、自らの黒人性を否定する発言であるかのように聞こえる。エリソンのエッセイとしてもっとも有名なものの一つ「世界と水差し」(“The World and the Jug”) はその典型だ。このエッセイは、白人批評家アーヴィング・ハウ (Irving Howe) がアフリカ系アメリカ人作家でありながら、リチャード・ライトの作品に代表されるアフリカ系アメリカ人の抗議小説の伝統を受け継がなかったとして、エリソンやジェームズ・ボールドウィンを批判したことに対する反論として書かれた。アフリカ系アメリカ人の作家は抗議しなければならない、というハウの主張は、「そこから解放されることがない苦しみこそが、『真の』黒人の経験であり、真の黒人作家は、攻撃的でなければならない」(“The World and the Jug” 159) という画一的な黒人観を前提にしているとエリソンは批判する。ハウはアフリカ系アメリカ人を「人間ではなく、この世の地獄を体現する抽象的な存在」(“The World and the Jug” 159) としてしか見ていないというのである。

このようなエリソンの主張はもっともなのだが、アフリカ系アメリカ人の人間性を主張するあまりエリソンはアフリカ系アメリカ人を普遍的な人間に換言し、その結果、人種差別によって受けた苦しみを矮小化してしまう。「私にとっては、南部のバスで後方に移動することや映画館の最上階最後部席への階段を登る事の方が、現実的に私が置かれた状況やそれに対する私の反応を歪める概念に耐えることよりもはるかに苦痛が少ない」(“The World and the Jug” 169)。

南部の差別的な人種隔離の慣習に従うことの方が、ハウが考えるアフリカ系アメリカ人作家像を受け入れるよりもましだという宣言は、アフリカ系アメリカ人作家を「黒人」ではなく「個人」として捉えるべきだという主張だとしても、人種差別を容認していると捉えられても無理がないだろう。実際、エリソンはよく知られているように公民権運動とも距離をとっていた。他のアフリカ系アメリカ人作家と同調して活動に参加しようとしないエリソンの消極性を苦々しく思っていた歴史家のジョン・ヘンリク・クラークは次のように証言する。「ラルフ・エリソンは……過去十年間の多くの時間を自分と同じ人種の人々から逃れるのに費やしてきた。同胞の黒人作家からの手紙には答えず、芸術と文学に人種は関係ないと断固として主張してきたのだ。彼はアフリカ系アメリカ人の学会には出席しようともしない」（qtd. in Cruse 507-8）。

こうしたエリソンの態度は、ホレス・A・ポーターが指摘するように、「傲慢で貴族主義的」（Porter 120）とみなされてきた[3]。たとえば、「リベラルな体制主義的エリート主義者」（Watts 47）と呼んでエリソンを嫌悪したジェリー・ワッツは、エリソンが二作目の長編小説を完成させることができないほど自作への要求水準が高かったのは、白人の価値観を内面化し、「偉大な白人主人」（Watts 120）である白人作家たちと同じ水準に自らを置こうとしたからだと痛烈に非難した。

「文学は自分に西洋人としてのアイデンティティを教えてくれた」（“The World and the Jug” 164）と述べるエリソンが、人種差別に苦しむ一般的なアフリカ系アメリカ人に背を向け、リベラルな白人知識人に歩み寄ろうとしている「エリート」と受け止められたのも仕方がないだろう。公民権運動が活発だった一九六〇年代にこのような態度を見せていたエリソンの消極性は、よくて「体制的」と呼べるものだが、悪くいえば白人迎合的であり、自らの人種に対する裏切り者であると捉えられるのも無理はなかった。このような文脈を踏まえて、次にエリソンの憲法論とジャズ論をみてみたい。

二　進化する憲法

前述したようにエリソンの憲法理解は静的である。すなわち合衆国憲法を制定後に修正条項を加えられ発展していったものとして捉えているのではなく、一七八七年に建国の父たちによって起草された原初的な文書として見ている。このような理解が白人迎合的であるのは、制定時、合衆国憲法が述べる「われわれ合衆国の人々」のなかには多くが奴隷であったアフリカ系アメリカ人は含まれていなかったという事実をほとんど無視しているからだ。

実際、全米有色人種地位向上協会（ＮＡＡＣＰ）の法律家としてブラウン判決をはじめとした人種隔離訴訟を戦い、アフリカ系アメリカ人の権利を勝ち取ってきた、合衆国最高裁判事サーグッド・マーシャル（Thurgood Marshall）は、このような観点から制定時の合衆国憲法を激しく批判した。一九八七年、合衆国が国を挙げて憲法生誕二〇〇周年を祝うムードに包まれていたなか、マーシャルは、合衆国憲法の強みは、一七八七年にフィラデルフィアの大陸会議に集まった起草者たちの「知恵や先見や正義の感覚」（Marshall 1）にあるのではなく、憲法の「進化する性質」（Marshall 2）、すなわち、それが二百年の間社会情勢に対応して変化してきたことにこそあるのだと主張し、安易に制定時の合衆国憲法を褒め立てることにあえて釘を刺した。

私は、憲法の意味は、フィラデルフィアの会議で、恒常的なものとして「確定された」とは思っていない。また、憲法の起草者たちが見せた知恵や先見や正義の感覚がとくに深遠だとも思わない。むしろ逆に、彼らが考えた政府は、最初から欠陥があり、いくつかの憲法修正条項、一つの内戦、そして大きな社会的な変革を経ることなくしては、憲法に基づいた政府という制度や、今日われわれが基本的なものとみなす個人の自由や人権を実現させることはできなかった。今日のアメリカ人が、「合衆国憲法」に言及するとき、二百年前に起草者たちがようやく組み立て始めたものから大きくかけ離れたものを指しているのである。(Marshall 1-2)

もちろん合衆国憲法が制定時より大きく変わっているのは、権利章典より後にさまざまな修正条項が加えられたからに他ならない。マーシャルの念頭にあったのは、奴隷制を廃止した修正第一三条、そしてアフリカ系アメリカ人男性に参政権を認めた修正第一五条と並んで、アフリカ系アメリカ人の権利を拡大することになった修正条項である修正第一四条だろう。とりわけ、一八五七年のドレッド・スコット判決で合衆国最高裁によって、合衆国市民ではないとされたアフリカ系アメリカ人に合衆国市民としての権利を与えることで、二〇世紀の公民権運動の法廷闘争の基盤になった修正第一四条をマーシャルは、南北戦争を生き延びることができなかった合衆国憲法の「代わりに、正義と平等を根底から支えるによりふさわしい、新しい基盤として誕生した」(Marshall 4)と高く評価する。

このようなマーシャルの意見と対比すると、合衆国憲法には「優れた道徳的な力が備わっている」

のは、「この国を建設した人たちは、多様性から統一性を作り出すことが、彼らが直面している問題の一つであることをはっきりと認識していた」（"Roscoe Dunjee" 458）からだというエリソンのことばは、制定時の合衆国憲法に対する素朴な信奉のように聞こえる。社会状況に合わせて変革することで、合衆国憲法は自由や平等といった価値を実現してきたと主張するマーシャルに対して、一七八七年の合衆国憲法に、民主主義や自由、平等といった道徳的価値が最初から吹き込まれていたとするエリソンの主張は、建国の父たちや合衆国憲法に対してあまりにも無批判的である。「われわれ合衆国の人民」からアフリカ系アメリカ人を排除し、実際は民主主義や正義や公平性という理念を実現できなかった——マーシャルのことばを借りれば「欠陥」がある——憲法によって、アフリカ系アメリカ人が苦しめられてきた歴史的な事実を無視しているだろう。

もちろんエリソンは憲法学者でもなければ歴史家でもないので、憲法の歴史や修正第一四条に詳しくなくても、仕方がないだろう。また、マーチン・ルーサー・キングJr.（Martin Luther King, Jr.）やバラック・オバマ（Barack Obama）のように、エリソン同様に合衆国憲法への信頼を語ったアフリカ系アメリカ人は存在するし、それをもって彼らが自らの民族に対する裏切り者であるという誹りを招いたことはない。憲法のオリジナル性を語るエリソンの憲法観を、合衆国憲法のことばを約束と捉えたキングや、合衆国を憲法が述べる「より完全な連邦」を達成する途上にあると考えたオバマと同様に、合衆国のこれからに対する期待の表れだと見ることは可能だろう。(4) しかし、そう考えにくいのは、エリソンが、前述したような、自らの黒人性を稀薄化させようとするかのような発言や公民権運動から距離をとっていたという事実があるからだ。マーシャルが、建国の父たちの知恵など大したものではなかったと、オリジナルな憲法を批判するとき、彼は同時に自らがその中心になって戦った公民権運動の成果を強調しているのである。翻ってエリソンにはそのような経験はない。エリソンが、合衆国憲法を「アメリカという社会的なドラマ」を演じるためのアメリカの「オリジナルな台本」（“Harvard” 427）と呼ぶとき、力点は憲法がオリジナルであることにある。このような発言は、エリソンがアメリカ人であることを強調することと相まって、白人アメリカに対してすり寄っているかのように聞こえる。

こうして、建国の理念（と建国の父たち）を称賛するエリソンを、白人アメリカ人の価値観に迎合していると捉えるのは容易い。しかし、エリソンは、奴隷制が存在していた時代にアフリカ系アメリカ人が置かれていた状況を知らなかった訳ではない。合衆国憲法を肯定的に語るエリソンの憲法論の眼目は、建国の父たちのヴィジョンを褒め称えることにあるのではなく、アフリカ系アメリカ人が不完全な合衆国を「より完全な連邦」にする鍵を握っているとする点にある。真の民主主義を実現するためには、排除されているアフリカ系アメリカ人を受け入れなければならない。この意味で、アフリカ系アメリカ人はアメリカの民主主義の達成に不可欠な存在なのだとエリソンは主張する。たとえば、エリソンは、「民主主義の真の目的は、物質的に満ち足りた状態だけではなく、民主主義的なプロセスを完全なものにすることを目指して拡張していくことにある」と述べた上で、民主主義がより完全なものに近づいたことを図るための、「もっともわかりやすい尺度であり印であるのは、黒人がどれだけ、同化しているのではなく、参加しているかということだ」（“What America Would Be Like” 586）と述べる。

それだけではなく、「合衆国憲法、権利章典、独立宣言の理念を現実の生活へと生きたものとして吹き込む」必要を感じているアフリカ系アメリカ人は「アメリカの理念が失敗したことを道義的に非難する声」なのであり、アフリカ系アメリカ人がアメリカの民主主義の実現に積極的な役割を演じることができるとエリソンは考える（"Roscoe Dunjee" 462）。というのも、白人社会から排除され、物質的な豊かさの恩恵を受けることもなかったアフリカ系アメリカ人は、合衆国の理想と現実のギャップの犠牲となってきたことで、そのアメリカ社会を維持するための「対価のほとんどを払ってきた」（"Roscoe Dunjee" 464）からであり、したがってアフリカ系アメリカ人は、現実と理想が乖離している状態を「非難し、これに対して処方箋を書き、これを正す義務がある」からだ（"Roscoe Dunjee" 464）。アフリカ系アメリカ人は民主主義から排除されていることによって、逆説的だがアメリカの民主主義の実現に重要な役割を演じる一部として、それを補完することができるのである。

三　二人のチャーリー

アフリカ系アメリカ人はそこから排除されているがゆえにアメリカの民主主義にとって不可欠な存在である、というエリソンの議論は、彼のジャズに対する見方にも共通している。というのも、エリソンにとって、ジャズはアフリカ系アメリカ人の文化であるがゆえに、アメリカ全体の文化でもあるからだ。つまり、両者に共通しているのは、アフリカ系アメリカ人が孤立した部分であるがゆえに、アメリカという全体に帰属しているという、一種の解釈学的還元的な関係なのである。

アフリカ系アメリカ人の文化でありながらも、アメリカ全体の文化でもあるという両義性によってジャズは優れてアメリカ文化の象徴であり得ている。ただし、前述したようにエリソンが考えるアメリカ文化を象徴するジャズとはビバップ以前のものに限られている。そこで、エリソンが考える伝統的なジャズとモダン・ジャズとの境界線を浮かび上がらせることで、この作家がジャズこそが、白人と黒人の文化の融合としてのアメリカ文化の典型であると考えていたことの意味を明確にしたい。このため、まずは、エリソンが、ビバップ以前の伝統的なジャズ・ミュージシャンとして高く評価するチャーリー・クリスチャンとビバップの第一人者として辛辣な評価をくだしたチャーリー・パーカーという二人のミュージシャンについて語ったことを比較する。

エリソンがチャーリー・クリスチャンを称賛するのは、ベニー・グッドマン楽団のスターとして活躍したものの一九四二年に二五歳で結核で死んだ夭折のこのギタリストが、黒人文化の伝統を受け継いでいる存在だからだ。クリスチャンが、もしグッドマン楽団に加入することがなければ、数多のジャズ・ミュージシャンと同様に「小さな町のダンス・ホールや、半径数百マイル程度でしか評判にならないローカルな存在」（"Charlie Christian" 266）で終わっていたことを、エリソンは不幸としてではなく、美徳と見る。というのも、ジャズ・ミュージシャンは、個性的な演奏家という個人であると同時に、ジャズという音楽の伝統とそれを生み出した共同体の一部でもあるので、無名である、あるいは一部の限定された地域でのみ知られているという匿名性は、ミュージシャンの黒人文化への帰属をそれだけ強く表しているからだ。ジャズ・ミュージシャンは、演奏を通して、自らの個を表現すると同時に、ジャズという音楽の伝統（とそれを生み出した共同体）の一部になるとエリソンは述べる。

> ……真のジャズとは集団の中で、そして集団に対しての個の主張である。真のジャズ的瞬間（退屈な商業的な演奏と対照的に）は、それぞれの演奏者《アーティスト》が自分以外の全員に挑戦する競争から生まれる。個々のソロ、あるいは即興演奏は（画家にとっての連続したキャンバスのように）、演奏者の個人としての、または集団の一員、伝統の連鎖の一つとしてのアイデンティティである。したがって、ジャズの生命が伝統的なマテリアルの上の終わることのない即興演奏にあるがゆえに、ジャズマンは、自らのアイデンティティを見つけると同時にそれを失う。（"Charlie Christian" 267）

クリスチャンがアフリカ系アメリカ人の伝統や共同体と強く結びついているとすれば、チャーリー・パーカーは対照的にそのような伝統から切り離された個人主義者である。パーカーは、純粋に彼が作り出す音楽によってではなく、ドラッグに耽溺した私生活によって、そのような退廃的・反社会的な生き方に憧れをもつ、「教育を受けた白人中産階級の若者」（"On Bird" 262）の「カルト的な崇拝の対象」（"On Bird" 256）になったとエリソンは断言する。ビバップは、白人ミュージシャンが独占するようになったジャズ市場にアフリカ系アメリカ人ミュージシャンが食い込むことを可能にしたとしばしば論じられる。[5] ビバップは、アフリカ系アメリカ人が発明した革新的な音楽表現であり、アフリカ系アメリカ人ミュージシャンの自己表現を可能にした文化であるということだ。実際、ビバップのミュージシャンたちは、「エンターテイメントではなく芸術」を目指しており、したがって、旧世代のミュージシャン、「とりわけルイ・アームストロングを」白人に媚を売った黒人、「アンクル・トム」と呼び軽蔑した（"The Golden Age" 247）。しかし、エリソンによると、むしろビバップこそが白人聴衆の受けを狙った音楽なのであり、また「娯楽ではなく芸術」（"The Golden Age" 247）としてのジャズを追求した若い世代のビバップのミュージシャンたちこそが、そうすることで白人におもねっていたのである。というのも、ビバップのミュージシャンたちは、ジャズから娯楽的な要素を剥ぎ取って、威厳をもってジャズを演奏するためには、白人聴衆に対して「攻撃的なまでに尊大な態度」（"The Golden Age" 247）を取らなければならないと誤解し、その結果、体制に抵抗する反逆者という白人中流階級の若者たちのセルフ・イメージを投影された偶像を演じることになったからだ。結局、白人に媚びない尊大な黒人ミュージシャンという姿自体が、白人が娯楽として消費するために望んだものでしかないのである。ビバップのミュージシャンたちが、白人が要求するエンターテイナーの役割を無条件に演じる（かのように見える）ルイ・アームストロングをアンクル・トムと揶揄し、軽蔑しながらも、実は自分たちこそが、白人が要求する役割を演じている存在に過ぎないという事態をエリソンは「皮肉な逆転」（"On Bird" 260）と呼ぶ。その典型例がエリソンにとってのチャーリー・パーカーであった。

チャーリー・パーカーほど、エンターテイナーの役割を拒絶するのに必死だったジャズマンはいない。マイルズ・デイヴィスでさえ比較にならない。彼の人生の悲惨さは皮肉な逆転現象にあった。アームストロングにおいては、基本的にそのふりをするだけだった道化の役割――アームストロングがそれを演じているにすぎないことは、彼のトランペットの奏でる不遜な詩情と勝ち誇った音色によって、どんな野暮な人間でも気づかずにはいられなかったわけだが――から逃れるための努力は、パーカーをはるかに「原始的」にさせる結果をもたらした。つまり、パーカーは、一種の生け贄となった。オンステージ、オフステージを含めて私生活の滅茶苦茶さに抗う様を娯楽として消費する、貪欲で、センセーションに飢え、文化を理解せず、パーカーの苦悩をほんのわずかしか理解できない大衆によって。（"On Bird" 260-61）

こうしたアフリカ系アメリカ人の伝統であるジャズと白人に向けられたビバップという対立は、エリソンにとっては、音楽に合わせて踊れるかどうか、という違いでもあった。ビバップの出現以降、ジャズに合わせて踊るという慣習がなくなってしまったことをエリソンは嘆く。

時代は変わってしまった。私はそれを不幸なことだと思う。というのも、オーケストラと動く聴衆の相互関係は、非常にエキサイティングで創造的だったからだ。それは、共通の体験であったのだが、ビバップが誕生してからは、ダンスは大きく廃れてしまった。かつては、ダンスを全体的な経験の一部にしていた人々の集団が存在していたのに。（"My Strength" 277）

この区別がエリソンにとって決定的に重要であったのは、ジャズとそれに合わせて聴衆がダンス・ホールで踊るという文化こそが、黒人文化であり、アフリカ系アメリカ人としてのアイデンティティの形成に強い影響を及ぼしていたと考えているからだ。エリソンにとっては、ジャズはダンスと結びつくことで、「文化的表現全体のもっとも完全な一部」となった（"The Golden Age" 244）。ブレナン・マイヤーのことばを借りれば、ジャズに合わせて踊るという行為は、時代を超えて普遍的な黒人文化の「文化的連続性」や、黒人コミュニティーにおけるミュージシャンとダンサーという人の関係を維持する「社会再生産」を可能にする場だった（Maier 274-75）。

チャーリー・パーカーに対するエリソンの批判には、それまでの踊れるジャズを否定するビバップに対する嫌悪感がある。「スイングして踊ることができる」クリスチャンの音楽は、ジャズという「われわれの国民的文化の一つの支流」（"Charlie Christian" 272）を表している、という賛辞とは対照的に、「バード［チャーリー・パーカー］」は確かに白人のヒーローだった。彼が最も偉大であったのは、教育水準の高い白人の中流階級にとってであった」（"On Bird" 262）という冷淡な評価はその表れである。アーノルド・ランパーサッドが言うように、エリソンにとって、「パーカーは、古典的な黒人文化を脅かす、価値観の崩壊を象徴していた」（Rampersad 387-88）のだ。

しかし、このようなエリソンの主張は、民族主義的な黒人文化の礼賛のように聞こえるが、そうではない。というのも、エリソンの考えるジャズとは、黒人的なものと白人的なものとの融合であるからだ。これをエリソンは、たとえば単純に楽器演奏のテクニックの習得に関連して説明する。エリソンによると、楽器演奏には、「一般的に『正しい』と考えられている」「クラシックのテクニック」と、「必ずしも意識的ではない『ジャズ的』なテクニック」という二種類のテクニックがあるのだが、黒人のミュージシャンは、白人的なクラシック音楽のテクニックを、白人のミュージシャンは黒人的なジャズのテクニックを学び取って自分のものにしようとしていたという（"Charlie Christian" 271-72）。クラシックの音色を完璧に習得した白人のトランペット奏者が「黒人のブルースの声」である「ダーティ・トーン」を自分のものにしようとする一方、エリントン楽団の黒人ミュージシャンも白人の演奏家に影響を受けていたとエリソンは述べる（"Territorial Vantage" 24）。エリソンにしてみれば、「黒人のミュージシャンが白人のミュージシャンから影響を受けたと言った場合、それを信じるし、疑う理由などない」のは、そのような事態が「極めてアメリカ的であるから」（"Territorial Vantage" 25）だ。ジャズには、「人種間で音楽スタイルを交換してきた長い歴史」（"Territorial Vantage" 25）があり、したがって「純粋な源泉など見つけることはできない」（Warren 346）とエリソンは考える。

エリソンが友人のアルバート・マレイのことばを借りて述べるのは、「全ての黒人は部分的には白人であり、全ての白人は部分的に黒人である」（"Alain Locke" 446）ということだ。白人の文化は黒人の文化であり、黒人の文化は白人の文化であり、白人のなかには黒人が、黒人のなかには白人がいる。そして、「黒人の経験なしにアメリカ的経験はありない」（"Alain Locke" 446）ことの証明がジャズに他ならない。「ジャズのテクニックには、確かにオリジナルなものが沢山あるが、何世紀にもわたるヨーロッパ音楽のテクニックなしには、そして言うまでもなくアフリカ音楽の伝統に根付いたテクニック抜きには、それは語れない」（"Alain Locke" 446）のである。アフリカ系アメリカ人が自分たちの文化を、アメリカ文化という全体を形成する一部として認識することをエリソンが、「ジャズが感じられる瞬間」（"Alain Locke" 451）と呼んだのはこのためだ。それは、ジャズが単なるアフリカ系アメリカ人の民族的な音楽ではなく、エリソンが、「統一的な多様性」（"The Little Man" 507）、「複数のなかの統一」（"The Little Man" 507）という一見矛盾した表現で語るアメリカ文化の多様性が理解される瞬間なのだ。

もちろん、白人と黒人の融合といったことは、エリソンの読者にとっては、馴染み深いものだろう。『見えない人間』(*Invisible Man*)の主人公が働くペンキ工場で製造している「現存する限り最も白い」(*Invisible Man* 202)ペンキは、白いペンキに「漆黒」(*Invisible Man* 200)の液体をちょうど十滴垂らして混ぜ合わせることで生まれるのだから。あるいは、『見えない人間』の「アメリカはさまざまな糸によって織られている。われわれの運命は一つと同時に多様になることである」(*Invisible Man* 577)ということばを思い出しても良い。

ただし、多様であるということは、黒人文化がアメリカ文化に接収され、消滅してしまうことを意味するのではない。黒人文化はそれとして残り続ける。つまるところエリソンにとってのジャズには、彼が黒人新聞について語った「黒人新聞はアメリカ国民のものである。しかし、まずはわれわれ黒人のものなのである」ということばが当てはまるだろう("Roscoe Dunjee" 464)。ジャズはアメリカの文化だが、まずはアフリカ系アメリカ人のものなのだ。

四 アフリカ系アメリカ人の犠牲

エリソンは、こうしてアフリカ系アメリカ人は独自の存在でありながらもアメリカ文化・社会の一部であると捉える。独立した文化であるからこそ、アメリカ全体の文化となっているのだし、排除されているからこそ統合されるのであるという逆説が、憲法とジャズに対するエリソンの見方に共通している。しかし、このような考えは、一方では、排除されている状態を現状として(消極的にであったとしても）肯定することになる。このことを理解するために、エリソンが、リトル・ロック事件に対するハナ・アレントの論考に対するコメントのなかで、アフリカ系アメリカ人がおかれている状況を「犠牲」ということばで語ったことを見てみたい。

一九五四年のブラウン判決によって公立学校での人種による分離が憲法違反となったことを受けて南部の諸州の学区で人種の統合が始まる。アーカンソー州のリトル・ロックの教育委員会は、セントラル高校で一九五七年九月から初めてアフリカ系アメリカ人学生を受け入れることにする。地元の全米有色人種地位向上協会（ＮＡＡＣＰ）の支部によって希望者のなかから九人の黒人高校生が入学者として選ばれ、ＮＡＡＣＰの指導の元、生徒たちは入学に向けて準備する。こうして登校への準備が進むなか、人種統合に反対する州の住民は不満を募らせていく。登校日の前日、人種統合に反対していた州知事のオーヴァル・フォーバスは、白人優越主義者が州全土からリトル・ロックに向かっているという情報に基づいて混乱を避けるためという名目で、セントラル高校へのアフリカ系アメリカ人生徒の登校を禁止し、それと同時に州兵をセントラル高校に派兵する。このような事態を受けて、登校日が九月三日から四日に変更される。白人優越主義者や人種統合に反対する生徒や父兄、そして州兵によって囲まれた高校にアフリカ系アメリカ人生徒は到着するが、州兵に銃剣で脅され、学校の建物の中に入ることができない。このような事態に業を煮やしたアイゼンハワー大統領は、二四日、リトル・ロックに軍隊を派遣すると同時に、州兵を連邦軍に組み込み、フォーバス知事から指揮権を奪い取る。そして今度は、軍隊に、通学するアフリカ系アメリカ人の生徒たちを護衛させるようになる。(6) この事件の報道に触発されて、ハナ・アレントは、人種隔離を撤廃するために人種統合を強制するのは間違いとする持論を展開する。

アレントに対するエリソンの反論は、彼女が、軍隊に護衛されて通学するアフリカ系アメリカ人女子生徒の写真に触れて、この「女の子は、明らかに、ヒーローになることを求められていた。すなわち、その場にはいなかった彼女の父親にも、同様にそこにはいなかったNAACPの代表者たちにも、そうなることを求められていなかったヒーローにだ」(Arendt 50)と述べたことに対してだった。アレントは、人種統合された学校に通うことになった生徒たちは、白人社会に溶け込みたいと願う親のエゴによって利用されているに過ぎないと考えたのだった。アレントの伝記作家ヤング=ブルーエルによると、アレントは親たちを「社会的上昇」を目指す「成り上がり」と見ていたということだ(Young-Bruehl 311)。

しかし、エリソンは、アレントは、「自分たちの子供に、敵意に満ちた人々の列を通り抜けさせようとするとき、アフリカ系アメリカ人の親たちが頭で何を考えているのか」(Warren 343)を全く理解していないとアレントの意見を否定する。彼は、何よりもアレントが理解していないのは、「犠牲という理想」(Warren 343)だという。親たちは、子供たちに「まさに黒人だからこそ、恐怖に向き合い、恐怖と怒りを抑えることを学ぶことを期待」(Arendt 50)しているのである。エリソンによると、アフリカ系アメリカ人の子供は、「彼自身の人種が置かれた状況によって作り出される内的葛藤を克服することを要求される。そしてもし、その結果彼が傷つくのであれば、それは彼が払わなければならないもう一つの犠牲なのである」(Warren 344)。つまり、黒人として生まれたからには、差別に耐えるのは、支払わなければならない代償であり、親たちはそのようなアメリカ社会の厳しい現実を生きて行くための教育を子供たちに施しているのである。子供たちにとって、それは白人中心のアメリカ社会で生きていくためのイニシエーションなのだ。

暴力に対して報復することなく耐えてきたアフリカ系アメリカ人の行為を「英雄的行為」(Warren 342) ともエリソンは呼ぶ。それは、そのような行為が、やがてはアフリカ系アメリカ人が、白人と同等の権利をもつ市民としての地位を得て、アメリカの民主主義の理想を実現するという公共の善の達成のために、暴力に訴えず、不当な扱いに耐えることで自己を犠牲にしているからだ。「今日われわれは犠牲を払った。昨日われわれが犠牲を払ったように。報復して個人的な満足感を得ることを、共通の善のために犠牲にしているのだ」(Warren 342)。

しかし、アフリカ系アメリカ人が自らを人種差別という「完全なる苦しみ」の被害者として強調することは、「自分の才能を無視して、疎外と苦しみの一般的化された定義に自らを貶めることとなる」と述べ、公民権運動を「苦悩を利益や同情に交換する」ことと同じだとして否定的に捉えるエリソンの態度は、差別を容認することと事実上変わらない (Warren 328)。アフリカ系アメリカ人が差別・隔離に耐えることを美徳と褒め称えるのは、現状の、すなわち、人種差別の肯定だと受け止められても仕方がないだろう。

おわりに

アフリカ系アメリカ人の人間性に対する主張だとしても、そしてそれがアメリカの民主主義の実現に必要なものだとしても、結局のところ、エリソンの「犠牲」という考えは、マーチン・ルーサー・キングJr.が「黒人はなぜ待てないか」を説く公民権運動やブラック・パワーが叫ばれる時代においては、妥協的で前時代的に見えてしまう。それは、彼の小説の背景にあり、ジャズや憲法にことよせたエリソンの人種関係論にもいえることだろう。ジャズに対しても憲法に対しても彼の見方は、原典主義的であり進歩を認めない。時間的には、動的であるよりは静的である。

同様に、彼は彼の時代の人種関係に基づいて小説を書いた。ハウに対する返答でエリソンは、抗議小説だけが黒人が書くべき小説ではないと述べたが、一方でその主張が暗示しているのとは異なって、彼の小説は時代を超越したものではなく、人種隔離といったあからさまな差別が自然とされる時代を強く反映したものであった。黒人は、エリソンにとって差別された存在でなければならなかった。『見えない人間』の語り手が、自分がルイ・アームストロングを好むのは「彼が、見えない存在であることを詩にしているからだ」(*Invisible Man* 8) と語ることは示唆的である。黒人が、公然と差別され、目に見えない存在でなければブルースという詩は生まれない。

ブラウン判決について書かれた『単純な正義』(*Simple Justice*) で筆者のリチャード・クルーガーは一九五四年のブラウン判決によってアフリカ系アメリカ人の立場が全く異なったことを、エリソンの小説に言及して、アフリカ系アメリカ人はもはや「『見えない人間』ではない」(Kluger 754) と述べた。確かに時代は変わったのだろう。実際、エリソン自身も、そもそも人種隔離を廃止したブラウン判決を下されたとき、「喜び」を感じると同時に「場違いな存在であるという感覚」に囚われたと正直に告白している (qtd. in Rampersad 298)。と同時に『見えない人間』の「ブレッドソーがいなくなる前に彼について書くことができたのは幸運だったというべきだろう」(qtd. in Rampersad 298) とも。

これは、エリソンの作家としての自身の限界に対する認識のように思えてならない。実際、トニ・モリソンのように人種関係が大きく変化したことが、エリソンが二作目をついに完成させることができなかった理由だと述べるものもいる。モリソンによれば、エリソンが時代遅れだったことは、彼の二作目の内容に表れているし、それを完成させられなかった理由でもあるということだ (qtd. in Rampersad 359)。ついに完成されることがなかった『ジュンティーンス』(*Juneteenth*) のエピグラフに掲げられた「私が生まれついた、最早いなくなってしまった部族――アメリカの黒人――へ」ということばはエリソンが、自分が時代にそぐわない存在になってしまったことを悟っていたことを簡潔に示しているだろう。

とはいえ、もちろん合衆国における白人とアフリカ系アメリカ人の人種関係がどれほど好転したといえるのかは慎重に検討されなければならない。『見えない人間』の冒頭で、語り手は、黒人として白人から侮辱されて、非人間的に扱われたことに対して暴力的に反応してしまった経験を語る。語り手が、黒人は白人にとって「見えない人間」であり、決して対等な存在ではないことを知る場面である。近年の Black Lives Matter 運動に発展したアフリカ系アメリカ人の怒りに似通っているのではないだろうか。今エリソンが生きていたら、何を思うだろうか。

◉註

（1）エリソンのビバップに対する嫌悪について、Brody および Rampersad, pp. 419-20 を参照。
（2）"The Racial Politics of Ralph Ellison" という記事によると、アイオワにある大学で講演中にエリソンは、民族主義者と思われる学生から「アンクル・トム」と呼ばれたという。
（3）エリソンのエリート主義に対するノーマン・メイラーとノーマン・ポドレッツらの批判は、Porter, pp. 133-40 を参照。
（4）キングとオバマの憲法に関する考えは、それぞれ、一九四四年キングのスピーチと二〇〇八年のオバマのスピーチを参照。
（5）たとえば、DeVeaux, *Birth of Bebop* p. 27 や Jones, "Blues People" p. 23 を参照。
（6）リトル・ロック事件については、おもに Bates, p. 61 を参照。

◉引用文献

Arendt, Hannah. "Reflections on Little Rock." *Dissent*, vol. 6, no. 1, 1959, pp. 46-56.
Bates, Daisy. *The Long Shadow of Little Rock*. U of Arkansas P, 1986.
Brody, Richard. "Why Did Ralph Ellison Despise Modern Jazz?" *The New Yorker*, 20 March 2014, www.newyorker.com/culture/richard-brody/why-did-ralph-ellison-despise-modern-jazz. Accessed 16 Nov. 2018.
Callahan, John F. "Ralph Ellison and the Law: A Covenant of Blood and Word." *Oklahoma City University Law Review*, vol. 26, no. 3, Fall 2001, pp. 839-59.
Cruse, Harold. *The Crisis of the Negro Intellectual*. Allen, 1969.
Davis, John S. *Historical Dictionary of Jazz*. Scarecrow, 2012.
DeVeaux, Scott. *The Birth of Bebop: A Social and Musical History*. U of California P, 1999.

——. "Constructing the Jazz Tradition: Jazz Historiography." *Black American Literature Forum*, vol. 25, no. 3, Literature of Jazz Issue Autumn, 1991, pp. 525-560. *JSTOR*, www.jstor.org/stable/3041812.

Ellison, Ralph. "Address to the Harvard Alumni, Class of 1949." Ellison, *Collected Essays*, pp. 419-30.

——. "Alain Locke." Ellison, *Collected Essays,* pp. 445-51.

——. *The Collected Essays of Ralph Ellison*. Edited by John F. Callahan, Modern Library, 2003.

——. "The Charlie Christian Story." Ellison, *Collected Essays,* pp. 266-72

——. "The Golden Age, Time Past" Ellison, *Collected Essays*, pp. 237-49.

——. *Invisible Man.* 1952. Vintage Books, 1995.

——. "The Little Man at Cheehaw Station." Ellison, *Collected Essays*, pp. 493-523.

——. *Living with Music: Ralph Ellison's Jazz Writings*. Edited by Robert G. O'Meally, Modern Library, 2002.

——. "'My Strength Comes from Louis Armstrong': Interview with Robert G. O'Meally." Ellison, *Living with Music*, pp. 265-88.

——. "On Bird and Bird Watching." Ellison, *Collected Essays*, pp. 256-65.

——. "Roscoe Dunjee and the American Language." Ellison, *Collected Essays*, pp. 453-64.

——. "Territorial Vantage." Ellison, *Living with Music,* pp. 15-33.

——."The World and the Jug." Ellison, *Collected Essays*, pp. 155-88.

——. "What America Would Be Like without Blacks." Ellison, *Collected Essays,* pp. 581-88.

Howe, Irving. "Black Boys and the Native Sons" *Dissent*, Vol. 10, Autumn 1963, *pp. 53-68*

Jones, Leroi. *Blues People: Negro Music in White America*. 1963. Harper Perennial, 1999.

King, Jr., Martin Luther. "The Negro and the Constitution." *The Martin Luther King, Jr. Research and Education Institute,* okra.stanford.edu/transcription/document_images/Vol01Scans/109_May1944_The%20Negro%20and%20the%20Constitution.pdf. Accessed 16 Nov. 2018.

Kluger, Richard. *Simple Justice: The History of Brown* v. Board of Education and Black America's Struggle for Equality. Vintage Books, 2004.

Maier, Brennan. "The Road to Don Cornelius Is Paved with Good Intentions: The Crisis of Negro Nationalism in Ralph Ellison's Jazz Criticism." *Callaloo*, vol. 35, no. 1, Winter 2012, pp. 267-92. JSTOR, www.jstor.org/stable/41412508.

Marshall, Thurgood. "Reflections on the Bicentennial of the United States Constitution." *Harvard Law Review*, vol. 101, no. 8, 1988, pp. 1-5.

Murray, Albert, and John F. Callahan, editors. *Trading Twelves: The Selected Letters of Ralph Ellison and Albert Murray.* Vintage Books, 2001.

Obama, Barrack. "Barack Obama's Race Speech at the Constitution Center." *National Constitution Center,* 18 March 2008, constitutioncenter.org/amoreperfectunion/docs/Race_Speech_Transcript.pdf. Accessed 16 Nov. 2018.

O'Meally, Robert G. Introduction. Ellison, *Living with Music,* pp. ix-xxxv.

Porter, Horace A. *Jazz Country: Ralph Ellison in America*. U of Iowa P, 2001.

"The Racial Politics of Ralph Ellison." *The Journal of Blacks in Higher Education*, no. 38, Winter, 2002-2003, p. 46. *JSTOR*, www.jstor.org/stable/3134194.

Rampersad, Arnold. *Ralph Ellison: A Biography*. Vintage Books, 2008.

Warren, Robert Penn. *Who Speaks for the Negro?* 1965. Yale UP, 2014.

Watts, Jeffery Gafio. *Heroism and the Black Intellectual: Ralph Ellison, and Afro-American Intellectual Life.* U of North Carolina P, 1994.

Young-Bruehl, Elizabeth. *Hannah Arendt: For Love of the World*. Yale UP, 1982.

第七章　ニューディールの残響
――『欲望という名の電車』と一九三〇年代

舌津智之

Echoing the New Deal:
A Streetcar Named Desire and the 1930s

Tomoyuki Zettsu

はじめに

流行歌は、記憶のなかの光景に結びつく。その光景が鮮烈であればあるほど、歌の記憶も鮮明に保存され、歴史的かつ個人的な心象風景を生成する。音楽が反復可能な複製文化となった二〇世紀以降、過去を想起させる歌の機能は人間のマインドスケープにとりわけ大きな影響を与えるようになった。また、民謡とは異なり、流行の時期が明確に特定される商業的ポピュラーソングは、そのヒットと連動する季節の記憶を正しく呼び覚ますものとなる。たとえば、一九八〇年代に十代の青春を過ごした歌謡曲好きの日本人が松田聖子の「青い珊瑚礁」を聴けば、高校一年でリレーを走った体育祭を思い出し、「天国のキッス」を聴けば大学一年のサークル合宿で訪れた山中湖を懐かしむなど、歌と記憶の同期とは、いかなる国や文化のなかであれ、普遍的に経験される現象であるに違いない。

そうした音楽体験を、『欲望という名の電車』のヒロインも有していたのではないか、という仮説が本章の出発点となる。テネシー・ウィリアムズの代表作であるこの作品中に流れる多くの音楽のなかで、もっとも印象的なのは、「イッツ・オンリー・ア・ペイパー・ムーン」であろう。これは、隠していた過去を宿敵スタンリーに暴かれつつあるヒロインのブランチが、嘘もまことになるものだ、と自らの危い立ち位置を皮肉に露呈しながら劇中で口ずさむ歌である。

ただの紙のお月様、ボール紙の海の上――だけど偽りじゃないの、もし信じてくれるなら！

（……）

まるで見世物小屋だわ、この世はイカサマだらけ――だけど偽りじゃないの、もし信じてくれるなら！

（Williams, *Streetcar* 360）

これはもともと、一九三三年に、ポール・ホワイトマン楽団の演奏でペギー・ヒーリーが歌ってヒットしたものである。正確には、その前年、ブロードウェイで上演されたコメディ（*The Great Magoo*）のために作られたものだが、こちらの公演自体は失敗に終わり、翌年の録音により初めて世間に広まった。ただし、ヒーリーが歌うオリジナル版の歌詞は、ブランチが劇中で歌うバージョンとは微妙に異なっている。[1] 一方、同じく一九三三年にクリフ・エドワーズが歌ったバージョンは、ブランチ・バージョンと歌詞が一致する。いずれにせよ、ここで強調したいのは、複数の歌手に歌われてこの歌が最初にヒットしたのは、一九三三年の出来事だったという事実である。

一　忘れたい／忘れない一九三三年

では、『欲望』が初演された一九四七年の時点から数えて一四年も前の流行歌を、ブランチが今なお口ずさむのはなぜだろうか。[2] さしあたりの理由としては、この歌が、第二次世界大戦後にリバイバルの形で再ヒットしたため、『欲望』の初演時において記憶に新しい流行歌であったことがあげられる。一九四五年、まずベニー・グッドマン・オーケストラがヒットチャートの一三位に、そしてエラ・フィツジェラルドがチャートの九位にこの歌を押し上げる。ちなみに我々は今日、この歌のナット・キング・コール版もしばしば耳にするが、彼の一九四三年バージョンは当時のヒットチャートにはランクインしていないし、歌詞の細部もブランチ・バージョンとは異なっている。一九四〇年代半ばのアメリカ人に一番馴染みがあり、おそらくはブランチも聴いたであろうと考えられるのは、エラ・フィッツジェラルドが歌ったものである。

けれども、「イッツ・オンリー・ア・ペイパー・ムーン」をブランチが自ら口ずさむのは、戦後の同時代というよりも、歌が最初にヒットした当時の遠い記憶と結びつく彼女の強迫があったからではあるまいか。というのも、ブランチは、音楽に関して非凡な記憶力と感受性をもっているからである。そのことを顕著に示す現象が、彼女の耳の奥に時として鳴り響く「ワルシャワ舞曲」のメロディーにほかならない。これは、ブランチが若かりし頃、夫のアランを自殺へと追いやってしまう直前、ムーン・レイク・カジノのダンスフロアーに流れていた音楽である。「ペイパー・ムーン」の歌に関しても、それを初めて聴いた当時、彼女は何か忘れがたい経験をしていたのではないか。

そのように仮定するならば、ブランチのテーマ曲ともいうべきこの歌が一九三三年の作品であることは、『欲望』という物語の構造的な必然として浮上する。具体的にブランチの半生を振り返ってみると、ステラが「二五歳くらい」(244)である現在、ブランチは「ステラより五歳くらい年上」(245)なので、ヒロインの年齢は約三〇歳という設定である。つまり、『欲望』が初演された一九四七年を戯曲の現在と考えるなら、ブランチはおそらく一九一七年に生まれている。そのブランチは、「一六のとき、初めて知ったの――愛するということを」(354)と自身の過去をミッチに語っている。ゆえに、彼女が運命の相手であるアランと衝撃的に出会い、一生一度の恋に落ちたのは、ほかでもない一九三三年――すなわち、「イッツ・オンリー・ア・ペイパー・ムーン」が初めて流行した年であった計算になる。言い換えるなら、一九三三年とは、この戯曲のプロットが動き出すいわば始まりの時であり、その年に流行った流行歌を今も口ずさむブランチは、彼女の生涯に二度とない夢とトラウマを無意識のうちに反芻しているといってよい。「ペイパー・ムーン」は、ムーン・レイク・カジノの「ワルシャワ舞曲」と対を成し、宿命的ロマンスの残響を刻印する音楽となっているのである。この二曲をつなぐ月のイメージが作品の重要な鍵となることは、『欲望』の草稿が当初、『月明かりに照らされたブランチの椅子』と題されていた事実が端的に物語っている。

初めてこの歌がヒットした昔に若きアランと出会い、しかしその後彼を死に追いやったブランチは、出会いから一二年後、同じ歌が再ヒットした頃から、その逸脱的な素行が表面化し、ついには一七歳の教え子と関係をもって学校教師の職を追われてしまう。この歌のリバイバルはつまり、ブランチを呪縛する反復強迫が作品プロットの展開と同期するさまをなぞっている。したがって、『欲望』というテクストの歴史化を試みるならば、ブランチが体現するといわれる旧南部の神話や奴隷制の影へと思いを馳せる前に、彼女が十代を過ごした一九三〇年代前半の時代性をまず検証する必要がある。

その際、そもそも「ペイパー・ムーン」の歌が、大恐慌の世相を反映する作品であったことは決して見逃せない。先述のとおり、この歌は当初、舞台コメディの挿入歌として作られたものであるが、そのコメディとは、詐欺や売春が横行する経済的混乱の時代を描いたものであり、「この世はイカサマだらけ」でも「偽りじゃないの、もし信じてくれるなら」と歌われる歌詞の中身には、暗い世の中を何とか明るく生き抜こうと人々が奮闘した三〇年代の時代精神と不可分なコンテクストがある。この歌のオリジナル版は、七〇年代にテイタム・オニールが主演した映画『ペイパー・ムーン』の主題歌にも使用されているが、この映画の時代背景もやはり、大恐慌の三〇年代に設定されていた。つまり、ブランチのマインドスケープのみならず、アメリカ的なパブリック・メモリーにおいても、この歌は、三〇年代の象徴ともいうべき文化作品であることをまず確認しておかねばならない。

二　『欲望という名の電車』とニューディール

伝統的なアメリカ文学史において、一九三〇年代というのは、スタインベックの小説やクリフォード・オデッツの演劇に代表される社会参加の時代――あるいは、フォークナーやジューナ・バーンズが活躍した実験的なモダニスト小説の円熟期――としてしばしば記憶され、詩的な透明感が特徴的なテネシー・ウィリアムズのような抒情派の作家とは一見無縁の時代に思われるかもしれない。しかし、ウィリアムズは、四〇年代にブロードウェイで脚光を浴びる以前から、精力的に戯曲の執筆を行なっており、二〇世紀末以降、埋もれていた彼の三〇年代作品が次々上演・出版されている。筆者は以前、そうした作品のひとつである『蝋燭を太陽に』(*Candles to the Sun*)を論じたが(舌津 七一一二)、これは炭鉱労働者のストライキを扱うプロテストの左翼演劇である一方、弱者への切ない共感に満ちた情緒的な作品でもあり、ウィリアムズの詩的感性とは、つまるところ彼の社会意識と表裏一体の資質であるように思われる(そもそも、若きウィリアムズが憧れたオデッツも、自分の息子にウォルト・ホイットマン・オデッツと名前をつけるほど、詩人肌の劇作家だった）。

こうした事情をふまえつつ、戦後のニューオーリンズを舞台にした『欲望』という作品を再読してみると、そのさまざまな細部には、三〇年代の文化的記憶が息づいていることに気づく。『欲望』の前作である『ガラスの動物園』がやはり近過去の三〇年代を振り返る追憶劇だったことを思えば、それも決して不思議なことではない。(3) たとえば、ポーカー・ナイトを描き出す第三場では、ラジオからザビア・クガートの音楽が流れてくるが（*Streetcar* 295）、クガートがルンバ・キングとしてアメリカにラテン音楽ブームを起こしたのは、一九三〇年代のことである。また、ミッチは、ブランチとのデートからの帰り道、ゲームの景品で当てたメイ・ウェストの人形を手にしているが（340）、ウェストがパラマウントと契約を結び、銀幕のセックス・シンボルとして一世を風靡したのもやはり三〇年代であった。

より具体的に、ブランチとアランが出会った一九三三年といえば、何よりもまず、フランクリン・D・ローズヴェルトが大統領に就任し、ニューディール政策に着手した年であったことを忘れてはならない。興味深いことに、スタンリーは、地元のローレルで噂の女となったブランチについて、「何年も前からローレルを担当している」という仕事仲間の情報をもとに、彼女は（良くない意味で）「合衆国の大統領と同じくらい有名」（359）だと揶揄している。ここでいう大統領とは、「何年も前から」有名であったとすれば、就任後間もないトルーマンというより、一九四五年まで三期にわたってその職にあったローズヴェルトがイメージされているというべきだろう。

『欲望』の背後に見え隠れするローズヴェルトの存在は、彼の政治的宿敵であったヒューイ・ロングの名をスタンリーが口にすることでより明確に浮かび上がる。「「男は誰もが王様」なのさ！で、ここじゃ俺が王様なんだから、覚えとけ！」（371）と、スタンリーはステラとブランチに言い放つ。興味深いことに、『欲望』上演の翌年、ウィリアムズが取り組んでいたのは、ヒューイ・ロングが主人公のモデルとなる幻の戯曲であった。彼が一九四八年一一月一八日付けでエージェントのオードリー・ウッドに宛てた手紙によると、「国民に寄り添い、素晴らしくあけっぴろげで、本質的には正直だが、腐敗した組織とそのボスに絡めとられている男」の物語を、マーロン・ブランドの主演で舞台に乗せるべく、ウィリアムズはロングの伝記と自伝を読み漁っていたのである（Williams, *Notebooks* 492）。思えば、ロングが、スタンリーに引用される有名な言葉をタイトルにした自伝、『男は誰もが王様』を出版したのも一九三三年のことであった。ロングは、SOW（Share Our Wealth）と呼ばれるラディカルな富の再分配を訴え、銀行家や富裕層を攻撃した点、ある意味スタンリーと同様、一般庶民の味方であるようにも見えた。しかし、彼がルイジアナの独裁を押し進めていく強引さは、これまたスタンリーの場合と同様、きわめて暴力的な男性の支配欲を示すものであった。大恐慌の時代に台頭したロングの生涯を、ローズヴェルトとの関係から論じた三宅昭良の『アメリカン・ファシズム』を引くならば、「〈ファシズム〉を外部化した〈民主主義〉に、じつは〈ファシズム〉が内在していた」（八）点は強調されねばならないし、「民衆の支持を取り付けながら〈民主主義〉をなし崩しにしていった」ロングという宿敵に対峙するうえで、「ローズヴェルトもまた〈ファシズム〉の地平に転落した」（二八八）と考えることもできるだろう。

作品の表象戦略上、『欲望』とニューディールを結びつけるイメジャリーとして見逃せないのが、トランプである。レナード・クィリノは、『欲望』におけるポーカーのイメージが、ブランチとスタンリーの関係性を映す核心的なモチーフとなっていることを説く。つまり、作品前半、ブランチが義理の弟を会話で言い負かしている間、スタンリーはポーカーに負けて苛立っている（がゆえ、妻に暴力をふるう）。ところが、最終的にブランチを力づくで打ち負かすスタンリーは、幕切れのポーカーのゲームにも勝っていて機嫌が良い（Quirino 78-79）。しかしここに、クィリノがふれていない大恐慌という補助線を引くならば、ニューディールとは、トランプの「配り直し」を意味する政策名であることがポイントとなる。実際、三〇年代当時の新聞紙上には、ローズヴェルトの政策をポーカーのカードにたとえ、彼を賛美したり批判したりする諷刺画がしばしば掲載されていた（【図版】参照）。『欲望』第三場のポーカー・シーンでも、カードを「配る（deal）」という単語が（台詞にもト書きにも）頻出し、賭けに負けて苛立つスタンリーが「配れ（Deal）！」（*Streetcar* 288）と語気を強める場面も描かれている。さらに、第八場でロングを引き合いに出すスタンリーは、ステラとブランチが「二人そろって女王様（[a] pair of queens）気取り」であることに不快感を示し、自分こそが「王様（king）」であると宣言するが（371）、「クイーンのペア」や「キング」というのもトランプ絡みの用語であることは言うまでもない。スタンリーはまた、ブランチに対し、自分に近づく女は「手持ち

【図版】『ピッツバーグ・プレス』(1933年3月11日)より

の……カードを見せる」(279) 必要がある、とトランプの比喩で人間関係を語ってもいる。かくして、ポーカーの修辞学に貫かれた『欲望』は、まさしく、配り直されたカードに国民が向き合ったニューディール期のアメリカを再演する寓話であるといってよい。

そもそも、ブランチの実家が没落したのも、大恐慌の打撃を受けたためだと考えるのが妥当であろう。一家の凋落は、ブランチ自身の説明によると、一族の男たちによる「女狂いの一大叙事詩」(284) が原因だとされているが、これはブランチの主観的見解であり、「私はお金に無関心」(316) だと自認する彼女が語るデュボワ家の経済事情をそのまま真に受けることはできない。おそらく、どれほど妾を作り、女遊びに金を浪費したとしても、それだけで、ブランチとステラの少女時代にはまだ特権的生活をしていた名家が、大農園を失うほどに散財するとは考えがたい。一家の急激な没落の原因は、二〇年代から顕著になっていた米国における不動産価格の低落に加え、一九二九年の決定的なバブル経済の崩壊により、土地所有と投資に依存していたデュボワ家の資産が一気に目減りしたことであろうと思われる。第六場で、ミッチにアルコールをすすめるブランチは、「ちょうど二杯分でオマケなし (without any dividends)」(344) と少々奇妙な言葉遣いをするが、ここで飲み物のお代わりがないことを示す彼女の英語が、「配当金なし」を意味する株の用語でもあることは示唆的である。

デュボワ家を襲ったであろう大恐慌の悪夢は、ブランチが受け取る冷酷な誕生日プレゼントのエピソードにも影を落としている。スタンリーは、ブランチを地元へ追い返すべく、グレイハウンドのチケットを彼女に手渡すのだが、ここで前景化される「グレイ」とは、今はなきアラン・グレイのファミリー・ネームでもある。つまり、未亡人であるブランチの法律上の名前がブランチ・グレイであるという事実は、「白」を意味するブランチが「灰色」を帯びるということであり、その背後には、何か語られぬ「黒さ」の存在が暗示されることになる。それは、語りえぬ闇としての性的逸脱かもしれないし、南部奴隷制に淵源する人種的な罪であるのかもしれない。しかし、この残酷な誕生日プレゼントのチケットが「火曜日」のバスに指定されていることを思い合わせると、語られぬ「黒」と「火曜日」が示唆するのは、とりもなおさず「ブラック・チューズデイ」である。すなわち、株価の大暴落を決定づけた一九二九年一〇月二九日の火曜日こそが、ブランチの悲劇をも宿命づけたと読み解くことは可能だろう。バスのチケットが火曜日の指定であることは、作品中、スタンリーがステラと話す第七場で二度（367）、そして彼がブランチにチケットを突きつける第八場でもう一度（376）、合計三度にわたって強調されている。

マイケル・ザレイは、その著書『ニューディール・モダニズム――アメリカ文学と福祉国家の発明』において、モダニスト文学を考える際、「審美的な特異性」を基準にするのではなく、「芸術の意味が工程にあるのか成果にあるのか――創作の活動にあるのか創作された産物にあるのか――をめぐる三〇年代と四〇年代の議論」に注目することを提唱している。つまり、市場における文学の需要が著しく低下した時代にあって、「他の点では不協和な三〇年代・四〇年代の文学的ポリティクスが一致団結して目指したのは、そうした時代の流れに抗うことであり、食品や他の日用必需品と同様、文学を必要な商品として捉えることであった」（Szalay 5）。

このザレイの議論はまず、ニューディール・モダニズムという概念を導入することにより、アメリカ文学における三〇年代と四〇年代の連続性を見据えたことにその独自性がある。これは、四〇年代半ばに上演されながら、三〇年代を引きずっている『欲望』という作品の本質を的確に照らし出す参照枠となるだろう。また、何より、ニューディール政策とは、創作活動それ自体を労働とみなし、芸術家（とりわけ演劇人）の育成を目指したことが大きな特徴のひとつであった。この点――芸術の意識的な保護――において、ブランチの発想はローズヴェルトとのそれと方向性を一にする。「ブランチの芸術的創造性」（Furuki 40）に注目する古木圭子が、ウィリアムズ作品における「一見芸術と縁のない南部淑女」と「職業的芸術家」（2）との連続性を指摘する通り、粗野で動物的なスタンリーを批判して、「詩や音楽のような芸術」を理解する「やさしい感性」を「育てる」必要がある（*Streetcar* 323）、と説くヒロインから連想されるのは、まさに、弱肉強食の自由競争を修正し、福祉国家への道を探りつつ、職業的芸術家の育成と経済支援を打ち出したニューディールの機軸ではなかろうか。実はウィリアムズ自身、駆け出しの劇作家としてニューオーリンズへ移り住むことにした二〇代後半の頃、けっきょく援助は受けられなかったものの、雇用促進局による連邦作家計画（ＦＷＰ）の仕事に応募していた。一九三八年の暮れから翌年の一月にかけて、彼は日誌のなかで三度、連邦劇場計画を含む政府の芸術家支援プロジェクトに言及している（Williams, *Notebooks* 123, 131, 137）。

ブランチに投影されたウィリアムズの審美主義と芸術家意識はひとまず、彼のルーツとなる南部社会の伝統であるともいえようが、ローズヴェルトを強く意識していた南部作家ウィリアムズが、『欲望』のうちにニューディールのアメリカを刻印したことは、ある意味必然的であった。なぜなら、三〇年代とは、アメリカ人が等しく敗北と挫折を経験した時代であり、誤解を恐れずにいえば、アメリカという国家自体が南部化した時代だったからである。ルイジアナを地盤とするヒューイ・ロングが台頭した時代背景を論じる三宅昭良も、大恐慌が始まってから数年間、「アメリカは南北戦争以来の危機的状況にあ」ったことを強調している（六一）。そのような危機感の共有と克服を端的に訴えたのが、ローズヴェルトの大統領就任演説（一九三三年）である。

今は、何にもまして、真実を、完全なる真実を、率直かつ大胆に語るべき時であります。我々の国が今日直面している状況を直視することから尻ごみする必要はありません。この偉大なる国家は、これまで耐え忍んできたのと同様に今後も耐え忍び、復興し、繁栄します。ですから、最初に、私の固い信念をお伝えします。我々が恐れるべきは、恐れること自体なのです——得体の知れぬ、理不尽で不当な恐怖を感じていては、退却から進撃へと転ずるのに必須の努力を麻痺させてしまいます。（Roosevelt 454）

ここで、真実を語り、現状を直視すべきだとの呼びかけは、ブランチにとっていささか耳の痛い言葉かもしれない。彼女は、「リアリズム」より「魔法」を愛し、「真実を語らず、真実であらねばならないことを語る」（*Streetcar* 385）のだと主張しているからである。しかし、ローズヴェルトが、アメリカはこれからも「耐え忍び、復興し、繁栄する」のだと宣言する言葉が、敗戦後の南部を思わせるレトリックでもあることは見逃せない（人類は耐え忍ぶのみならず、打ち勝つであろう、と宣言したフォークナーのノーベル賞スピーチを思い出してもよい）。右の引用部における「退却（retreat）」と「進撃（advance）」という言葉が、戦争の比喩であることも強調に値する。奇しくも、ブランチが（ローズヴェルトの就任演説の年である）一九三三年に出会ったアラン・グレイの姓は、南軍兵士のユニフォームの色を指し示すシニフィアンともなっている。いずれにせよ、大恐慌とは、アメリカ史上、南北戦争と比肩される非常事態であったことは間違いない。

三　南北戦争と大恐慌のトラウマ

大恐慌と南北戦争の象徴的な並行性を分かりやすく示すのは、一九三六年に出版され、映画版と合わせて大ブームとなった『風と共に去りぬ』であろう。ウィリアムズもリアルタイムでこの社会現象を目撃しており、『ガラスの動物園』のなかにはこの作品への言及がある。あからさまに南部の過去を美化して擁護する（がゆえに今日では批判を受けることが多い）ミッチェルの小説が、その出版当初、全国的なベストセラーになりえたのは、逆境を生き抜くスカーレットの不屈の精神が、その普遍的な位相において、不況の三〇年代に何とか活路を見出そうとしたアメリカ国民一般の想いに共鳴したからである。『風と共に去りぬ』が描き出すところの「激しく分裂した激動の世界」は、「ある意味、大恐慌のアメリカの隠喩」（Dickstein 232）として機能したのである。

また、三〇年代の南部文学に注目する『フォークナーと大恐慌』の著者テッド・アトキンスンは、フォークナーの『死の床に横たわりて』をスタインベックの『怒りの葡萄』と同じ俎上に乗せ、自己の尊厳をかけた一途な移動の物語として両者を関連づけながら、前者をアメリカ文学史上「おそらく最初の本質的な大恐慌小説」（Atkinson 194）であると位置づけている。さらに、南北戦争を背景とする『アブサロム、アブサロム！』や『征服されざるもの』が投げかけるメッセージも、『風と共に去りぬ』と同様、大恐慌の時代への注釈になっているとの読みが示される（227）。アトキンスンはそのうえで、南部文学研究の閉鎖性に警鐘を鳴らす。つまり、アメリカのなかのもう一つのアメリカとして自己完結した枠組みのうちに南部を閉じ込めてしまうのではなく、南部もアメリカの一部であるという当たり前の前提に立ち、南部文学と同時代文学とのダイナミックな相互交渉を考えるべき、とのスタンスである。なるほど、三〇年代の大恐慌は、北部だけの問題ではなく、南部経済にも大打撃を与えたにもかかわらず、南部文学研究においては、しばしば南部独自の歴史的時間を考えることが最優先されるあまり、三〇年代という時代性は忘却されがちである。この時代に初めて輪郭が整った南部ルネッサンスという概念を、大恐慌との関係において再定義する作業も今後必要となってくるだろう。こうした文脈に照らすとき、典型的な南部文学とみなされている『欲望』は、三〇年代にそのルーツをもったニューディール文学として新たに立ち現われる。

従来の通説にもとづく『欲望』の理解は、南部の貴族的名家というブランチの出自の歴史性を重くみるあまり、彼女の同時代的庶民性、あるいは労働者性を不当に抑圧してきたように思われる。とりわけ強調しておきたいのは、ブランチが英語教師という賃金労働者として生計を立ててきたという事実である。また、その労働の対価が非常に安いことは、彼女自身とスタンリーによって、劇中で三度にわたり指摘されている。ブランチは、ステラに対して「学校でのみじめな給料」（*Streetcar* 262）を嘆いているし、ミッチに対しても「教師の給料では生活もままならない」ことを告げている（351）。一方スタンリーも、ブランチのトランクに入っていた高級そうな毛皮の類を指し、「あれを教師の給料で買ったって言うのかよ?」とステラに詰め寄っている（273）。古木が、ブランチの窮状を、「未婚で仕事がなくお金もなく若くない女性」（Furuki 49）であることだと総括している通り、彼女が（自己責任であれ）仕事を失った状態にあること、無職で経済的に困窮していることは、『欲望』が拠って立つ大恐慌のマインドスケープと無縁ではありえない。

　作品の構造的骨格をなすブランチとスタンリーの対立についても、前者の貴族性と後者の労働者階級性を対比させる従来の素朴な通説は再考されるべきである。教師としてのブランチはあくまで給料を支払われる側であって、低収入の生活を送っていたのみならず、今現在の彼女は失業中であるのだから、もはや、特権階級に属する人間ではない。三〇年代当時、南部の保守派はニューディール政策への反発を強め、ヒューイ・ロングのような人物を台頭させたことに鑑みると、案外、スタンリーこそが正当に「南部的」な人物であり、社会的・経済的な救済を求めるブランチが敗北するという作品プロットは、福祉国家を目指したニューディールの限界を示す寓話としても読みうるだろうし、先述の通り、ロングとローズヴェルトは、その独裁者的資質において、どれほどの違いがあったのか、という問題もある。ニューディールとは、弱肉強食の資本主義にブレーキをかけ、より民主的な社会主義への道を開いたリベラルな可能性と、政府の介入を許し、国家の主導権を強固にした抑圧的・全体主義的な危険性の双方を孕む政策であった。

　さらに、旧南部にとっての南北戦争が――そして三〇年代アメリカにとっての大恐慌が――紛れもなくひとつの悲劇であったとするならば、演劇というジャンルをめぐる同時代の批評的論争から、ニューディール・モダニズムにおける悲劇の受容とその再定義を検証しておくことも有益であろう。

奇しくも大恐慌の始まる一九二九年、批評家のジョゼフ・ウッド・クルーチは、その著書『現代人気質』に収録された「悲劇的誤謬」と題するエッセイのなかで、とりわけシェイクスピアとイプセンを比較しながら、性病を演劇のモチーフとする後者を批判しつつ、現代という卑小な時代における悲劇の不可能性を説いた。

（……）我々は今なお時として、人間の苦難を主題として初めより悲しい結末を迎える現代文学作品に「悲劇的」という形容詞を用いるが、それは誤称である。なぜなら、どう見ても、そうした作品は悲劇というジャンルの古典と共通点を有しておらず、読み手の気分をただ滅入らせるだけだからである。一方、まったく対照的に、シェイクスピアのような劇作家の精神は、語られる表面上の災難をこえる高みへと喜ばしく上昇し、苦悩する人間精神の偉大さを称えるのだ。（Krutch 870）

クルーチはまた、おそらくはイプセンの『民衆の敵』を念頭に置きつつ、同時代の「庶民（common man）」を描いても本当の悲劇的高揚感は生まれない、と断じた。「イプセンが村の政治に目を向けたのは、「庶民とその卑俗な生活」こそまさに、「彼が信じるにふさわしく卑小なもの」であったからだとクルーチは主張したのである（875）。

この悲劇の不可能性とは、アメリカという国において、とりわけ切実な問題となる。というのも、古典的悲劇とは、その定義上、ギリシア悲劇にせよシェイクスピア悲劇にせよ、一国の王や高貴な身分の人間を主人公にするジャンルである一方、階級的出自によって人間を差別しないという前提に立つアメリカでは、悲劇という様式自体がそもそも民主主義の理念と摩擦してしまう。そこで、いわば、クルーチに対する返答として、そして悲劇と民主主義とを和解させるアメリカ的な試みとして、アーサー・ミラーが二〇年後の一九四九年に書いたのが、「悲劇と庶民」と題するエッセイである。「悲劇の主人公の身分や、その性格のいわゆる高貴さに固執することは、実のところ、悲劇の表面的な形式にこだわることに過ぎない」と主張するミラーは、悲劇の概念規定を独自に修正し、むしろ「庶民」の「恐れ」こそが悲劇の主題にふさわしいと訴える。

我々の心を動かす悲劇の性質とは、自らの場所を失うことへの深い恐れ――この世界のなかに自分が占める位置をめぐる理想像から引き離されてしまう不幸――に由来している。今日、我々が抱くこの恐れは、かつてと同じか、もしかするとかつてないほどに強い。そして、この恐れをもっともよく知るのは、庶民なのである。(Miller 895)

ここでミラーが説く「恐れ」とは、むろん、アリストテレスが定義した悲劇の要素である「哀れみと恐れ」をふまえたものであろう。けれども、同時にそれは、「得体の知れぬ、理不尽で不当な恐怖」に染め抜かれた三〇年代を見据えるローズヴェルトの就任演説の言葉とも響き合っている。大恐慌の恐怖はこの点、演劇の最高形態である悲劇の創出に間接的な貢献をしたともいえる。そもそも世俗の集会を禁じたアメリカのピューリタン文化のなかで、演劇とは抑圧されたジャンルであったことに加え、一九二〇年代以降、ブロードウェイ・ミュージカルやハリウッド映画が台頭し、演劇的な身体芸術は、軽やかなもの、官能的なものを商業ベースで追求するようになったため、真正なるアメリカの悲劇はますます実現が困難になっていた。

そのようななか、右記のクルーチ（一九二九年）とミラー（一九四九年）の発言のあいだにぴったり挟み込まれたニューディール・モダニズムの二〇年間が、アメリカにおける新たな悲劇のヴィジョンを醸成し、それが最終的にミラーの演劇的民主主義のマニフェストとして結実したことになる。つまり、ブランチという庶民の悲劇を描いた『欲望』は、創作の形で、ミラーの説く「悲劇と庶民」の結びつきを（ミラーのマニフェストに先んじて）証明したといってよい。なるほど、スタンリーが「卑俗」（common）であると、ステラにも（322）ミッチにも（351）にも言い募るブランチは、一見貴族的なプライドをもっているようにも見える。しかし、これはいわば防衛機制としての「投影」であり、実はほかならぬブランチこそが誰よりも「卑俗」に生きている。二〇年代までのハイ・モダニストたちが、しばしば階級的なエリート意識を強く打ち出したのに対し、大恐慌を経験したニューディール・モダニストは、悲劇と民主主義とを和解させる可能性を見出した。言い換えるなら、三〇年代とは、一般庶民の一見卑小な苦悩を国家的ないしは世界規模の悲劇に昇華しうる素地を作った時代である、とひとまず総括しうるだろう。

本章を結ぶにあたり、改めて問われるべきは、はたして、『欲望という名の電車』がいったいどれほど南部的な作品なのか、という素朴にして根源的な問題である。むろんこれをニューオーリンズ文学の代表格とみなすことにまったく異論はないが、ヒロインのいわゆる南部的な資質が、この作品の抒情性や悲劇性にどれほど貢献しているのかについては、少なからず議論の余地があるだろう。没落した南部貴族（ブランチ）と新興労働者階級（スタンリー）という対立図式のもと、滅び行く前者への挽歌として『欲望』を捉える見方は今なお多数派をなしている。しかし我々は、ブランチが旧南部の歴史を背負っているから彼女に感情移入するのであろうか。彼女の南部女性性は、その階級的な気取りにせよ、外見へのこだわりにせよ、我々にもしかすると嫌悪感や哀れみの念を抱かせるとしても、はたして、悲劇的カタルシスに通ずるような共感や畏怖の念を与えるものだといいうるのだろうか。もし、彼女が我々の共感を誘うとすれば、それは、彼女が、誇り高き南部貴族の末裔であるからというよりも、むしろ、経済的に困窮し、望まない環境のなかに置かれた一庶民として、逃避的に性やアルコールといった凡庸な人間的つまずきを経験し、それでもそうした苦境のなかから光を見出そうと必死にもがいている姿のうちに、ある種の――もしこのような撞着語法が許されるなら――通俗的尊厳を感じ取るからではなかろうか。それは、大恐慌という名のトラウマに向き合った人間であればこそ身に帯びるところの新しく悲劇的な尊厳であるというべきだろう。

※本稿の内容は、日本アメリカ文学会東京支部月例会（二〇〇九年一一月一四日）にて発表した拙論、「『欲望という名の電車』とニューディール・モダニズム」に重なる部分が少なくない。発表の司会を担当して頂いた諏訪部浩一氏と、発表後に有益なコメントを寄せて下さった支部会員の方々に謝意を表したい。

◉註

（1）ブランチはこの世が「イカサマ」（phony）であると歌っているが、ペギー・ヒーリーのバージョンでは「空っぽ」（hollow）であると歌われている。

（2）この問いに対するテーマ論的なひとつの回答として、『欲望』における「紙」のイメジャリーの核心性を説くフィリップ・コリンの論考は特筆に値する。作品中、「ブランチは執拗なまでに紙と筆記に連想づけられている」ことに鑑み、「彼女の認識論は紙によって造形されている」（Kolin 85）と分析するコリンは、『欲望』のヒロインが「ペイパー・ムーン」に執着するのも主題的な必然であると捉えている。

（3）一九四五年、首都ワシントンのナショナル・シアターで開かれたローズヴェルト大統領の誕生日祝賀会において、『ガラスの動物園』が上演された（Lutz 43）。このことは、戦後にも意識されたウィリアムズの三〇年代性を可視化する象徴的なイベントであったといえる。

◉引用文献

Atkinson, Ted. *Faulkner and the Great Depression: Aesthetics, Ideology, and Cultural Politics*. U of Georgia P, 2007.

Dickstein, Morris. *Dancing in the Dark: A Cultural History of the Great Depression*. W. W. Norton, 2009.

Dukore, Bernard F., editor. *Dramatic Theory and Criticism: From Greeks to Grotowski*. Harcourt Brace Joavanovich, 1974.

Furuki, Keiko. *Tennessee Williams: Victimization, Sexuality, and Artistic Vision*. Osaka Kyoiku Tosho, 2007.

Kolin, Philip C. "'It's Only a Paper Moon': The Paper Ontologies in Tennessee Williams's *A Streetcar Named Desire*." *Bloom's Modern Critical Interpretations: Tennessee Williams's* A Streetcar Named Desire, New Edition, edited with an introduction by Harold Bloom, Infobase Publishing, 2009, pp. 83-97.

Krutch, Joseph Wood. "The Tragic Fallacy" (1929). Dukore, pp. 868-80.

Lutz, Norma Jean. "Biography of *Tennessee Williams*." Tennessee Williams, edited with an introduction by Harold Bloom,

Chelsea House, 2003, pp. 5-56.
Miller, Arthur. "Tragedy and the Common Man" (1949). Dukore, pp. 894-97.
Quirino, Leonard. "The Cards Indicate a Voyage on *A Streetcar Named Desire*." *Tennessee Williams: A Tribute*, edited by Jac Tharpe, UP of Mississippi, 1977, pp. 77-96.
Roosevelt, Franklin D. "First Inaugural Address." *U. S. Presidential Inaugural Addresses from Washington to Obama*, Floating Press, 2009, pp. 454-63.
Szalay, Michael. *New Deal Modernism: American Literature and the Invention of the Welfare State*. Duke UP, 2000.
Williams, Tennessee. *Notebooks*. Edited by Margaret Bradham Thornton, Yale UP, 2006.
——. *A Streetcar Named Desire*. *The Theatre of Tennessee Williams*. Vol. 1, New Directions, 1977, pp. 239-419.
舌津智之「抒情と社会意識——ウィリアムズの一九三〇年代」『アメリカ演劇』二四号、二〇一三年、三―二二頁。
三宅昭良『アメリカン・ファシズム——ロングとローズヴェルト』講談社、一九九七年。

第三部　声が響く

Voices Reverberate

第八章　声を書くということ
――『ビリー・バッド』の草稿とビリーの吃音

板垣真任

To Write Voices: The Manuscripts of "Billy Budd, Sailor" and Billy's Stutter

Masato Itagaki

はじめに

私たちが今日『ビリー・バッド』（*Billy Budd, Sailor*）と呼ぶテクストの原型とは、一八九一年にハーマン・メルヴィルがマンハッタンの住処に遺した三百枚以上の草稿を、一九二四年にレイモンド・ウィーバーが活字に組んで『定本メルヴィル作品集』（*Standard Edition of The Works of Herman Melville*）の第一三巻に収録したものである。ウィーバーの編集は後世の研究者からすると誤りが多く、以降メルヴィルの草稿を精査しそれを印刷物に造り上げる営みが続いている。ウィーバーを含めて今まで四組の編集による『ビリー・バッド』が流通してきた。一九四八年にF・バロン・フリーマンによる『メルヴィルによるビリー・バッド』（*Melville's Billy Budd*）がハーバード大学より出版され、一九六二年にハリソン・ヘイフォードとマートン・M・シールツ・ジュニアによる通称シカゴ大学版（*Billy Budd, Sailor (An Inside Narrative): Reading Text and Genetic Text, Edited from the Manuscript with Introduction and Notes*）が出版された。そして二〇一七年にはノースウェスタン・ニューベリー版（以下NN版）の『メルヴィル著作集』（*The Writings of Herman Melville*）第一三巻に新たな改訂を経た『ビリー・バッド』が収録された[1]。現在、他のペーパーバック版やアンソロジー版はほぼすべてがシカゴ大学版を底本にしており、一九六二年以前のものはフリーマンかウィーバーの編集によるものを底本としていた。

したがって『ビリー・バッド』と一口に言ってもその語が指し示すテクストは単一の姿ではない。

晩年のスケッチ「ダニエル・オーム」（"Daniel Orme"）の原稿に『ビリー・バッド』の原型も書き込まれているという事実があるのだが、[2] この原稿を指して『ビリー・バッド』の一部だということができるし、一方で最新のNN版に関して『ビリー・バッド』のすべてを復元したということはできない。『ビリー・バッド』を一つの統一的で固定的なテクストというよりは分裂的で不安定なテクストとして捉えることが研究においては重要である。

だが、このテクストにまつわる研究の成果すべてが草稿の生成過程や版の違いを踏まえてきたかといえばもちろんそうではない。メルヴィル研究の大家であり伝記的研究を主とするハーシェル・パーカーは、『『ビリー・バッド』を読む』（*Reading* Billy Budd）の序論において「一九五〇年代の新批評家から八〇年代の新歴史主義家に至るまですべての批評家はこの書物をまるで完璧で完全に洗練された芸術作品のように解釈し続けている」（Parker 8）といっている。パーカーはかかる問題意識に基づいてシカゴ大学版の編集作業によって浮上した実証的な情報を提示しながらテクストを再読し解説する。そして本の末尾に置かれた書誌録は伝記的資料がほとんどを占めており、パーカー自身は次のようにいっている。

> 『ビリー・バッド』に関する批評というのは、これまでヘイフォードとシールツによるジェネティック・テクストの含蓄から巧みに身をかわしてきた。だから本書では個々の論文や論文集、文学理論によってたいへん洗練された批評集でさえもほとんど挙げてはいない。（189）

ジェネティック・テクストとは『ビリー・バッド』草稿の生成過程をつぶさに実証していくシカゴ大学版のセクションを指す[3]。パーカーの不満は「文学理論」で『ビリー・バッド』を絡め取って分析するとき、その研究が草稿の生成に孕む諸問題を等閑視してしまう点にある。パーカーの言葉においては伝統的な草稿研究と理論的アプローチが対立しているわけであるが、双方が交じり合うような研究も今日では実践できるのではないか。

ジョン・ブライアントはメルヴィルの草稿の精査や転写について研究を続けており、その成果をまとめた『流動するテクスト』(*The Fluid Text*)において文学テクストの「流動」性を考察している。そのなかで彼は「形をもった諸バージョンがその改訂作業を記録していく限り、流動的なテクストとはそれが創始された瞬間から、それが印字された瞬間から、文学作品それ自体の間断なき『繰り延べ』なのである」(Bryant 10)と言って、自分のアプローチが脱構築批評的な言語観と親和性が高いことを主張している。ブライアントは読者が実際に手に取る有形の書物だけをテクストと認識しているのではなく、テクストの各版の間にある差異やうつろいそれ自体をテクストと呼び直しているように思われる。ゆえに草稿を参照することや版の違いに注目することは必ずしも作者の意図や作品の完全な形を復元するプロジェクトに還元されるわけではなく、むしろそういう営みを間断なく繰り延べてゆくことでもある。このような発想を通じて私たちは「改訂作業」(revisionary acts)を単に実証的な情報としてだけではなく「書き改めるという行為」として多様な解釈の源泉となる差異の現場として捉えることができる。本章では、とくに本邦では顧みられることが稀である『ビリー・バッド』の編集作業を積極的に参照し、「流動」体としてのテクストを触知するための読みを試みたい。

一　オーダーの逆転

『ビリー・バッド』研究において今後はNN版が広く用いられていくと思われるが、二〇一九年現在でもっとも参照されているのはシカゴ大学版である。本邦で『メルヴィル全集』を個人訳した坂下昇の言葉を借りれば、この版の主たる功績とは「筆蹟学調査はもちろん、使用されたインキ、五色クレヨン（消去用）の時期差、MS用紙の裏表（Verso と Recto）の因果関係」を精査することでテクスト全体の「MSシークエンスが初めて解明された点である」（九二）。ヘイフォードとシールツは草稿の執筆過程を実証的な方法で時系列に整理し、A、B、C、D、X、E、F、G、後期鉛筆修正という九つの段階に各原稿を割り振った。

シカゴ大学版のジェネティック・テクスト・パートや坂下を参照しながら各ステージの概要について述べれば次のようになる。

A　現在テクストの末尾に置かれているバラッドの原型。晩年の作品「ジョン・マー」（"John Marr"）や「ダニエル・オーム」と同様に壮年の水夫が若き日を回顧する内容。ゆえにビリーの原型は若者ではなく地位も砲術係であった。

B　散文としての『ビリー・バッド』の素体にあたる。具体的には、一八世紀末の英軍艦インドミタブルという舞台が設定され、ビリーが青年の水夫として書き改められる。その対立者クラガートが現れ、ヴィアはこの段階では単にビリーに死罪を伝える上司の役にすぎない。

C　物語でいうと第一一章から第一七章にあたる部分がここで書かれる。このうち第一三〜一七章は最後まで大きな改稿がない。つまり、Bで書かれた内容はその後大幅な加筆が施され最終的にEやF、そしてGの原稿として今日記録されているがステージCの原稿群の多くはそうではないことになる。

D　第一次の清書にあたるステージ。この作業は途絶する。

X　D以降の原稿が甚だしく変貌しているので、推敲作業中に何か大きな変換が起こったのだろうと今日では推測されている。

E　物語前半の改稿と推敲作業。ヴィアの深化が進む一方、クラガートの造型も拡大される。

F　物語後半の改稿と推敲作業。船の名前がベリポテント号に変わる。

G〜後期鉛筆修正　物語でいうと第一八章から第二一章の途中までが改稿される。メルヴィルはバラッドの書かれた原稿の末尾に「了。一八九一年四月一九日」と記したがその後も鉛筆での修正は全編にわたり行なわれたとされる。とくに第一九章後半にて死体の検分に呼ばれた船医の造型などが最後まで修正された。

全三〇章から成り立つ物語に沿ってこれらのステージを大まかに並び替えると次のようになる。E（第一章〜一二章）、C（第一三章〜一七章）、B（第一七章）、G（第一八章〜二一章）、F（第二二〜二八章）、B（第二九〜三〇章）。メルヴィルは物語のオーダーに沿って執筆していたわけではないことが、ヘイフォードとシールツにより明らかにされたのである。

メルヴィルが遺した原稿の最終的な状態から、(4) 研究者の関心はクラガートを殺害したビリーに死罪を下す船長ヴィアをどのように捉えるかに集中してきた。だがステージGから後期鉛筆修正にかけて手の加えられた箇所はすべてがヴィアに直接関わっているわけではない。たとえば第二章にあたる原稿群は多くがステージBで書き始められ、ステージEで清書されたものであるが、二枚だけステージGで手の加えられた原稿が存在する。ここに書かれていることは水夫ビリーの吃音が初めて読者に説明される場面である。もちろん、ヴィアのみならずビリーの吃音にも多角的な分析がすでに多くなされてきた。ラルフ・ジェイムズ・サヴァレイズィは一九世紀における「知能障害と吃音」（Savarese 308）の言説にビリーを置いて考察し、ナンシー・ラテンバーグはエマソンとホイットマンの黙する詩人観にビリーが適っていると指摘しつつ、メルヴィルがいかにそのような「言葉にならない、ということの優位」（Ruttenberg 87）を排除していくかを考察し、マイケル・T・ギルモアはキリスト的受難者であるはずの口ごもるビリーの姿に南北戦争期の解放奴隷を透視する（Gilmore 191）。また、メルヴィルの作品を通時的に眺めたとき、ビリーの吃音は身体の瑕疵やそれによる不自由という反復されてきたモチーフにあたるという指摘は何度か為されてきた（Chase 227; Eagle 86; Kleitz 391; Olson 104; Otter 9）。だがしかし『ビリー・バッド』の執筆を通時的に眺めたとき、メルヴィルがその吃音という症状をどのような意図をもって描いたか（もしくはその意図がどのくらい逸れたのか）は充分に検証されていない。

ビリーの吃音について物語のオーダーに沿って概観した研究にドーシー・クライツの「吃音と『ビリー・バッド』」（"Stuttering and *Billy Budd*"）がある。クライツはビリーの発話が看取できる場面として第一、二、九、一四、一九、二一、二五章を網羅的に説明していく。このうち物語の展開としてとくに重要なのは第一九、二一、二五章である。第一九章でビリーはヴィアに召喚され、クラガートに反乱の嫌疑を告訴される。ビリーはヴィアに抗弁することを求められるが、それができずにクラガートを撲殺してしまう。第二一章には殺人を犯したビリーが船上の裁判にかけられる場面が書かれている。そして第二五章は絞首刑を宣告されたビリーの昇天が描かれる。

第一九章では自己弁護ができなかったビリーだが、第二一章では受け答えができるようになっており、第二五章では「神の加護あらんことを、キャプテン・ヴィア！」（*Billy Budd, Sailor* 123）と声を発している。ビリーの語調は第二一章においては「予想されたほどおぼつかなくなかった」（105-6）。第二五章では「鳥が小枝から飛び立ちざまに澄んだメロディに乗せて歌った」（123）ような様子であった。クライツはこれらの箇所を取り上げて、「興味深いことに、ビリーの吃音とはクラガートの死と同時に終わる」（Kleitz 392）と物語構造を分析してみせる。たしかにこれは示唆に富む指摘であり、ここから興味深い読みが導かれる可能性がある。しかし、吃音を異なる方向性で追跡してみれば、『ビリー・バッド』というテクストはさらに違う一面を見せる。

ビリーの言語活動を物語のオーダーではなく草稿執筆のオーダーで並び替えてみたい。その前に、

Stage	Chapter（その章からクライツが引用した箇所のシカゴ大学版の頁；草稿番号).
C	Ch.14(82; 158).
E	Ch.1(49; 29). Ch.2〈出生を尋ねられる箇所〉(51; 39-40).
F	Ch.25(123; 317-8).
G	Ch.2〈ビリーの吃音が説明される箇所〉(53; 47).
	Ch.9(71; 114). Ch.19(98-99; 223-4). Ch.21(105-06; 250).

クライツが言及した他の箇所についても述べておく必要があるだろう。まず第一章はビリーが元いた商船から軍艦に移る場面であり、読者に初めて彼の声が「さよなら、我が人権号！」（*Billy Budd, Sailor* 49）と聞こえてくる。クライツはこの声が「堂々と滑らかにそして無垢に」伝わったとして、ナラティヴが進行するにつれテクストに「染み込んで」くるビリーの吃音を追う（Kleitz 391）。第二章では軍艦の司令官に生まれ育ちを訊かれて上手く答えられないビリーが書かれる。また、この章の後半には前述したビリーの吃音についての情報が初めて書かれる。第九章では老水夫ダンスカーにクラガートの憎悪を聞かされたビリーの反応が「『ジミー・レッグズ！［クラガートのあだ名］』と、ビリーは光る眼を拡げて絶叫した」（*Billy Budd, Sailor* 71）と書かれる。クライツはこの二つの章を指して吃音の徴候を読みこむ。そして第一四章にはクラガートが差し向けたと思われる水夫がビリーに反乱の共謀を持ち掛ける出来事が書かれ、クライツは「彼の吃音がその声に見つかる」（Kleitz 391）といっている。ここまで説明してきた各所を執筆順に並べたものが上の表である。各ステージはそ

の原稿が書き始められた時期ではなくおおよそ最後に着手された時期を示す(5)。

この表から示されることを考察してみたい。まず、ステージGにおいて手が加えられた原稿が存在することから、メルヴィルはビリーの発話を最後まで改稿の対象にしていたようである。また、ステージGの原稿以外の箇所もメルヴィルがより長く生きていれば改稿されたであろうが、Gの原稿群は他より優先されて改稿されていると考えることもできる。それからビリーの「神の加護あらんことを、キャプテン・ヴィア!」という今際の声がステージFで書かれていることにも注目したい。『ビリー・バッド』の読者が前提とする物語とは、ビリーの吃音がクラガートの死によって止み、ビリーの生涯は「澄んだメロディ」に満ちた声を出して幕を閉じるという内容だった。しかし先の表に沿っていえば、メルヴィルはビリーが声を朗々と発する場面を書いてからビリーが声を出し損ね（そうになる光景にもう一度戻ったといえる。読者に認識されてきた物語のオーダーが、草稿の生成を参照することによって逆転するのである。

このように草稿のオーダーで吃音を追跡することで私たちはテクストの新しい姿を見つけることができる。吃音を検討する方法についてさらに考えてみたい。私たちが手に取って読む『ビリー・バッド』というテクストでは、まず第二章においてビリーに吃音の傾向があることが知らされ、読者は第一四章で彼が言いよどむ場面に初めて出会い、第一九章で彼の吃音が最高潮に達し彼の拳が飛ぶ場面に出会う。しかし草稿の生成過程ではその流れも部分的に逆転する。第一四章はステージCという比較的早い段階で執筆が終わっており、第一四章は物語上ではビリーの吃音が初めて実際に書かれる場面であるのに、メルヴィルはその箇所をほとんど振り返らずにいる。メルヴィルは第一四章で吃音という言語障害の症状を書いてみてから、その後第二章（ビリーの吃音の導入部）と第一九章（ビリーが吃音の末に暴力をふるうカタストロフィ）に向き合って書き直しを繰り返したのである。ゆえに第一四章から第一九章への進展は、第一四章から第二章への逆行を踏まえて理解すべきである。その上で第一四章と第一九章の筆致を比較してみることでテクストにおける吃音の内実が明らかになるだろう。

二　「だ、だ、だまれ」

第一四章とは草稿の通し番号で表すと一五二枚目から一六〇枚目の原稿を指し、これらはステージCの原稿にあたる。シカゴ版のイントロダクションによれば、ステージCで「クラガートの内なる性格」（*Billy Budd, Sailor* 7）の深化が初めて行なわれたという。ビリーに対置される人物としてのクラガートの造形がメルヴィルのなかで追求されていった一方で、ビリーの吃音も書かれたわけである。物語における第一四章は、反乱をビリーに持ち掛ける水夫の存在を通じてビリーとクラガートの確執が深まる重要なセクションであるが、草稿自体にはさほどメルヴィルの苦悩は見られない。パーカーは「第一四章は先任衛兵長［クラガート］のビリー・バッドに対するひそかなハラスメントの、さらに危険な段階を描いている」（124）と書いているが、草稿の生成においてはステージCで執筆がほとんど終わっているから草稿研究者にとってもメルヴィルにとってもとくに危険な段階ではないのである。

反乱の共謀を示唆されたときのビリーの反応は「だ、だ、だまれ、お前が何をい、い、言いたいのか知らないが、持ち場にも、も、戻れ！」（D–d–damme, I don't know what you are d–d-driving at, or what you mean, but you had better g–g–go where you belong!）と書かれる。また、「ひ、ひかないなら、ら、欄干からぶ、ぶ、ぶっとばすぞ！」（If you d–don't start, I'll t–t–toss you back over the r–rail!）（*Billy Budd, Sailor* 82）とも書かれる。メルヴィルはここで単語の語頭の子音を線で繋げて書くことにより吃音を表現している。近現代文学における言語障害の系譜を研究したクリス・イーグルはこの箇所を指して次のように解説する。

> ビリー・バッドの実際の吃音は……吃音のもっとも模範的な形態を表象している。曖昧母音（schwa）につづく言葉における始めの子音の繰り返し、というものだ。彼の吃音が稀であるようにメルヴィルの吃音的発話における視覚的表現もまた稀である。（Eagle 85）

メルヴィルの書いた吃音の症状が吃音を「模範的な形式」で表現していると、ここで言われていることが重要である。メルヴィルと吃音にまつわる実証的な関係性を抜きにしても、この箇所自体が吃音という症状の正確な理解を示しているというわけである。違う言い方をすれば、「だ、だ、だまれ」といった書き方は吃音者の話す声の表現として読者に対し明瞭で説得力がある。メルヴィルは執筆初期にビリーの吃音がホーソーンの「痣」（"The Birth-Mark"）におけるジョージアナの痣のような「一つの不完全さ」（*Billy Budd, Sailor* 53）であると書いた。メルヴィルは吃音という見えない痣をインクの染みという「視覚的表現」として見えるようにしたのである。ビリーの「不完全」さは、メルヴィルに完全な形で表現されたともいえる。

メルヴィルはこの書き方をテクスト全体に用いることはしなかった。イーグルが「稀」と指摘している通り、ビリーの吃音が引用符に囲まれた形で、つまりビリーの声に直接現れる形で書かれた箇所は第一四章にしかないからである。だがメルヴィルの著作全体を眺めたときにこの書き方はさほど「稀」ではない。『信用詐欺師』（*The Confidence-Man*）におけるフィデール号の乗客には「な、な、なにしてるんですか人々の金で」（what do–do you do–do with people's money?）（75）のように口ごもる者が多数いたし、(6)「書生バートルビー」（"Bartleby, the Scrivener"）における雇い主はいつまでもオフィスを退かないバートルビーに怒って「ど、ど、どいてやらなくてはいけないようだな、私の方からこの場所を」（I am bound–to–to–to quit the premises myself!）（*The Piazza Tales* 41）と叫ぶ。メルヴィルは過去の自作に用いた表現を再利用することで、ビリーの声＝引用符に囲まれた言葉を書いたのである。

三　「恐怖」と「痙攣的な舌のもつれ」

執筆において第一四章（ステージC）と第二、一九章（ステージG）とは時間的な開きがある。メルヴィルはビリーの吃音を「視覚的表現」として提示できたのだが、時間を経て第二章の次の箇所を振り返り、手を加えた。

彼［ビリー］は自然界のトラブルや危険が迫った折には水夫がなすべきこと通りいっぺんこなす

ことができた。だが突如として心に起こる強い激情において彼の声は——さもなくば甚だしく音楽的でまるで内なるハーモニーを表現しているかのようなのに——身体的躊躇をきたす傾向にある。それは実際、いくぶん、いやひどい吃音であった。（*Billy Budd, Sailor* 53）

ここは物語のオーダーで示すと「吃音」（stutter）という語が初めて出てくる箇所だが草稿のオーダーで示すと執筆の佳境といえる段階であり、メルヴィルはビリーの吃音をどのように導入するか腐心した。興味を引くのは「突如として心に起こる強い激情」（sudden provocation of strong heart-feeling）という、症状の原因のように書かれる語句ではなく、それにより引き起こされる「身体的躊躇」（an organic hesitancy）という語句である。この語句は吃音に陥った者の身体を読者に想起させる。シカゴ大学版二九八頁にある草稿の転写を参照してみると、具体的にステージGで挿入されたのは「さもなくば甚だしく音楽的でまるで内なるハーモニーを表現しているかのようなのに」という部分である。メルヴィルは先に執筆したビリー昇天の部分を受けて彼の声が「ハーモニー」をもつという一面を書き込んだわけである。原稿の転写から推測されることはその点のみではない。「音楽的」（musical）の次にメルヴィルが「器官として」（as the organ）という（これだけでは意味を成さない）句を書いて消した形跡が残っていることから、やはり彼は声を造り出す身体の「器官」なるものへ意識を傾けているように思われる。

事実、第二章のこの箇所と同期して書かれた第一九章では直接話法でビリーの声が書かれていない。その代わりメルヴィルはビリーの身体にどのような苦痛が走っているのかを「彼は突き刺された者のように、そして猿轡をはめられた者のように立っていた」（*Billy Budd, Sailor* 98）のように、第一四章と比べてより克明に書こうとしているのである。以上を踏まえて、執筆の後期においてメルヴィルは、吃音をそれに陥っている人物の声そのものではなく、身体の描写を通じ表現することに関心を傾け始めたのだと仮定してみることは可能である。

　メルヴィルはビリーの声をダブルクオーテーションで囲むことによって表現することを止めた。第一九章の筆致についてパーカーは「晩年のメルヴィルによる最上の散文のいくつかが、告発に衝撃を受けたビリーの受苦の描写において散りばめられている」（Parker 123）と評する。だが、「吃音」を深く表現することに迫られたメルヴィルが霊感を受けて卓抜にして錯綜なる原稿を遺した、とロマン主義的に捉える必要はない。むしろ、メルヴィルを試行錯誤しながら言語を操り損ねる人間の一人として考えてみたい。そのような存在としてのメルヴィルの筆遣い＝息遣いを、ビリーの引用符に囲まれない声と重ねて聴きたいのだ。次に引用するのはビリーがヴィアに抗弁を迫られた後の部分である。

> いずれの要求もビリーに奇妙な唖をもたらしただけで彼は身振り手振りをするも口はごぼごぼ言うだけであった。告発に対する驚愕が突然未熟な若者に飛びかかった。それと、あと、おそらく、告発者の瞳の恐怖、それが彼の隠れた弱点を引き出すのに作用してその瞬間それは痙攣的な舌のもつれへと強められた。頭と体は話すことで自分を弁護するという命令に従わなければという無意味な切望に苦しみながら精一杯つんのめった、迫害された純潔なる尼僧が生きたまま埋

められようとするその瞬間窒息しそうでもがき始める、そんな顔面の表情が浮かぶだけだった。
(*Billy Budd, Sailor* 98-99)

この箇所では原文においても、また他言語に訳しても「だ、だ、だまれ」といった台詞が想起させる状況よりも、はるかに尋常ではない出来事が起こっていることは歴然である。メルヴィルはさまざまな情報を濃縮して敷き詰めている。とくに、「身振り手振りをするもごぼごぼ言うだけであった」(gesturing and gurgling)、「痙攣的な舌のもつれ」(a convulsed tongue-tie)、「頭と体」(intent head and entire form)、「顔面」(face)、「窒息しそうでもがく」(the first struggle against suffocation) といった言葉が示す通り、メルヴィルはビリーの肉体(の動き)を丹念に説明している。次にこの箇所の原文を声に出して読み上げてみると、コンマとセミコロンが併せて九回も挿し込まれたセンテンス自体の長大さに気が付く(訳文ではコンマを読点に、セミコロンを句点にした。つまり、引用箇所は原文では長い一文なのである)。これらのコンマとセミコロンは吃音に関わる何の因果関係や論理性を担保せず、メルヴィルの息継ぎのように伝わる。ビリーの肉体に関する記述の間隙にあるパンクチュエーションが、メルヴィル自身の肉体感覚を伝達するのだ。

言語によって自己表現をし損なう青年を描くことを通して、メルヴィル自身も彼を表現し損ないそうになり、何度も筆のリズムを整え直した。直接的な声を挿し込まず吃音を描くという行為において、メルヴィルはダブルクオーテーションマークの代わりにさまざまな情報を痙攣的にそこへ挿し込んでいた。その一つとして「告発者の目の恐怖」(horror of the accuser's eyes) という語句を取り上げる。

今までに流通した代表的な邦訳では、この of は告発者（クラガート）の瞳「に対する」恐怖と訳されている（飯野 一〇九、坂下 六〇）。この解釈において、「恐怖」はビリーがクラガートから感じ取るものであり、「恐怖」を抱く主体はビリーである。同格と考えて、瞳「という」恐怖と訳しても同様だろう。しかし、この of を所有格的または主格的にクラガートの「瞳のもつ恐怖」と捉えてみたり、「瞳の感じる恐怖」と解したとき、感情を抱く主体はぼやけ、クラガートも「恐怖」を感じている可能性が拓かれる。したがってビリーに起こった「痙攣的舌のもつれ」（a convulsed tongue-tie）という状況はビリーという個人が恐怖を感じているために生じるのではなく、クラガートもまた恐怖を感じているのかもしれない、という断定不可能な事態が引き寄せる身体の反応であるといえよう。言い換えれば、「恐怖」はビリーかクラガートの内にあるのではなく、両者の間に漂っている。

ビリーが「痙攣的な舌のもつれ」を示したのち、船長のヴィアはどのように動いたのだろうか。ビリーの拳が飛び、クラガートが倒れた後、ヴィアは船医を呼んで次のような言動をとる――「突然、船医の腕を痙攣的に掴み、彼は死体を指さして言った、『アナニヤへの神聖なる裁きだ、見よ！』」（*Billy Budd, Sailor* 100）。やはりメルヴィルはヴィアの身体の「痙攣的」（convulsively）な動きも描いており、このことはビリーとクラガートとの間にあった「恐怖」が彼らとヴィアとの間にもみとめられるということを裏付けはしないか。メルヴィルの筆の「痙攣」はビリーの「痙攣」を表現することを通して、主体の間に出来する「恐怖」をテクストに招いた。もしくは、作家の身体への固執が、身体を書くことに収まらないズレのようなものと出会ったのである。

四　判断としての編集

船医の腕を掴んで動揺を露わにするヴィアは、草稿のオーダーにおいてはビリー対クラガートという単純な対立を複雑に曖昧にするため造られた。[7] 一方、物語のオーダーにおいて、彼は状況を裁く役割を担い、罪人としてのビリーに死を与える。つまりヴィアは何かを曖昧にする役割と何かを決定する役割の二重性をもつ者である。バーバラ・ジョンソンは言語の曖昧さ、「流動」性を「内的差異」という語を通じて探究した。『ビリー・バッド』研究で強い影響力をもつ論文の一つが彼女の「メルヴィルの拳」("Melville's Fist") である。ただし彼女はその論において言語の「内的差異」を楽天的に肯定しているわけではなく、ヴィアを通じて、裁くという言語的活動の本質に迫っている――「裁きの機能、それは曖昧な状況を決定可能なものに変換することだ」(105)。ヴィアは殺人事件に対し、ビリーを有罪とするか否かという「決定可能」で静的な二項対立に変換することで解決を図ったのである。

ジョンソンの教えとは、言語によって織り成されるテクストが「流動」する瞬間のみを取り上げて満足するのではなく、それがやむを得ず固定化される過程をも捉えよ、ということだった。ならばここまでの議論に彼女の理論を適用しないわけにはいかない。前述の「告発者の目の恐怖」(horror of the accuser's eyes) が書かれた原稿は通し番号で二一三枚目にあたる。この原稿の転写を見てみると、メルヴィルは最初 horror と the の間に of と書いたがこれを線で消し、次に at と書いたがこれも線で消したことが判明する。[8] この at は文法的に見て感情の対象（感情の語彙とその感情の対象を結ぶしるし）を意味するのは間違いないだろう。horror at X という表現は一九世紀の使用頻度に照らしてもやや例外的であるが、[9] だからこそ恐怖の発信源とその受信者を確定したかったメルヴィルの惑いが炙り出される。だがしかし、メルヴィルは horror と the の間に言葉を置くことができないまま死没した。その歴史の偶然が、『ビリー・バッド』をどう読むかについて物語る自由を私たちに与えた。ただ、編集者にとっては事情が異なる。ヘイフォードとシールツはメルヴィルの原案を尊重し、ここに of を置くことに決定してテクストを印刷した。[10] その結果、私たちはこの of にテクストの曖昧さを読むことができたのだが、編集という行為はより根本的な決定不可能性（horror と the の間にある空白の内部に潜む問題）を決定可能な二択（of か at か？）に転換して行なわれていたのである。

草稿を解明し、編集し、出版するという過程は、草稿を読む＝判断するという行為が不可避的に含まれる。ヘイフォードとシールツによるシカゴ版『ビリー・バッド』という書物は、ジェネティック・テクストというセクションで草稿の生成を捉えると同時に、物語の本編部分においてその生成をどのように判断し活字に組んだかを読者に届けるというプロジェクトだったといえる。草稿を研究しその成果を世に届けるという行為は、遺された筆跡の「曖昧さ」を提示しつつ、印刷されたテクストとしての決定版を確定する行為なのである。私たちはこの過程のなかで「ヴィア」としての編集者／編集者としてのヴィアを発見するのだ。

五　感情の決定（不）可能性とテロリズム

二〇一七年に出版されたＮＮ版では、「告発者の目の恐怖」は「告発者の目に対する恐怖」（horror

at the accuser's eyes)(*Billy Budd, Sailor and Other Uncompleted Writings* 46)と修正されている。[11] この版の編集付記には「ヘイフォードとシールッの版においては of を復元しているが、NN版ではこの句を『告発に対する驚愕』(amazement at such an accusation)と相似したものとみなして at を採用した」(423)という旨が書かれている。文学作品の流動性が示されながら決定版が確定されるという出来事は草稿と印刷物の間にだけ生じるのではなく、印刷物同士の間にも反復される。[12] この horror at X という破格的文法が amazement at X のように判断されたことで、今後NN版で『ビリー・バッド』を解釈する読者にとっては第一九章における「恐怖」を抱く主体が決定可能なものに映るであろう。ジャッジする主体によってヒストリー／ストーリーの不確定性が確定可能なものに次々と変換されてゆく。本章ではこのジョンソンの理論が『ビリー・バッド』編集の歴史によって改めて裏づけられるさまを明らかにした。

だが、フレドリック・ジェイムソンが「常に歴史化せよ！」(Jameson ix)と言う通り、普遍的な文学の読み、理論はありえない。批評的テクストもそれが生成された政治・社会的文脈と、それを振り返る者の文脈の重ね合わせによって常に「流動」するのである。[13] ジョンソンの論文はアメリカという単語が一度も出てこないのに、冷戦期という二項対立の政治学がこの上なく激化した時代を非常に喚起させる。ジョンソンにとってヴィアが対立構造を硬化させる裁きの担い手として前景化することは避けられないことであった。事実、彼女は「戦争とはまさにすべての差異を二項対立へと転じさせる変換装置だ」(Johnson 106)と明確に書いている。一方、本章ではビリーの吃音をきっかけとして、ヴィア／編集の主体が「恐怖」という感情の在処を裁く瞬間を捕えた。主体の間に出来したものを一つの主体に固定し、怖がる者と怖がらせる者の因果関係を確定するという行為は、当時のジョンソンが対面した世界観とはまた違う、私たちの体感している現代の情勢を引き寄せてやまない。

今日の戦争はジョンソンの指す「戦争」とは異なる処理で行なわれている。『ビリー・バッド』における「恐怖」の決定（不）可能性は、そのような文脈、テロリズムやグローバリズムにおける共同体をテクストから透視したくなる欲望を駆る。不意打ちのように現れた他者の瞳を感じ取って国民が震えあがるとき、その指導者は人々の恐怖の源を突き止め、対象化し、我々は怖がらせられていると認識させることが、対テロの基本方針だからである。下河辺美知子の表現に沿えば、そのような方針は「テロ行為をするのは共同体の外にいる者であり、自分たちはその威嚇にさらされている側、つまり、テロの被害にあっている側」（八　傍点板垣）という認識のもとで行なわれている。

テロリズムにおけるそのような感情の流れと、テクストにおける身体という観点を最後に重ねて考えてみたい。メルヴィルが「器官」（organ）にこだわるうちにテクストのオーガナイズが遅延したとすれば、裁きの主体＝編集者は感情の在処を確定することでオーガナイズを果たしたことになる。だが、読者にとって個人の身体と個人の感情の間にある脈絡は未だに読み解けないままなのだ。ビリーはクラガートの瞳「に対し」恐怖を感じている、だから、自分の発声「器官」を痙攣させているとテクストの言語から明確に証明できるのだろうか。二つの出来事の間に横たわるのは論理性ではなく、それを食い破る何かしらの非論理性ではないだろうか。現実の政治的局面においても、自分たちは共同体＝組織体（organization）の外側「に対し」恐怖を感じているのだとキャンペーンを打たれたところで、指導者は私たちの発声「器官」にまで完全に干渉できない。それどころか私たちも自分たちの感情と行為の間にあるものを満足に理解することはできない。ビリーの心と身体の間に脈絡を拵えたくなる誘惑と付き合うことは、その原則と付き合うことと似ているように思われる。

おわりに

現実において指導者の行なう感情の処理に対するレスポンスはさまざまだといえる。方針を受諾し黙して「震え」る者もいれば、反発し怒りや疑問の声を「震え」て発する者もいる。だがメルヴィルの言語のなかにいるビリーはそのどちらの態度も選ばずに声を出し損ね、「震え」ている。やがて彼はその状態を、他者を破壊する暴力に変質させる。その二つの形態の間に脈絡を見つけることもまた困難であり、だからこそ声と暴力と、そして感情なるものに関する議論をテクストに呼び込む。『ビリー・バッド』が現代の読み手の胸を打つのは、このような点にある。メルヴィルが遺した草稿からビリーたちのどのような声を聞き取るかは今後も「流動」し続ける。胸を打たれるだけではなく、流動と固定という運動を繰り返すメルヴィルの言語に、私たちは聞き耳を立てたくなるのだ。

※本稿は「声を書くということ――“Billy Budd, Sailor”の草稿とビリーの吃音」『アメリカ文学研究』第五五号、二〇一九年、一九―三六頁を加筆修正したものである。とくに第四節以降の内容に大きく改稿を施したことをここに記しておく。

◉註

（1）このように『ビリー・バッド』には複数の版があり各版で単語の配置、章立て、タイトルに至るまで大小の差異があり、本稿における『ビリー・バッド』の引用はシカゴ大学版を用いて丸括弧の中に *Billy Budd, Sailor* と頁数を示して表記する。また、作品の草稿は現在ハーバード大学のホートン・ライブラリーに保管されておりオンラインで閲覧できる。

（2）ステージAにあたる原稿群のことである。本文も参照。

（3）「ジェネティック・テクスト」（Genetic Text）は「発生（論）的テクスト」などと訳せるが、この表記はテクストの起源、つまり作者メルヴィルという究極の起源を常に想起させる。本稿ではそのようなニュアンスを抑えるために生成という語を用いていく。

（4）まず、本文にも書いたようにヴィアを観察する船医の役割や言動がメルヴィルの最晩年において曖昧化することから、メルヴィル自身もヴィアをどのような人間として提示するか持て余していた（もしくはあえて曖昧化させたかった）といえる。当初の船医は殺人発生後の取り乱したヴィアに追従的な面を見せるが、改稿後の船医はヴィアを狂っているのかもしれないとさえ考える。ビリーを死罪にするヴィアを責めるか否か、という『ビリー・バッド』研究の本道とも呼べる問題は執筆過程そのものに織り込まれている点について、Wenkeを参照。また、第四、七章にあたる五八～六七枚目の原稿と八一～八七枚目の原稿はそれぞれネルソンという史実の船長とヴィアというフィクショナルな船長の人物像が書かれている。この二束の原稿が他の原稿と別個に保存されていた（さらに第四章には後期の修正がみとめられる）ことから、やはりメルヴィルがヴィアをどのように捉えようとしたか／研究者がどのようにヴィアを捉えるべきかは宙吊りになったままだといえる。

（5）断定できない理由は、メルヴィルによる鉛筆書きの直しは化学的に時期を特定できないからである。たとえばステージCにおける鉛筆書きの直しはステージGにおいて施されたということもありうる。だとしてもステージDからEにかけて起こった原稿全体の大変革の影響を受けていないとみなされている点で、ステージCの原稿群はやはりメルヴィルにとって早い段階から微細な修正しか必要としない部分だったのではないかと推測される。坂下九九頁も参照。また、表における草稿番号とは保管されている原稿に付けられた番号を指す。一枚目から三五一枚目は物語順に付けられている。

（6）『信用詐欺師』とその後の詩作、『ビリー・バッド』の文体にみとめられる連関についてRenkerを参照。

（7）シカゴ大学版のイントロダクション、とくにマニュスクリプトの発展を三段階に捉えて説明している二頁を参照。註4も参照。

（8）シカゴ大学版の三七四頁における二二三番目の原稿の転写を参照。

（9）コーパス・オブ・ヒストリカル・アメリカン・イングリッシュでhorror ofとhorror atを検索しそれぞれ一八一〇～一九〇〇年の件数を足すと前者は九五五件後者は二二七件という結果が得られた。

（10）シカゴ大学版の二一七頁を参照。マニュスクリプトではofとatも削除されたがテクストではofを採用したということが、同様にメルヴィルが言葉を選びあぐねた箇所と並べて説明されている。

（11）この句を「告発者の目に宿る恐怖」と読むこともでき、その場合、恐怖する主体はクラガートであるという可能性は残る。ただ前置詞ofとatそれぞれの用法を考えたときに〈怖がっているクラガート〉の像に微細な差異が生じるように思われる。このような点も含め、怖がらせようと思っている主体が実は怖がっている、という状態について分析を深めるには紙幅が足りないので稿を改めて論じたい。

（12）ウィーバー版を底本とする『ハーマン・メルヴィル短編小説集』（*Shorter Novels of Herman Melville*）ではatが用いられ（291）、フリーマン版を底本とする『ビリー・バッドとその他の短編』（*Billy Budd and Other Tales*）ではofが用いられている（58）。またこの二版はthe accuser's eyesのeyesが抜けている。

（13）そして或る対象を歴史的文脈に還元・接続するのみに留まらず、その過程においてどうしても解決できない否定性（negativity）を分析対象から括り出すことで静的な歴史観に揺すぶりをかけることがジェイムソンの口にする「歴史化」の本来の意味合いであると遠藤は言っている（二三二–二三九頁）。

●引用文献

Bryant, John. *The Fluid Text: A Theory of Revision and Editing for Book and Screen*. U of Michigan P, 2002.

Chase, Richard. "Innocence and Infamy." *Herman Melville: A Critical Study*, Macmillan, 1949, pp. 258–77.

Corpus of Historical American English, corpus.byu.edu, corpus.byu.edu/coha/.

Eagle, Chris. *Dysfluencies: On Speech Disorders in Modern Literature*. Bloomsbury, 2014.

Gilmore, Michael T. *The War on Words: Slavery, Race, and Free Speech in American Literature*. U of Chicago P, 2003.

Jameson, Fredric. *The Political Unconscious: Narrative as a Socially Symbolic Act*. Routledge, 2002.

Johnson, Barbara. "Melville's Fist: The Execution of *Billy Budd*." *The Critical Difference: Essays in the Contemporary Rhetoric of Reading*. Johns Hopkins UP, 1980, pp.79-109.

Kleitz, Dorsey. "Stuttering and *Billy Budd*." *Herman Melville: Critical Assessments*, edited by A.Robert Lee, Helm Information, 2000, pp.390-98.

Melville, Herman. *Billy Budd and Other Tales*. New American Library, 1961.

——. *Billy Budd, Sailor and Other Uncompleted Writings*. Edited by Harshel Parker et al., Northwestern UP/Newberry Library, 2017.

——. *Billy Budd, Sailor (An Inside Narrative): Reading Text and Genetic Text, Edited from the Manuscript with Introduction and Notes*. Edited by Harrison Hayford and Merton M. Sealts, Jr., U of Chicago P, 1962.

——. *The Confidence-Man: His Masquerade*. Edited by Harrison Hayford et al., Northwestern UP/Newberry Library, 1984.

——. *The Piazza Tales and Other Prose Pieces. 1839-1860*. Edited by Harrison Hayford et al., Northwestern UP/Newberry Library, 1987.

——. *Shorter Novels of Herman Melville*. Edited by Raymond Weaver, Liverright Publishing, 1942.

Olson, Charles. *Call Me Ishmael*. City Lights Books, 1947.

Otter, Samuel. "Introduction: Melville and Disability." *Leviathan*, vol. 8, no. 1, 2006, pp.7-16.

Parker, Harshel. *Reading* Billy Budd. Northwestern UP, 1990.

Renker, Elizabeth. "'A_____!': Unreadability in *The Confidence-Man*." *The Cambridge Companion to Herman Melville*, edited by Robert S. Levine, Cambridge UP, 1998, pp. 114-34.

Ruttenberg, Nancy. "Melville's Handsome Sailor: The Anxiety of Innocence." *American Literature*, vol. 66, no.1, 1994, pp. 83-103.

Savarese, Ralph James. "'Organic Hesitancy': On Speechlessness in *Billy Budd*." *Secret Sharers: Melville, Conrad and Narratives of the Real*, edited by Pawelje Jedrzejko, Milton M. Reigelman, and Zuzanna Szatanik, M-Studio, 2011, pp. 307-16.

Wenke, John. "Melville's Transhistorical Voice: *Billy Budd, Sailor* and the Fragmentation of Forms." *A Companion to Herman Melville*, edited by Wyn Kelly, Blackwell, 2006, pp. 497-512.

遠藤不比人『情動とモダニティ——英米文学／精神分析／批評理論』彩流社、二〇一七年。

坂下昇「『ビリー・バッド』ＭＳの発生学とその解釈」メルヴィル、『メルヴィル全集』、九二－九九頁。

下河辺美知子「暴力と赦し／アレントからデリダをへて二十一世紀世界の新たなるレトリックを求めて——序にかえて」『アメリカン・ヴァイオレンス——見える暴力・見えない暴力』権田建二、下河辺美知子編著、彩流社、二〇一三年、七－三五頁。

メルヴィル、ハーマン『ビリー・バッド』飯野友幸訳、光文社、二〇一二年。

——『メルヴィル全集第10巻——ビリー・バッド他』坂下昇訳、国書刊行会、一九八二年。

第九章　オバマのヒロシマ・スピーチを聴く
――ナショナル・ナラティヴから千羽鶴のストーリーへ

伊藤詔子

Listening to Barack Obama's Speech in Hiroshima:
From a National Narrative
to the Story of a Thousand Cranes

Shoko Itoh

はじめに　被爆七〇年目の真実

二〇一五年は、被爆七〇年目の真実といった形で多くの被爆体験を語る記憶の書、写真集、歌集、また随筆として森瀧市郎『核と人類は共存できない』（七つ森書館）などが出版された。なかでも奥付に八月六日／九日を記す『決定版　広島原爆写真集』『決定版　長崎原爆写真集』（勉誠出版）や、杉原梨江子『被爆樹巡礼』（実業之日本社）、主要書評誌が絶賛した岡村幸宣『《原爆の図》全国巡回』（新宿書房）など七〇年前の視覚的証言と自然回復の無言の映像証言集が目を惹いた。批評界でも、戦後レジームの解体を目指す研究、たとえば直野章子の労作『原爆体験と戦後日本』（岩波書店）、多くの原爆小説と沖縄小説の関連を論じる村上陽子『出来事の残響――原爆文学と沖縄文学』（インパクト出版会）、広島と福島の接続性を論じる木村朗、高橋博子編『核時代の神話と虚像――原子力の平和利用と軍事利用をめぐる戦後史』（明石書店）、高齢化する被爆者に焦点を当てた奥田博子『被爆者はなぜ待てないか――核／原子力の戦後史』（慶應義塾大学出版会）、包括的核日本文化論、山本昭宏『核と日本人――ヒロシマ・ゴジラ・フクシマ』（中公新書）等が出版され、戦後の総括がゴジラ論を見据えた新たな日本文化論の様相をもつにいたった。

さらには原爆投下について米歴史家と日本の教育者の討論の記録『日本人の原爆投下論はこのままでよいのか』（日新報道）、公開された新たな機密文書により原爆製造過程を読み解くジム・バゴット『原子爆弾1938～1950年』（作品社）、一九四三年から遡った歴史と八月六日の記録を合体させた『原爆の落ちた日　決定版』（ＰＨＰ文庫）等が、新しい原爆論の契機を与えた。これは生き残った六人についてのナラティヴから成るジョン・ハーシー（John Hersey）の『ヒロシマ』に対抗する、原爆製造史と八月六日に亡くなった六人の記録から成り、原爆の悲惨の中心は半年後に広島を取材して書かれたアメリカ人ジャーナリストによる『ヒロシマ』の人道的語りではなく、瞬時に亡くなった人々のなかにこそあったとする視点を浮上させた。

日米関係に焦点を当てた柴田優呼『〝ヒロシマ・ナガサキ〟被爆神話を解体する――隠蔽されてきた日米共犯関係の原点』（作品社）はコーネル大学学位論文に基づくもので、グローバルな立場からする環太平洋的被爆論である。成田龍一の戦後七〇年目の総括によると「記憶の時代に入った原爆経験を歴史化するための営みが開始された」（成田　二八三）のであり、原爆文学研究会戦後七〇年の国際記念大会を特集した学会誌『原爆文学研究』一五号は、アメリカ文化に関してはマイケル・ゴーマン「核の不安から核の無関心へ」他多彩な論考を満載している。なかでも台湾の作家で民族運動家、シャマン・ラポガンの講演録「大海に浮かぶ夢と放射能の島々」（七六–八五）は、現在の惑星的な核状況をアジアの境界作家の視点から鮮明に映し出している。戦後世界に拡散した核と核廃棄物とその汚染の現場が、圧倒的に先住民族の居住区やアジアの島嶼部であることの認識を促す。

こうしたなかで二〇一六年五月二七日伊勢志摩サミットで来日したバラク・オバマの、現職大統領としては初めての広島訪問が決まった。議論の多い主語なき慰霊碑「過ちは繰返しませぬから」の文言にも拘わらず、時代は大統領が立った慰霊碑を中心に〈原爆〉の歴史化に向かってさらに大きく動き始めたのである。オバマ大統領の広島来訪は、サミット後の政治的な首脳外交の展開の一部であったとともに、世界の核をめぐる言説の、ヒロシマ、ナガサキの捉え方の大きな変化に呼応して起きた歴史的な事件でもあった[1]。本章はこうした変化の内実を念頭にオバマのヒロシマ・スピーチの声を捉え、その英語を文学の言説として検討し、このスピーチが最近の核言説と連動し、環境文学の声とも通底し、ナショナル・ナラティヴと鶴の祈りのストーリーを結合していることを考察したい。

一　メディアでのヒロシマ、ナガサキの現前

九・一一で幕開けとなった二一世紀テロリズムの世界では、核拡散による緊迫した世界情勢によっても、アメリカでのヒロシマ、ナガサキと原爆への意識は隠蔽された記録のなかから浮上してきた。元来被爆都市の呼称であった「グラウンドゼロ」が、アメリカの「敗戦の場」ともなったニューヨークのテロ襲撃瓦解現場の呼称となった。続く三・一一福島原発事故によって追憶のかなたに追いやられていた被爆都市の悪夢の記憶は、より鮮明に呼び戻され、日本だけでなく世界のメディアでヒロシマ、ナガサキの歴史は、世界貿易センタービル跡地、フクシマとともに日常的に繰り返し議論され映像化されるようになってくる。被爆地とアメリカ中枢の一体化、グラウンドゼロの世界化である。

一方で八〇年代半ばから高まった環境正義エコクリティシズムや被爆についてのノンフィクションのなかで、ヒロシマ、ナガサキをアメリカ作家が真正面からテーマとし始めたことがある。チャールズ・ペルグリーノ『地獄からの生還』（一九八四）や、世界の詩人一三二人の寄稿から成る原爆追悼詩集『アトミック・ゴースト』（一九九五）もでた。また戦後七〇年にはマーク・カミンスキー（Marc

Kaminsky）の『ヒロシマからの道』（二〇一五）、スーザン・サザード（Susan Southard）『ナガサキ――核戦争の後』（二〇一五）が、被爆時の広島と長崎を直接テーマとしたノンフィクション・ドキュメントとして出版された。これらの作品は、世界に広まって普及していたハーシーのヒロシマ像を新たなヒロシマ像――歴史的事実に近いもの――に書き換えつつある。

ヒロシマの歴史化を支えるもう一つの批評的勢力は、人新世を生きている環境批評の物質論的動き、マテリアル・エコクリティシズム（material ecocriticism）の台頭である。マテリアル・エコクリティシズムは、物語られる物質として地球にアプローチするが、放射線（radio activity）は最も重要な不可視の、すべてを支配する物質で、ティモシィ・モートン（Timothy Morton）の超物体（hyperobjects）の概念の比喩的モデルをなし、モートンの環境批評からのプラネタリーな現況認識のなかでも核物質の重要性がキーとなっている。環境の概念は絶えず変化してきたが、温暖化同様核についての思考を欠く場合は反惑星的で非歴史的な環境観に後退するであろう。

二　脱構築批評から核批評へ

オバマの広島来訪は、二一世紀原爆を巡る英米世界の核批評に、ヒロシマ、ナガサキへの意識の変化が起こり、二つの都市の名前をさまざまな言説が浮上させ、とくにヒロシマへの言及がしばしばみられるようになったことと無縁ではない。ヒロシマ、ナガサキをめぐる日米核批評の現在に至る軌跡については、拙論「核をめぐる言説の日米の共働について」で考察し（伊藤　五一–一五）、またとくに二一世紀の核批評の動向と環境思想との関連については拙論（"American Nuclear Literature on Hiroshima and Nagasaki"）で述べたように、レイチェル・カーソンの環境的終末の表象が、核による終末の表象と結合して、二一世紀女性環境作家に継承され発展している。大統領のスピーチと二一世紀の核文学は、ジャンルを超える核言説として社会にインパクトを与えるものである。

情報的抑圧にあった冷戦中のアメリカ文学の核意識は、冷戦終結や一九九〇年代のマンハッタン計画関連資料の情報開示とともに原爆投下論の見直しや、西部の環境保護運動や環境作家の力でも変質してくる。冷戦後小説のなかでは核のテーマが多様な展開をみたことが、二〇〇八年のダニエル・コードル（Daniel Cordle）『サスペンスのステイト――ニュークリア・エイジ、ポストモダニズム、アメリカの小説と散文』でも詳細に論じられている。コードルによると核兵器は広島と長崎以降は使用されていないが、冷戦構造が核のホロコーストの未決の恐怖をサスペンスの形で時代を決定的に特徴づけ、副題にも組み込まれているティム・オブライエンの『ニュークリア・エイジ』に描かれた核シェルター・オブセッション等を生み出したとする。またドン・デリーロ、ポール・オースター、トマス・ピンチョン、カート・ヴォネガットのようなポストモダン主流作家に、いかに核と核汚染への不安のテーマが深く浸透しているか分析する。

三・一一後の本格的核批評として、二〇一三年の『フォールアウトの沈黙――ポスト冷戦世界における核批評』を挙げることができる。すでに触れたコードルも含む代表的論者一二人のなかには、冷戦後其々一冊を上梓しているピーター・シュヴェンガーやジョン・キャナデイらもいて、ジャック・デリダの「地獄の黙示録、そうではなく、今ではなく」が発表された一九八四年のコーネル大学での核批評会議がもとになっている。とはいえ『フォールアウトの沈黙』序章においては、各論と高名なデリダ論文との距離と質の違いが強調され、この論文集は、高踏的な脱構築批評に核の問題を委ねるのではなく、世界史の現実を意識する「核批評の新しい波のための倫理的アジェンダ」(Blouin et al. 12) 形成を目指すとする。序章は「二〇一一年三月十一日、ハーシーの『ヒロシマ』を講読する授業のさなか、マグニチュード九強の東北大地震の津波破壊の映像がＴＶから流れ、それは直ちに広島の破壊の像と重なった」(1) と始め、続くフクシマの原発事故が再度原爆への言及を浮上させるとし、その後も続くヒロシマ、フクシマの歴史的連続性の議論の先鞭ともなった。デリダ論文は核批評 (nuclear criticism) という言葉を提唱した重要な論文であるとともに、周知のように「ヨハネ黙示録」の「最初にスピード（神のみ言葉）があった」から始め、七つの手紙を七つのミサイルとみたてて「今のところ核戦争というものが起こったことがないという限りにおいて、核は信じがたい程のテクスト性を備えた現象である」とする (Derrida 23)。この論文はヒロシマ、ナガサキという地名に全く言及はなく、Atomic Bomb という語もない。一谷智子「核批評再考――アラキ・ヤスサダの Doubled Flowering」も論じるように、核を論じながら原爆は埒外に置かれ、脱構築批評による原爆および続く核兵器をめぐる歴史の非歴史化を促したともいえよう。

二一世紀になって核批評は、脱構築批評的核議論からは距離を置き、ケンブリッジ大学から二〇一〇年に大幅改稿の再版が出たジョン・マシューズの外交史研究『ヒロシマ以後――アメリカ、人種、アジアにおける核兵器一九四五年から一九六五年』等とも連動していく。ここにはヒロシマ、ナガサキの歴史的事実をベトナム戦争も含むアジア的現実から核批評に向かわせ、ポストコロニアルな西欧的歴史観から脱却が図られる。「日本の原爆文学の多くがヒロシマとナガサキを決して脱構築できない原点として描いているとしたら、その不在が西洋の核文学、核批評を特徴づけている」（一谷 二〇二四）のであるが、元来この分野の基本図書であったロバート・リフトン（Robert Lifton）の名著『ヒロシマを生き抜く――精神史的考察』（一九七二）は、早くから被爆地そのものを調査・研究した。リフトンの本は、英訳された原爆文学も含む膨大な世界の核文学の書誌を完備し、その後の英語圏の原爆文学研究に貢献したポール・ブライアンズ（Paul Brians）の『核のホロコースト』などとも結合して新しい動きとなっていく。この二作は原爆をナチのホロコーストと併置し、リフトンは序文で原爆文学は被爆者の英知が生み出したものと評価している。J・W・トリート（John. W. Treat）の比類なき名著『グラウンドゼロを書く』は、原爆文学研究の金字塔であり、この三冊の名著は、これまで抽象論に傾きがちであった英米の核批評に、原爆文学とヒロシマ、ナガサキを組み込むことの重要性を指摘し原爆を絶対悪的ホロコーストと捉えている点で共通性がある。これらは、基本的にユダヤ＝キリスト教的世界観から、原爆を西欧的想像力を形成してきた聖書の物語枠から捉えその延長線上に置こうとする、原爆の非歴史化に代わる大きな動きといえる。『〈原爆〉を読む文化事典』の「核SFと核批評」でこの問題を扱った野坂昭雄によると、トリートはデリダの論文を「一つの歴史的事実を実体のない未来へ絶えず繰り延べするようなもの」で、核戦争を起こらなかった何かとして語る「アメリカ知識人の歴史と見合っている」との批判を紹介する（野坂 二〇一六）。

このように各分野からヒロシマ、ナガサキを経験知から語り、世界の核物質汚染やその危険を踏まえた独自の文化的主体性からの核批評が重要になってくる。これらの動きは大きな意味で核の歴史的現場であるヒロシマとナガサキへ注目を集中させ、間接的にしろアメリカや世界の世論を長年かけて変化させ、オバマ大統領をグラウンドゼロ、ヒロシマへと招きよせた多様な地下水脈を形成してきたといえるだろう。

三　オバマ大統領のヒロシマ・スピーチと場所の感覚

オバマのヒロシマ・スピーチはすでにさまざまな分析がなされてきた。たとえば二〇一六年八月号「〈広島〉の思想」という特集を組んだ『現代思想』は、先に挙げた核批評の論者、直野、高橋、柴田に加え東琢磨、加藤有希、井上間従文らの批評が掲載されている重要な文献である。一様にオバマ・スピーチのプロパガンダ性と欺瞞性を強く批判している。本論はオバマ大統領の政治的業績への否定的評価は当然と考える。しかしそれとヒロシマ・スピーチの影響力は分けて考えるべきであり、一と二で述べた変化を体現したかに見えるオバマ・スピーチに内包された歴史性は、環境文学批評（エコクリティシズム）から分析することで、新たな意義が見いだせる。ここでは「広島の場所の感覚」を体現したものとして、とくにオバマの語法と、原爆を物語ることとアメリカの歴史の再物語化という点に着目する。

（1）オバマの「Hibakusha」の用法と死者の個別性への着目

二〇一八年には英語となって国際的メディアで頻用される「ヒバクシャ」を、オバマはスピーチで二回使っている。NEDは二〇〇四年の新聞記事からの初出を挙げているが、実際には六〇年代前記リフトンの本では頻用されている。*Hibakusha*（被爆者）とは辞書的には以下である。

Hibakusha とは一九四五年ヒロシマとナガサキの原子爆撃を受け生き残った犠牲者を示す日本語である。この語は文字通り爆撃を受けて生き残った人々の謂いであり、爆撃による放射能に曝された人々を言及する。（NED 伊藤訳）

オバマのスピーチが先鞭をつけたといえるかどうかはともかく、二〇一八年七月にニューヨークで批准された「核兵器禁止条約」にも「被爆者」と使われているし、ノーベル平和賞を得たICAN（核兵器廃絶国際キャンペーン）の受賞理由にも「被爆者」が使われている。つまりこの独特の響きをもつ語は「原爆被害者」（victim of Atomic Bomb）に代わり、最近は世界中で使われるようになったといえる。この語のオバマ・スピーチでの二ヵ所の文脈は以下である。

いつの日か、証言する被爆者の声が私たちのもとに届かなくなるでしょう。

……私たちは過去から学び、自ら選ぶことができます。そして子どもたちにこれまでとは違った物語を話して聞かせることができます――それは、人類は一つなのだという物語、戦争を起こさぬようにし、残虐行為を容易には許さないような物語です。そして、私たちはこうした物語をすでに被爆者の中にこそ見いだすことができるのです。（Obama）

オバマの声明に使われた「被爆者」という語は、従来の「原爆被害者」という一般的な英訳では代替できない日本語固有の文脈を内包する。「被爆者」は、ケロイドを負いゆがんだ身体や、肉体的苦しみや貧困、死に至る原爆症や当時行なわれた差別による心理的苦痛など、原爆による犠牲者を他の戦争爆撃や犯罪被害者や天災被害者と区別する言葉であり、英語の語彙にはなく tofu や ninja 同様、独特の日本語をそのまま英語表記し日本文化的ニュアンスを伝えるという意味で、被爆者を日本語の文脈のなかで理解しようとする動きを英語母語話者に起こさせる。リフトンはこれを原爆被害者が蒙った独特の肉体的・精神的・経済的困窮を示す言葉であったとし、その著書で survivor を六〇〇回以上、hibakusha をその半数三〇〇回以上使用している。また日系ハワイ作家ジュリエット・コウノ（Juliet Kono）は、英語の原爆小説 *Anshu*（『暗愁』二〇一〇）のなかでケロイドに歪む身体をもつ主人公の被差別感を表現する際これを使っている。アメリカ大統領が、批評家や作家同様ヒロシマ・スピーチのなかでこれを使った意味は大きい。この裏には核兵器による被害を通常爆撃と区別する意味もある。

というのも原爆をめぐる英語圏の発言はこれまで日本人、とりわけ被爆者に目を向けることは全くなかった。英語表記 hibakusha の複数形はまだ見かけないので、この語は集合名詞として一人ずつを認識しない語であるが、オバマの被爆者への言及は決して集合的なものだけではなく声や物語と一緒に使われ個別的である点も注目される。原爆による即死者数は現在でも不明とされ、概数が出ているだけであるが、オバマが「一〇万人を超える日本の男性、女性、子どもたち、数千人の朝鮮半島出身者、十数人の米兵捕虜の死を悼むためだ。犠牲者の魂は語りかける。私たちは何者か今後どうあるべきか内面を見つめ見極めるよう語りかける」というとき、従来アメリカメディアで七～八万人と過少評価されてきた原爆死者の数を、より真実に近い「一〇万人以上」と書き換えた意義は大きい[2]。そこには原爆が敵も味方もなく、すべてを殺すという無差別性と、死者たちは米国兵士や朝鮮半島出身者も含む一人ひとり個別の死を死んだという認識があり、集合的な呼称であった「被爆者」の、死の個別性を見つめようとする死者に寄り添う発想が感じられる。

（2）広島の場所の感覚

場所の感覚は、環境文学の鍵概念とされてきた。環境文学は場所が喚起する固有の感覚から物語が展開し、しばしば場所の文学とも呼ばれてきた。そこには場所が自然を育み物理的歴史的政治的さまざまな局面でもつ複合性への感覚とともに、土地そのものが語る物語に耳澄まし、それを感受する自我を通して場所を語る謙虚な感覚があり、オバマの「広島の場所の感覚」には、環境文学の場所の感覚に近いものが以下のように語られている。

> なぜ私たちはこの場所、広島に来たのでしょうか？　私たちは、それほど遠くないある過去に恐ろしい力が解き放たれたことに思いをはせるため、ここにやって来ました。私たちは、一〇万人を超える日本の男性、女性、そして子供、数多くの朝鮮の人々、一二人のアメリカ人捕虜を含む死者を悼むため、ここにやって来ました。死者たちの魂は私たちに内面へと向かわせ自分たちが誰なのかこれからどうなるのかを問わせる。（傍点伊藤）

オバマには見えないもの、霊のリアリティへの確信があるのか、霊の言葉に耳傾ける、死者の声を聞く、見えないものとの対話を認知する態度がこの箇所にはある。死者の魂の働きかけとは、お盆や灯篭流しなど日本的な伝統にある霊の実在、生者への呼びかけを信じる心でもある。場所の感覚は傍点部「自分が誰か、どうなるのか」といった実存的問いとも結びつく。ここでオバマは少くとも、即死者の骨が埋まっている爆心地に立って、長い歴史の果てに被爆した広島という土地の「場所の感覚」に近づこうとしている。スピーチのなかで九度くりかえされた「広島」は、従来カタカナで表記されてきたが、漢字で広島と書くときには広島が一八九七年日清戦争の時大本営が置かれ、それ以降軍都として果たしてきた日本の歴史内での位置づけや、七つの川に洗われて発展してきた経済的地理的文化的特質、原爆ドームの産業奨励館に象徴される、明治以降近代化の怒涛の波に乗る帝国の戦争への道の認識なども内包する。ヒロシマと広島は大きなパラドックスなのである。広島出身東大教授、丹下健三設計の平和記念公園の意匠そのものが、原爆資料館、慰霊碑、奨励館廃墟を一直線に結ぶ一種の矛盾の政治的空間であり、日本では中世から伝統的な墓のかたちである後円墳の埴輪を等身大にかたどるきわめて日本的な意匠のうちに、戦前の西欧化とナショナリズムを隠蔽忘却しつつ、戦後の原爆と平和というパラドックスを一挙に結合して記念する「平和記念公園」へと変貌していったものである。米山リサの『広島――記憶のポリティックス』によると、「広島の記憶は、戦前の大日本帝国、その植民地主義的行為、そしてそれらの帰結の深刻な曖昧化の上に成立している」（米山　四）と批評している。

「場所の感覚」（Sense of Place）とは、日本語の地霊（genius of place）にも近い言葉で、自分個人のあずかり知らぬ土地の歴史をも認識し、場所が負ってきた歴史的痕跡や地理的風土の堆積と意識を一体的に感受したり、ときには土地の真の歴史を垂鉛する態度である。それは個に存在の基盤を置くアメリカ的意識とは遠い、多分に非西欧的なものでもあり、ケニア出身の父親をもつオバマの非西欧起源の感覚と通底しているともいえないだろうか。場所（place）は「なぜ私たちはこの場所、広島に来たのでしょうか？　私たちは、それほど遠くないある過去に恐ろしい力が解き放たれたことに思いをはせるため、この場所にやって来ました」と繰り返されており、死者への悼みが場所と切り離せないことを述べている（傍点伊藤）。

この部分は段階的に、場所の感覚、七一年前の記憶の召喚から道徳的想像力へと向かっているのがわかる。次の引用はスピーチの締めくくりにおいて「道徳的覚醒」（moral awakening）を呼び起こすところで、おそらくここは、「道徳的想像力」の結果として、日本人よりもアメリカ人に呼び掛けたといっていいだろう。アメリカ文化には定期的に社会全体に道徳的覚醒運動が起きてきたことが想起される。「大覚醒運動」（"Great Awakening"）の第一次大覚醒は一七三〇年代と一七四〇年代にアメリカの一三の植民地に広まった宗教再生運動で、第二次大覚醒は、一八〇〇年代から一八三〇年代の二番目の大きな宗教再生運動であった。このリバイバルは、実はキャンプ・ミーティング（野営天幕集会）などの形で更新されていくのであり、オバマはアメリカで定期的に起きてきた覚醒の伝統を、このときアメリカにこそ求め、呼びかけていることになるのではないだろうか。この被爆者慰霊は、政治的キャンプ・ミーティングともいえるのである。

こうした解釈があまりに楽観的だという反論はあるだろう。しかし何といっても歴代のアメリカ大統領はアメリカ国内でも原爆についてこのような発言は全くしてこなかったのであり、多くのアメリカ市民が国内的にのみ捉えていた被爆地に、大統領は史上初めて立ったのである。オバマの発した言葉の強いメッセージ性は、惑星時代のトランスナショナルな場所であるヒロシマの感覚に反響して生まれた。

このように、ヒロシマという場所の感覚、重なり合って焼死した死者の魂の声に耳傾ける姿勢が語られ、場所の感覚が促す「道徳的目覚め」へと言及したのであった。かつてエノラゲイのターゲットとなったT字型の橋、相生橋とその周辺で即座に焼かれて骨も消失した人々と、土を七〇センチ掘ると無数の骨が埋まっている商業地中島町の原爆遺構の上に位置する平和公園と、遺骨はおろか痕跡ゼロの三二人の焦死蒸発者の職員がいた産業奨励館の残骸である原爆ドームという場所は、世界の人々や要人が絶え間なく訪れ、立場を超えた参拝と祈りとによって日々平和のメッカとしての場所性と政治性を蓄積・更新している。一見素朴にみえるオバマの修辞法は、広島の複雑な歴史性と場所性の逆説にも照応するものであった。

というのもオバマ大統領の一四四一語から成る声明の最後の一節は「世界はここで永遠に変わってしまった」として、核兵器がもたらした世界の変化に対する認識と、それに伴う倫理の変革の必要性を世界に呼び掛けるものとなったからだ。

技術の進歩が、人間社会に同等の進歩をもたらさないのなら、私たち人間に破滅をもたらすこともあります。原子の分裂へとつながった科学的な変革には、道徳的な変革も求められます。だからこそ、私たちはこの場所に来るのです……言葉だけでは、こうした苦しみを言葉に表すことはできません。しかし私たちは、歴史を直視するために共同責任を負います。そして、こうした苦しみを二度と繰り返さないためにどうやってやり方を変えなければならないのかを自らに問わなければなりません。……ヒロシマとナガサキは、核戦争の始まりの地としてではなく、道徳的覚醒の地として知られるという未来を選択できるのです。（傍点伊藤）

ここでオバマは、広島の場所の感覚を倫理的覚醒の出発点と述べることで、アメリカ社会に何度か繰り返された〈覚醒の歴史〉を彼が今立つ、〈ヒロシマ〉で展開しているとみることができる。改革精神で大統領に選任されたオバマは、本質的に意識の改革を信じる人なのであり、それが彼の政治的弱さだという人も勿論いるが、環境文学がこうした悔恨と覚醒のエピファニーの瞬間をたえずもち、その瞬間の持続を呼びかけることは、〈アルド・レオポルドの悔悛〉[3]を例に挙げればいいだろう。

（3）　核の歴史化とアメリカの再物語化

「死が空から降ってきて、世界は変わった」で始まるこのスピーチに顕著なのは、核の語りと祈りの物語の共有と、それらを代々の大統領の修辞であり、ナショナル・ナラティヴであった〈独立革命のアメリカの物語〉と接合しようとする動きである。現在のトランプ政権では考えられない特質が、一九六〇年代よりのアメリカを形成してきた公民権運動と人権思想から生れ出たオバマにはあった。

このスピーチでもっとも顕著であったのは、先で述べたような原爆とアメリカの関係のみなおしを含む書き出しにこそあった。それは「七一年前の明るく晴れ渡った朝、空から死が落ちてきて、世界は一変しました。閃光と炎の壁がこの街を破壊し、人類が自らを破滅に導く手段を手にしたことがはっきりと示されたのです」と始まった。勿論スピーチはアメリカ大統領の立場を守る政治的には保守気質のものであったかもしれないが、アメリカに一九四五年当時より国論を二分していた原爆投下批判論と、正当化論の戦後の長い歴史を、一挙に止揚する形で書き出しが繰り出されたといえるであろう。

爆撃は、従来「原爆を投下する」「原爆が投下された」という風に一般的に他動詞、投下する（drop）が使われてきた。オバマの表現「死が空から降ってきて、世界は一変した」という自動詞（fall）完了形の表現には、原爆投下を選択した当事国の大統領の歴史認識ではなく、むしろそこから身を引いた、どちらかというと第三者的表現がある。あるいは多くの批評が論難するように雨や雪や雷が降ってくるように原爆を災害の様に表現する原爆の無害化、御伽噺化とも批判できる許しがたい表現である。しかしこれは現地に訪れた米大統領のレトリックとしては、一九四五年八月六日、投下後一六時間で行なわれたトルーマン大統領のいわゆる「原爆投下宣言」を強く意識してのことであったと推測できる。トルーマン宣言は以下のように始まっている。これは戦時中の軍司令官の文書でなまなましく、地名は策戦上まだ伏せてある。

一六時間前アメリカの航空機が一発の爆弾を重要な日本の軍事基地の一つ xxxx に投下した（dropped）。この爆弾はＴＮＴ二万トン以上の威力があった。過去の戦争で使用された最大の爆弾、イギリスのグランド・スラムの二〇〇〇倍の爆発力を有していた……これは原子爆弾である。宇宙の根本的力を利用したものである。太陽から引き出されたこの力が、極東に戦争をもたらした者どもに放たれたのである。（Truman）

有名な歴史文書でよく知られているように、全体ととくに最後の文にある原爆を「宇宙の力から引き出された極東の悪の枢軸に向けられた正義の火」だとするくだりは、スピーチライターであった亡命ユダヤ系新聞記者、『ゼロの暁』の著者ウィリアム・ローレンスの発想を特徴づけており、ユダヤキリスト教的な世界観から世界を二分し、他者化と敵対化を行う軍事的かつ政治的言説の骨格をなしている。永川とも子の「一九四五年の創世記――ウィリアム・L・ローレンスの広島・長崎関連記事にみる「宣教」としての原爆報道」によると、ローレンスは『原子爆弾』という概念に全能の力をもった神のイメージを投射することで、暴力的権力への強力な対抗軸としての意味付けを行なった」のであり、「原子力という新たなる宇宙の力に神を見出した一人の亡命ユダヤ人と、第二次世界大戦期にアメリカが欲した物語は、ここに奇妙な一致をみたのである」（永川 七）ということになる。オバマのいう「それほど遠くない過去に恐ろしい力が解き放たれた」とする書き出しは、長らくアメリカを縛ってきた原爆正当化論の背景にあるローレンス的修辞を、恐ろしい力を受けた側から解体し、むしろ共感を求める物語的言説によって、トルーマンの「原爆投下宣言」に対抗する核の七一年目の歴史の共有を提案したということだともいえる。

急いで指摘したいのは、オバマのスピーチで頻用されたもう一つの言葉が「物語」（story）という言葉であったことだ。この点は多くのメディアで論者が批判したように立場によってはこのスピーチの甘さや身勝手さの論難につながるが、storyという語はスピーチの要所要所に使われ、被爆者の物語をナショナル・ナラティヴ（「我が国の物語」）と以下のように接続しているのが見て取れる。「我が国の物語は単純な言葉で始まった。『全ての人は平等に造られており、造物主から絶対不可侵の権利、すなわち生命・自由・幸福追求の権利を与えられている。』この理想の実現は米国民同士でも決して容易ではない。しかしこの理想は努力して追い求めるべきだ。大陸や海を超えて共有される理想だから。人間にはかけがえのない価値があり誰の命も貴重だ。私たちは人類という家族の一員だとする根源的な考えこそが私たち皆が伝えなければならない物語だ。」こうした物語ナラティヴの共有は、じつはオバマの側が提案していることから、平和記念公園と世界中のメディアの向こうにいる聴衆との間の相互的なものとなっている。このスピーチにある文学性は、こうした一国の物語を、世界の物語へと共有するダイナミックな動きと相互性から生まれると思われる。それは文学が目指すものであり、作者は（一国の）物語を提示し読者と共有しつつ、読者の側もそこに自らの物語を重ねて紡ぐ。被爆市民がそうしたように、七一年の歳月が原爆を世界共有の歴史（hi-story）へと浮揚させたのである。

【図版１】原爆資料館に展示された折鶴

広く報道されたように、原爆資料館と子どもたちへの「お土産」として、大統領自らが折った二対の折鶴がその形象化であった【図1】。平和公園の折鶴には、長い祈りの物語があり、佐々木貞子の祈りの像も

【図版２】平和記念公園の貞子のモニュメント先端

ある【図2】。石碑には「これはぼくらの叫びです これは私たちの祈りです。世界に平和をきずくための」という碑文が刻まれ、この像の建立に向けた活動や完成までの道のりが紹介されている（サダコと折り鶴、平成一三年、二〇〇一年）。佐々木貞子が自ら折った和紙の折鶴に模した大統領の折鶴は、大統領が少なくともその物語を共有したいとする気持ちの、何よりの表明であった。

原爆資料館ではオバマ大統領訪名録の文言「私たちは戦争の苦しみを経験しました。共に、平和を広め核兵器のない世界を追求する勇気を持ちましょう」とともに、二〇一六年六月九日より原爆の日以降まで原爆資料館入口のガラスケースで公開され、いまもそれは貴重な展示物となった。実際オバマの英語で注目されるのはヒバクシャという語の使用と、大統領がアメリカの物語だけでなく被爆者の物語を共有したいとする表現が、〈ヒロシマ〉という場所の声に耳傾けそれを自らの体験として語りたいとする〈場所の物語の共有の宣言〉であった。それはある意味で、作家がヒロシマやナガサキをテーマとして物語化するのと同じ文学的営為であった。

四　メディアとオバマのヒロシマ・スピーチ

地元メディア中国新聞は、二七日夜号外を出し一七時四〇分のオバマ献花のシーンを一面に、大統領の広島訪問までの主要なできごとを見開き二頁と、三頁にカラーで展開した。一九三九年ナチス・ドイツのポーランド侵攻、四一年の日本軍のパール・ハーバー攻撃、四二年のマンハッタン計画から二つの原爆投下、七九年スリーマイル島原発事故、八六年チェルノブイリ事故、二〇〇九年大統領のプラハ演説、二〇一一年福島第一原発事故、二〇一六年四月のケリー国務長官の慰霊碑献花と核の世界史を辿っていた。二頁にはリトルボーイとファットマンを背にしたトルーマンとスティムソンのコラージュ写真、ヤルタ会談の連合国首脳の写真、「フランク報告」のフランクとアインシュタインの写真などを掲載した。なかでも八月六日、九日のテニアン島B二九出撃から爆弾投下に至る分刻みの時刻表と爆撃機の航路、リトルボーイのウラン型爆弾と、ファットマンのプルトニウム型爆弾の比較図示が目を引いた。実際多くの原爆関係の書物が前後に出版されたが、共同通信によって中身が供給されたこの号外は、それらの要約的機能を果たす見事なものであった【図3】。

　そして三頁左下には、一九四五年五月三一日及び六月一日の軍事会議で「事前通告なしの原爆投下に異論を唱えたバード海軍次官のメモ」のコピーを、「米国家安全保障公文書館

ヒロシマ、ナガサキの原爆

良心 時代が引き裂く

歴史検証・原爆投下

「即時使用」揺るがず

止まらなかった巨大歯車

【図版３】「中国新聞」2016 年 5 月 27 日の号外 © 中國新聞

中國新聞

オバマ米大統領 広島訪問

「核なき世界 追求する勇気」

現職で初 慰霊碑前で訴え

投下は過ち 明言せずとも

【図版４】「中国新聞」2016年５月28日の朝刊

提供」で掲載した。この文書は、原爆投下についてトルーマン政権で設置された暫定委員会のメンバーの一人、当時海軍次官のラルフ・バード（Ralph Bard）が残したもので、今では公開され、ウェブ上（atomic archive）で見ることができる。バードは日本に対する「事前の警告なしの原爆の使用」を決定した際、「人道主義国家アメリカが原爆を事前警告なしに日本に対して使用するのはふさわしくない」とする意見書を一九四五年六月二七日「S-1爆弾に関するメモランダム」と題し陸軍長官スティムソン委員長にあてた。S-1は原爆の暗号名である。中国新聞が掲載したこの資料は、米国のバード文書に窺える思想が、軍内部にも存在したことを示している。

こうした原爆観の対立は、原爆投下以前からあり、一九九五年のスミソニアン博物館での「エノラ・ゲイ展論争」にも典型的にうかがえるし、原爆の実験現場であったトリニティでの科学者の間にもあったと伝えられている。この対立は原爆投下正当化論を国論とする二〇世紀のアメリカを二分してきたが、大統領の広島訪問はこの隠れていた潜流を表面化させる契機になる力をもっている。

しかしながらオバマの慰霊が立場を超えて人々の胸に刺さったのは、じつは当日と翌日のメディアを等しく飾ったハプニングの映像であった。秒単位で緻密に準備された訪問行事には、いくつか人間の予想や計画を超える時間の流れもあった。大統領との出会いに感極まって体が傾いた被爆者代表で、アメリカ兵の被爆の歴史研究者森重昭氏を、オバマ大統領が抱き止めたハグの瞬間である。この瞬間を報じる多くのメディアの写真は、森氏の背中に置かれた大統領の大きな手の神聖なまでにそろえた長い指と、目を閉じた両氏の顔の九〇度の交錯を映し出した。それは大統領と市民の和解を結果的に表象する、何びとも予期しえぬ瞬間を生み出したのである。二八日の日本の新聞各紙は一面全面で「オバマ大統領広島訪問」のバナーを打ち、オバマ大統領が原爆ドームを背に「核なき世界追及」の声明を発する写真と文言で埋め尽くされた。読売新聞が、一面左上に大統領の森重昭氏ハグの写真を配していたのが印象的であった。同日の米メディアのうち『ウォールストリート・ジャーナル』は一面中央を、“*Visiting Hiroshima, Obama Offers Regret but no Apology*”の見出しで、このハグの瞬間の写真で飾った。

このように七一年目に実現したアメリカ大統領の被爆地訪問とメディアが世界に伝播したその言説と映像は、これまでの歴史を、生きた記憶と新たな生に繋ごうとする、とりわけ戦後七〇年に未曾有の高まりを見せた出版の動きや、エコロジーに目覚め脱構築批評から遠去かった核批評の変化の延長線上に、起こるべくして起こった出来事と捉えることができる。

おわりに――環境作家の核のストーリーを聴く

オバマの折鶴に表象されたストーリーは、日本では平和を願って記念公園各所に奉納され、原爆の子の像が胸に抱く千羽鶴の物語のアメリカ版である。この折鶴はネヴァダ核実験場入口前に群生す

【図版５】ネヴァダ核実験場前 ©Scott Slovic

る紫よもぎの白い可憐な花のように無数に結ばれ、砂漠に奉納されている。砂漠の植物への祈りでもあり、これまで核実験により、死の灰（fallout）で被曝し、なくなった多くのアメリカ人や野生の生きものへの祈りでもある。軍の進入禁止区域を侵してここに押し入り逮捕される反核アクティヴィストたちは後を絶たず、日本への想いを千羽鶴のストーリーに重ねている。雨の少ないこの地域では和紙の鶴は案外に強く長く保たれて、一種の植物のようになっている【図５】。

　ネヴァダ・核実験場前での反核運動や、全米の原発施設建設時に繰り広げられる反核運動では、ソローが提唱した一八四八年の「市民政府への抵抗」または「市民の不服従」が、正義のために逮捕を覚悟するのみならず身体を挺して政府に抵抗するカウンターナラティヴ構築の指針となってきた[4]。その際ソローの論理の根拠は、オバマの提示したアメリカ独立宣言の建国のストーリーであった。建国のストーリーは周知のように事あるごとに、とくに大統領の就任演説や、キング牧師のスピーチなどでも繰り返されてきたアメリカ民主主義の要であり、いわば国の危機に際して道徳的指針として絶えず想起されてきた。この要がアメリカの統一に対し果たしてきた役割はじつに大きいものがあり、一九世紀南北戦争に突入する国家的危機の前、反奴隷制度とメキシコ戦争への反戦を説くソローの文学でも、「マサチューセッツの奴隷制度」や「ジョン・ブラウン大尉を弁護する」など改革文書で、建国のストーリーは何度も繰り返された。このストーリーとともにソローの「市民の不服従」は、この建国の理念が揺らぐとき、制度のなかで生きる公民である市民（Civil）が、アメリカ政府のもとの不正義の法に従うか否かを問題とし、武器を取らないでする政府への異の唱え方として納税の拒否という、独立宣言で謳われた革命権の行使を広く隣人に提案したものであった。拙論（"'Civil Disobedience' in the Nuclear Age"）でも考察したように、「市民の不服従」もオバマ同様講演がもとになっていて、以下のようにアメリカ建国のストーリーを、メキシコ戦争に突入したアメリカ市民と共有しようとする、変容した新たな建国のストーリー化であり、講演は聴衆とのストーリー共有の場（プレイス）である。

このアメリカ政府は、歴史が浅いとはいえ、やはりひとつの伝統にほかならないのであるが、その伝統は、みずからを無傷のまま後世に伝えようと努力しているにもかかわらず、時々刻々本来の完全さを失いつつあるのではあるまいか？……自由の避難所となることをひき受けたある国家の人口の六分の一が奴隷であったり、国全体が外国の軍隊によって不当に蹂躙されたり征服されたりしたために、軍政に従わねばならなくなったりした場合、誠実な人間はただちに反乱と革命を起こすべきだと私は考える。この義務の履行がいまやとりわけ緊急を要するわけは、こうして蹂躙されている国家がわが祖国だからではなく、ほかならぬわが軍が侵略軍となっているからである。（ソロー「市民の反抗」飯田実訳 九、一六）

「市民の不服従」は「良心的兵役拒否」「非暴力抵抗運動」という言葉ともなって、一種のナショナル・ナラティヴとして多くの反戦運動や市民運動のモットーとして使われてきたこともすでに歴史的事実である。しかしこの「市民の不服従」は二〇世紀、二一世紀のイラク戦争の際は市民によって、単に繰り返されてきたのではなく、ガンジー、キング、マリオ・サヴィオと継承され、大きな発展や新たな展開があったこともつけ加えなければならない。現在の環境文学において、大地の声に耳傾ける環境文学と、ネヴァダ核実験場のみならず全米の核の場所で、反核アクティヴィズムの行動のモットーとして機能している。特に禁じられたネヴァダ核実験場の鉄条網をくぐって反核運動を展開する環境作家たちの野生の思想において、見事な文学化を最初に行なったのが、西部の代表的女性環境作家、テリー・テンペスト・ウィリアムス（Terry Tempest Williams）の名作『鳥と砂漠と湖と』（一九九二）の最終章、「片胸の女たちの一族」であった。ショショーニ部族の女性たちと砂漠の歌で連帯するウィリアムスに続き、レベッカ・ソルニットの『サヴェージ・ドリーム――アメリカ西部の隠れた闘いへの旅』（一九九四）では、書名にあるアメリカ西部に見えざる、隠れた核戦争が続いているという発想のもと、ショショーニの活動家と「私たちは市民の不服従（c.d.）を実行する」と何度も叫び、核実験場の内部に侵入する。それによってソルニットは「歴史の傍観者でなく、歴史のなかを横切る市民となる」（Solnit 69）との名言を記している。

　さらにソルニットは『サヴェージ・ドリーム』のあと、ソローの「ウォーキング」を核時代に大きく発展させる書、『ウォークス――歩くことの精神史』を上梓した。歩くことと思索の関係を古今東西の書物から論じるが、そこでは本章のテーマ、ヒロシマ、ナガサキの場所の感覚とメディアでの共有、世界市民の不服従の精神を、さらにグローバルなストーリーとして継承し結合する文章がある。

私を最初に歩くことの歴史へと導いたのは、核兵器であった。思考や連想の辿る道筋は思いがけないものだ。核実験場にはカウンターカルチャーのおとし子であった私たちだけではなく、ヒロシマ、ナガサキの被爆者、仏教の僧や、フランシスカンの神父や尼僧、平和主義者に転向した帰還兵、生まれ変わった物理学者、爆弾の陰で生きているカザフスタンやドイツやポリネシアの活動家もいた。その土地が没収にあった西ショショーニの人々もいた……ソローのベリー摘みの一行がいかに革命的な一団となりえたか、私にはわかった。（Solnit 7）

このように、オバマが広島で結合した建国のストーリーと千羽鶴のストーリーは、ソローのエコロジー思想と結合した「市民の不服従」の世界的ナラティヴとなって、今や環境正義を唱道する文学のエイジェントとなっている。ソローからオバマへ広島、長崎の場所の感覚を支えるストーリーという絆は、二一世紀環境文学作家によっても共有され語られているのである。

※本論は拙論「刊行記念『〈原爆を読む文化事典〉を読む』（『原爆文学研究』一七号、二〇一八年、二〇一―二三三頁）を大幅に改稿、拡充したものである。

◉註

（1）本論では、被爆都市としてメディアやスピーチで語られる地名としてはヒロシマを、一般的な都市名としては広島を使用する。

（2）広島の被爆による即座の死者数は現在でも不明とされ、概数が出ているだけであるが、広島市ホームページによると一九四五年一二月末までの死亡者数は「約一四万人（長崎の原爆投下では、七万四千人）」とされている。

（3）アルド・レオポルドの悔悛とは、レオポルドの名作「山のように考える」（"Thinking like a Mountain," 1949）において、狼退治に際し銃を向けた狼の緑に燃える目を見たとき、狼退治の愚と間違いを悟り山の生態系を認識する瞬間があり以後レオポルドが山のエコロジーに目覚めたことをいう。

（4）「市民の不服従」（"Civil Disobedience"）の題名の推移と二〇世紀における思想継承とその変容発展については、拙論（"'Civil Disobedience' in the Nuclear Age"）で詳しく論究した。

◉引用文献

Bard, Ralph A. "Memorandum by Ralph A. Bard, Undersecretary of the Navy, to Secretary of War Stimson." *Atomic Archive*, www.atomicarchive.com/Docs/ManhattanProject/Bardmemo.shtml.

Blouin, Michael, et al., editors. *The Silence of Fallout: Nuclear Criticism in a Post-Cold War World*. Cambridge UP, 2011.

Bradley, John, editor. *Atomic Ghost: Poets Responding to the Nuclear Age*. Coffee House Press, 1995.

Brians, Paul. *Nuclear Holocausts: Atomic War in Fiction, 1895–1984*. Kent State UP, 1987.

Cordle, Daniel, et al., editors. *States of Suspense: The Nuclear Age, Postmodernism, and United States Fiction and Prose*. Manchester UP, 2008.

Derrida, Jacques. "No Apocalypse, Not Now (Full Speed Ahead, Seven Missiles, Seven Missives)." Translated by Catherine Porter and Philip Lewis, *Diacritics*, vol. 14, no. 2, 1984, pp. 20-31.

Hersey, John. *Hiroshima, The Aftermath.* Knopf, 1985.
Itoh, Shoko. "American Nuclear Literature on Hiroshima and Nagasaki." *Oxford Research Encyclopedia*, Oct. 2017, literature.oxfordre.com/view/10.1093/acrefore/9780190201098.001.0001/acrefore-9780190201098-e-165.
——. "'Civil Disobedience' in the Nuclear Age: Thoreau and Solnit's 'Journey into the Hidden Wars of the American West.'" *Thoreau in the 21st Century: Perspectives from Japan*, edited by Masaki Horiuchi, Kinseido, 2017, pp. 3-15.
Kaminsky, Marc. *The Road from Hiroshima: The Last Train from Hiroshima.* Rowman and Littlefield, 2015.
Kono, Juliet. *Anshu: Dark Sorrow, A Novel.* Anchor, 2010.
Laurence, William L. *Dawn over Zero: The Story of the Atomic Bomb.* Knopf, 1946.
Lifton, Robert. *Death in Life: Survivors of Hiroshima.* Random House, 1968.
Morton, Timothy. *Hyperobjects: Philosophy and Ecology after the End of the World.* U of Minnesota P, 2013.
Obama, Barack. "Text of President Obama's Speech in Hiroshima, Japan." *New York Times*, www.nytimes.com/2016/05/28/world/asia/text-of-president-obamas-speech-in-hiroshima-japan.html. .
Solnit, Rebecca. *Savage Dreams: A Journey into the Hidden Wars of the American West.* U of California P, 1994.
——. *Wanderlust: A History of Walking.* Penguin, 2014.
Southard, Susan. *Nagasaki: Life after Nuclear War,* Viking, 2015.
Treat, John. W. *Writing Ground Zero: Japanese Literature and the Atomic Bomb.* Chicago UP, 1984.
Truman, Harriet S. "The Decision to Drop the Atomic Bomb: Press Release by the White House, August 6, 1945." *Truman Library*, www.trumanlibrary.org/library.htm.
Williams, Terry Tempest. *Refuge: An Unnatural History of Family and Place.* Bantam, 1991.
一谷智子「核批評再考——アラキ・ヤスサダの Doubled Flowering」『英文学研究』第八九巻、二〇一二年、二一–三八頁。
伊藤詔子「核をめぐる言説の日米の共働について」『核と災害の表象——日米の応答と証言』熊本早苗、信岡朝子編、英宝社、二〇一五年、五-二五頁。

――『はじめてのソロー――森に息づくメッセージ』NHK出版、二〇一六年。

NHK広島　『続・平和プロジェクト　サダコ「原爆の子の像」の物語』NHK出版、二〇〇〇年。

ゴーマン、マイケル「核の不安から核の無関心へ――アメリカの大衆文化における核イメージの変容」『原爆文学研究』第一五号、二〇一六年、一一二-一二六頁。

柴田優呼『〝ヒロシマ・ナガサキ〟被爆神話を解体する――隠蔽されてきた日米共犯関係の原点』作品社、二〇一五年。

成田龍一「『証言』の力学」『原爆文学研究』第一四号、二〇一五年、二八三-九六頁。

永川とも子「一九四五年の創世記――ウィリアム・L・ローレンスの広島・長崎関連記事にみる「宣教」としての原爆報道」『原爆文学研究』第一四号、二〇一五年、三-一四頁。

野坂昭雄「核SFと核批評」『〈原爆〉を読む文化事典』川口隆行編、青弓社、二〇一七年、二〇三-〇七頁。

ヘンリー・D・ソロー『市民の反抗　他五篇』飯田実訳、岩波書店、一九九七年。

森重昭『原爆で死んだ米兵秘史』潮書房光人社、二〇一六年。

米山リサ『広島――記憶のポリティックス』小沢弘明、小澤祥子、小田島勝浩訳、岩波書店、二〇〇五年。

第十章　声なき絶叫——「税関」を通って『白鯨』へ

巽 孝之

The Philosophy of Decapitation:
A Literary Symphony
between *The Scarlet Letter* and *Moby-Dick*

Takayuki Tatsumi

はじめに　アメリカン・ルネッサンスの海

アメリカン・ルネッサンスの作家たちを考えるさいに捕鯨国家としての側面は避けては通れない。その代表がハーマン・メルヴィル（一八一九‐九一）の長編小説『白鯨』（一八五一年）であるのは当然ながら、同作品がメルヴィルの書棚に残っていた先輩作家エドガー・アラン・ポー唯一の長編小説『ナンタケット島出身のアーサー・ゴードン・ピムの物語』（一八三八年）と類似していることも、これまで頻繁に指摘されてきた。『ピム』も『白鯨』も、まったく同じ一等航海士オーウェン・チェイスの手記『捕鯨船エセックス号をめぐる世にもおそろしくおぞましき難破の体験記』（ニューヨーク、ギレー社、一八二一年）をネタ本にしていたからだ。それはナンタケットの捕鯨船エセックス号が一八二〇年、怒れるマッコウクジラに衝突されて難破したため、漂流を余儀なくされた船員たちが、生き延びるためクジ引きで選んだ仲間の肉を喰らったあげく、ほうほうのていで帰還した経緯を綴ったテクストである。ポーは同書のカニバリズムに大いに触発されて『ピム』を書き、それに十四年ほど遅れてメルヴィルも『白鯨』第四五章「宣誓供述書」にはエセックス号難破事件を組み込むに至る。昨今では二〇〇〇年に出版されたナサニエル・フィルブリックのピュリッツァー賞受賞作『白鯨との闘い――捕鯨船エセックス号の悲劇』（*In the Heart of the Sea*）がオーウェン・チェイスの手記を補うものとして評判を呼び、ロン・ハワード監督の映画『白鯨との闘い』として公開された。というのも、エセックス号難破から一四〇年、『白鯨』から数えても百年以上を経た一九六〇年、エセックス号の最年少乗組員でキャビン・ボーイ（高級船員付きの給仕）をつとめていたトマス・ニッカーソンの筆になるノートが発見されたことで資料の再検討が行なわれるようになったからだ。

かくして映画『白鯨との闘い』は、一八五〇年二月に『白鯨』執筆準備中のメルヴィル当人が前掲ニッカーソンの体験を取材するという枠物語となった。人気俳優ベン・ウィショー演じるメルヴィルの取材の内容がこの映画の物語部分を成す。もちろんこれはいかなるメルヴィル伝にも掲載されていない脚色にすぎない。史実としては、一八七六年、メルヴィルならぬレオン・ルイスという作家が関心を示したため、ニッカーソンは自己の体験記を送っているが、なぜかそのノートそのものがたらいまわしにされ、公刊されるには一九六〇年の発見後からも四半世紀を経た一九八四年まで待たなければならなかったというのが真相なのだから。はたまた、ここに登場するメルヴィルはすでに敬愛するホーソーンの家の近く、すなわちマサチューセッツ州ピッツフィールドに住んでいるという前提だが、それはじっさいには一八五〇年の夏以降、それも八月五日にホーソーンとそこで初対面を遂げて以降なので、これもまた史実とは異なっており、一種の映画作劇上のアナクロニズムというほかない。にもかかわらず、あえてここにメルヴィル本人を登場させたハワード監督の動機は、彼がこれから書きあげる『白鯨』への並々ならぬ意欲を示すことにあった。メルヴィルは何とか自分を信用させようと、真相の告白を渋るニッカーソンに対して、初期作品『タイピー』や『オムー』がとてもよく売れたことをほのめかす。だが、それに対してニッカーソンは、いかにも通俗的なベストセラーを侮蔑するかのごとき口調で「ナサニエル・ホーソーンこそは文豪だよ」と返し、メルヴィルはそれを認めつつも「しかしこれを書くのはホーソーンではなくわたし自身ですから」と答える。年代的に正確を期すならば

『緋文字』初版が出版されるのは一八五〇年三月一六日であるから、この短いやりとりの時点ではまだ『緋文字』によって功成り名を遂げていたホーソーンは存在していないはずだが、一八四六年刊行の『旧牧師館の苔』ほかの諸作品にメルヴィルが傾倒していたという前提は成り立つ。そしてそこには、何とかホーソーンという巨峰を乗り越えたいという若手作家の野心が見え隠れする。映画監督の悪戯っぽい脚色にすぎなくとも、当時のホーソーンとメルヴィルの師弟関係を盛り込んだのは、この映画に文学史的な深みを与えてやまない。

そして、ここからが本論なのだが、『白鯨との闘い』がこの両者にふれているゆえんは、たんに文学的師弟関係にとどまるものとは思われないのだ。ニッカーソンがホーソーンを文豪と評価し、メルヴィル自身もその名を出されて納得しているのは、ホーソーンの背後に彼の出身地である捕鯨都市セイラムを透視していたせいではあるまいか。ナンタケットにおける捕鯨は捕鯨の名手イカバッド・パダックの手で一六九〇年より隆盛を極めるが、その先鞭をつけたのがセイラムだったことについては、チャールズ・アッパム牧師の調査が証明するところだ。そして、そもそもホーソーン自身の父親ナサニエル・ホーソーン・シニア（一七七五／六―一八〇八）にしてからが貿易船の船長であり、作家ホーソーンが生まれる一八〇四年には航海の最中で、一八〇八年、作家が生まれて四歳のときにはオランダ領ギアナにあたるスリナム共和国にて、黄熱病で亡くなっている。ホーソーン家と海運業は決して無縁ではない。

一　セイラム捕鯨史序説

フランシス・ダイアン・ロボッティの『捕鯨とオールド・セイラム』（一九六二年）によれば、そもそもマサチューセッツ州セイラムへピューリタン分離派が初めて入植したのは一六二六年のことで、プリマス入植者ロジャー・コナントに率いられた三十名ほどの一団であった。つぎに一六二八年にはピューリタンの指導者ジョン・エンディコットが五十名ほどの一団を引き連れて入植し、これ以降に町は「セイラム」（ヘブライ語 Shalon は「平和の地」の意味）と命名される。そして一六三〇年には、マサチューセッツ植民地総督たるジョン・ウィンスロップがニューイングランド会社の総裁としてやってきて、同年末までに千人が入植した。やがてウィンスロップは地の利のよさから本拠地をボストンへ移すが、初期のセイラムがピューリタン入植の窓口だったのは間違いない。

さて、一六二〇年にピルグリム・ファーザーズが乗り込んだメイフラワー号がもともと捕鯨船だったことは広く知られているが、初期のセイラムはタラやサバ、ニシンなどで経済的基盤を確立し三角貿易にも関与したのちに、捕鯨業のほうも一六八九年から一七〇八年のあいだにはかたちを成している。したがってセイラムの捕鯨のほうが一七五五年に捕鯨を開始したニューベッドフォードよりもはるかに早いのだが、捕鯨専門の港を開くのがマサチューセッツ諸都市のなかでも最後になったがために遅れをとり、けっきょくセイラム初の捕鯨船は一八一八年に出航したブリタニア号である。ここで興味深いのは、文豪ナサニエル・ホーソーンが生まれた一八〇四年というのは、セイラムはすでに人口九千人を誇る重要な捕鯨の中枢となりおおせていたことだ。その海運業による貿易はスマトラや中国、フィリピン、インドのベンガルやボンベイ、東インド諸島はジャワのバタヴィアに及んでいる。そしてひとつの奇遇というべきか、セイラムの豪商たちがひとりあたり一万ドルを投資することで、セイラムの腕利き造船家であるイーノス・ブリッグスの手によりフリゲート艦エセックス号が建造されているのだが、これはのちにナンタケットから出港して難破するエセックス号とは別物である。

アメリカ捕鯨史全体からすれば、その盛衰は一八〇四年から一八七六年までの期間であり、黄金時代は一八二五年から一八六〇年のあいだで、最大のピークは一八四五年であった。この年、鯨油や鯨骨の輸入が九二五万ドルにも達している。いっぽう、アメリカの捕鯨業発展とはうらはらに、イギリスのほうはアメリカ独立革命以後どんどん下火となり、とりわけ一八三〇年には一九隻ものイギリス系捕鯨船が南氷洋で難破の憂き目に遭い、一八四九年までにはイギリスの捕鯨船で活躍しているのは一四隻を数えるばかり。いっぽうのアメリカは、セイラムだけでも当時、捕鯨業に従事する船舶は本格的捕鯨船からブリッグス船、スクーナー船まで大小とりまぜて三八隻を保持していたのだから。つまり、アメリカン・ルネッサンスの時代は、疑いなく捕鯨業の黄金時代であった。

そんな時代に、序文「税関」が一七世紀の文献の発掘から始まる『緋文字』は、そっくりそのまま同時代セイラムの捕鯨産業初期の時代を前提にしなければ捉えることはできない。それは、一九世紀作家が自身の歴史的現在を基点に一七世紀ニューイングランドの歴史的再解釈、転じては歴史改変を行なう立場にあったことを示唆する。そして、そこにはホーソーンの関心がメルヴィルの創作を触発した素地がひそむ。

二　鯨捕りと魔女狩り

たとえば、所有権の問題。セイラムの捕鯨をも含む漁業は一六八九年の英仏戦争の煽りでいちど打撃を食らうのだが、そうした経済的な問題が一六九一年の春にひとつの訴訟にまで発展するのだ。そこにはセイラムとケープ・コッドのライバル関係が見て取れる。ジョン・ヒギンソンとティモシー・リンドールがケープ・コッドの弁護士ナサニエル・トマスに宛てて、こんな書状をしたためている。

ナサニエル・トマス殿

わたしたちはケープ・コッドにおける捕鯨の旅に何度か共同で関わって参りましたが、同地の住民たちには不当な扱いを受け、はなはだしい権利侵害を耐え忍んできました。とりわけ二つの点において、それは明らかです。まずひとつには、われわれセイラムの船舶に乗ったウッドベリー社が一六九〇年の冬に巨大な鯨を一頭、ケープ・コッツドの港で仕留めた時のことです。鯨はいちど沈んで浮かび上がり、われわれの銛が突き刺さって舫い綱などがからまったまま漂流し、それをケープ・コッドはヤーマスの住人であるニコラス・エルドリッジ氏が捕獲しました。つぎに、ついこのあいだの冬、すなわち一六九一年の冬に同じくセイラムの船舶に乗ったウィリアム・エッズ社が鯨を一頭仕留めたところ、その死骸が岸に漂着したのですが、これはケープ・コッドの人々自身も証言するように、まさにセイラム側が殺した鯨そのものなのです。ところがケープ・コッドはイーストハムに住むトマス・スミスがこの鯨を奪い去り、不当にも勾留したのでした。

ジョン・ヒギンソン&ティモシー・リンドール　(Robotti 16)

この訴状の結果、じっさいにヒギンソンとリンドールの要求通りの判決が出たのかどうかは、いまのところ定かではない。しかし、ここで肝心なのは裁判そのものではなく、一頭の鯨が最初に銛で仕留めたセイラム側の鯨捕りに属するのか、それともその鯨を最終的に捕獲したケープ・コッド側の鯨捕りに属するのかという、まさに所有権をめぐる論争が勃発したこと。しかもその時期にあたる一六九〇年代初頭というのが、ほかならぬピューリタンの不動産問題に端を発する一六九二年のセイラムの魔女狩りと完璧に一致していること、これである。

セイラムの魔女狩りがいわゆる超自然現象とはまったく無縁であり、まさにニューイングランドにおける土地問題を中心とする所有権の問題に起因していたことは、今日では自明であろう。歴史的には一六九二年初頭に牧師サミュエル・パリスの家で娘たちに向かってバルバドス島出身の混血女性黒人奴隷ティテュバがヴードゥー教の呪術をやってみせたことから少女たちの集団ヒステリーが起こり、いわゆる魔女裁判が阿鼻叫喚のうちに展開し、同年末までには結果的に二〇〇名が逮捕され二七名が魔女と断定され、うち一九名が絞首刑に処せられた事件が、セイラムの魔女狩りと呼ばれる。しかしそこには、セイラム・タウンが海運業で繁栄をきわめるいっぽうセイラム・ヴィレッジのほうは貧しいままだという経済格差や牧師たちのあいだの出世をめぐる反目という、あまりにも俗物的な理由が直接的に介在していたことを、いま疑う者はいない。その遠因は、拙著『ニュー・アメリカニズム』でも詳述したように、一六六〇年の王政復古の結果、ジェイムズ二世によってマサチューセッツ湾植民地の自治権を認める勅許状がいったん撤回されてしまったことに端を発する。イギリス本国政府は、強大になりつつあったマサチューセッツの力を封じ込めるために、まずコネティカットなど他の植民地の設立を助け、七五年のインディアンとの激戦「フィリップ王戦争」のさいにも援軍を送らなかったばかりか、やがてマサチューセッツとニューハンプシャーとメインを統合し、八六年には、ニューイングランドの自治権を無視するかのごとく、エドマンド・アンドロスを総督として任命した。この新しい総督が、主導的牧師コットン・マザーらの最大の悩みの種となった。というのも、アンドロスは従来のピューリタンたちの土地の権利を脅かす政策を打ち出したばかりか、フロンティアをインディアンの攻撃から守ろうともせず、むしろインディアンとの和解を企んで失敗するばかりだったからだ。かくしてマザーたちは、アンドロス総督がひそかにフランス軍はおろかフランス軍と手を組んでいるインディアンたちとさえ共謀しているのではないかと推測し、反撃活動に出る。その結果、一六八九年四月一八日、ボストンの人々はアンドロスを取り押さえ、とうとう「革命」を起こす（Levin 143-73）。端的にまとめれば、セイラムの魔女狩りとは、ほかならぬ宗主国イギリスが植民地ニューイングランドへの圧力を強化しようとしたことへの反発、すなわち「外部の力」（Foreign Power）への反発が引き金となっているのだけれども、しかし一七世紀末という歴史的文脈においては植民地はまだ経済力も軍事力も政治力も成熟していなかったがゆえに外部に対して独立を主張できず、植民地内部における内ゲバへ収束せざるをえなかったという悲劇なのだ。つまりセイラムの魔女狩りとは、あまりにも早すぎて失敗に終わらざるをえなかった独立革命未満にほかならない。

そのように考えるとき、宗主国イギリスからさまざまな所有権を脅かされようとしており、その恐怖心からセイラムの魔女狩りへなだれこもうとしている植民地ニューイングランドにあって、しかもセイラムの鯨捕りたちにあって、鯨一頭といえども決して他の町の住民には奪われたくないという気持ちが募ったとしても、無理はあるまい。かくしてセイラムの捕鯨産業の勃興と魔女狩りの勃発はニューイングランドの一共同体が外部に対しても内部に対しても独自の所有権を訴えようとする心性史において、共鳴し合う。

さらに、前掲のヒギンソンとリンドール連名による鯨の所有権をめぐる権利侵害の訴状は、アメリカン・ルネッサンスの文学史を考え直すうえでもたいへん興味深い問題を提起している。セイラムの鯨捕りが自ら銛で仕留めた鯨の所有権を主張したように、ナサニエル・ホーソーンが固執したのも、たとえば『緋文字』における夫婦間の正当な権利が侵害される危機であり、『七破風の屋敷』においての土地の正当な権利が侵害され強奪される恐怖であった。そして、まさにこうした問題こそが、ホーソーンの弟子を自認するハーマン・メルヴィルに影響を与えたのではあるまいか。これまで、両者の影響関係といったら、たとえば『緋文字』と『白鯨』におけるアレゴリーとシンボルの水準や聖書予型論にもとづく牧師の説教の水準において分析されることが多かった。しかし、まさにセイラムの魔女狩りの時代に土地問題のみならず捕鯨問題でも浮上した所有権は、メルヴィルの『白鯨』における第八九章「しとめ鯨とはなれ鯨」(Fast-Fish and Loose-Fish) にヒントを与えたとしか思われない。

一、しとめ鯨は、しとめて断固手放していない者に属する。

二、はなれ鯨は、解禁されるや否や捕獲した者に属する。（中略）

かれこれ五〇年ほどまえになるが、イングランドで鯨の横領にかかわる珍妙な訴訟があった。原告の主張するところによれば、北洋において苦難の追跡のすえ、彼ら（原告）は一頭の鯨に銛を打ち込むのに成功せるも、最後の段階で、生命の危機に瀕し、鯨につないだ綱ばかりか、ボートそのものをも放棄せざるをえない事態にたちいたった。ところが最終的に、被告（他船の乗組員）がこの鯨に追いつき、銛を打ち込み、殺し、捕獲し、ついに原告の眼前にてこれを横領したのである。（中略）

アースキン氏が被告側の弁護人で、エレンバラ卿が裁判長であった。この才気煥発のアースキン氏は、弁護にさいして、最近の姦通事件に言及しながら自分の意見を鮮明にした。その事件は、ある紳士が妻の不貞に手を焼いたすえ、ついに彼女を人生の航海に放棄することにしたものの、歳月が経つにつれ、自分の処置を後悔する気持ちがつのり、彼女の所有権を回復することを意図する訴訟をおこすことになった次第にかかわる。もとよりアースキン氏は横領側についているのだから、以下のような論旨を展開して被告側を弁護した。すなわち、もともとその婦人に銛を打ち込んだのはくだんの紳士であり、はじめのうちは婦人をしっかりとつなぎとめておいたけれども、ご婦人の不貞の渕に深くもぐらんとする意志と力にはついに抗しがたく、それだけの理由で彼女を放棄した。しかし彼女を放棄したという事実により、まさしく彼女は「はなれ鯨」になったのである。それゆえ、つぎなる紳士があらわれて彼女にまた銛を打ち込んだとき、いかなる銛が彼女の身に刺さったままになっていようと、その銛ともども、彼女はつぎ

なる紳士の所有となるのである。（Melville 309）

一九世紀に栄華を誇った捕鯨都市ナンタケットでは、しかし捕鯨船で旅立つと三年間は帰宅しない船乗りの妻たちが不貞に走ることも少なくなく、げんにエセックス号の一等航海士だった前掲オーウェン・チェイスは三番目の妻ユーニスとはまさにその理由で離婚訴訟となり、そのときの裁判を担当したのがメルヴィルの義父であった。したがって、ホーソーンが夫ロジャー・チリングワースと大西洋を渡るさいに離ればなれになり姦通を犯す妻へスター・プリンを主人公にした『緋文字』は、そうした捕鯨産業における夫婦問題を封じ込め、「はなれ鯨」と化した妻を描くもうひとつの海洋小説として読むことができる。それを文豪の傑作として認めざるをえなかったメルヴィルは、翌年脱稿する自身の『白鯨』の八九章「しとめ鯨とはなれ鯨」において、ひそかに『緋文字』への批評的コメンタリーという形で返歌を贈ったのではあるまいか。しかも、その章でアースキン弁護士の活躍する訴訟は「五十年前の裁判」とされているが、『白鯨』の舞台設定がメルヴィル自身が航海に出た一八四一年から始まるとすれば、それは十八世紀末、アメリカ植民地の所有権を争うイギリスとの戦いが終結し、独立革命がめでたく成就した時期と一致する。

鯨捕り（whale hunting）と魔女狩り（witch hunting）がさほど不自然なく連動するもうひとつの例を、ホーソーン家とも縁浅からぬセイラムの名士のエピソードから挙げてみよう。それは、捕鯨業によってセイラム一の豪商となったフィリップ・イングリッシュ（一六五一－一七三六）の運命にも関わる。前掲ロボッティはこう説明する。

二〇世紀半ばのセイラムに一七世紀以来の屋敷といったらほんのわずか残るばかりだが、一五〇年前にはピューリタン植民地時代の塗装されていない木造家屋がたくさんひしめいており、それらにはいずれも中世風の鋭角的な破風が備わって、ゲジゲジ眉毛を思わせる二階の部分とともに建物の上方から突き出していた。いまではもう忘れられてしまったかもしれない一七世紀の豪邸には、破風がたくさん突き出たフィリップ・イングリッシュの屋敷がある。この豪商イングリッシュは一六九二年の時点で波止場や倉庫いくつかのほかに二一隻もの船舶を所有していた。かくも豊かな財力に恵まれていたがゆえに、イングリッシュはセイラム市民の嫉妬心を買い、夫妻ともども魔女狩りの餌食にされてしまう。この魔女狩りフィーバーの時期にフィリップ・イングリッシュ一家がいかなる不名誉の数々をこうむったかを語るのは、また別の機会に譲りたい。（Robotti 24-25）

すなわちフィリップ・イングリッシュは、あまりにも巧みに大量に鯨を狩り立て莫大な財産を得たがために、セイラムの人々の反感を買って、何と魔女として狩り立てられてしまったというのである。ここには、魔女狩りが一体なぜ起こるのかを示す、もっとも典型的な縮図がひそむ。

イングリッシュという男は、もともと英仏海峡の英王室属領たるジャージー島出身のフランス人であった。ジャージー島は、二一世紀現在ではパナマ文書で話題になった租税回避地すなわちタックスヘイヴンのひとつとして再び脚光を浴びている。それは富める者がますます富んで格差社会をエスカレートさせるシステムであるからだが、まさにそうした構図が三百年以上前に活躍したジャージー島出身の大富豪フィリップ・イングリッシュにあてはまるのは興味深い。彼がアメリカへやってきたのは二〇歳になるかならないかという一六七〇年以前であり、たちまち捕鯨をも含む漁業の船舶艤装業と地元の特産物をほかの植民地やヨーロッパ諸国へ売り出す輸出業で頭角を現し、一六八〇年にはもうセイラム有数の豪商になりおおせていた。一六七五年には宿屋を経営する裕福な商人ウィリアム・ホリングワースの娘メアリ・ホリングワースと結婚し、ふたりの娘にも恵まれて、順風満帆の家庭生活だった。だが、彼には自分の顧客の借金を咎め裁判をくりかえす訴訟マニアの傾向があるうえに、もともと「フィリペ・ラングロワ」を本名とする純然たるフランス人で英国国教会とも縁が深い監督派（エピスコーパリアン）であり、そもそもフランス系は好戦的なアメリカ・インディアンとも友好的だという前提条件が重なったがために、基本的にピューリタン社会であるセイラムでは絶好の攻撃対象となった。時間的に正確を期すならば、最初に魔女として訴えられたのは、ほかならぬ妻メアリのほうである。ことの起こりは、一六九二年四月一八日に、セイラムの保安官ジョージ・コーウィンがイングリッシュ夫妻の家を訪れ、メアリに魔女の疑いがかかっているから同行するようにと命じたことだった。四月二二日に彼女はセイラムの教会で大勢の会衆の前で申し開きを行なうも、五月一二日にボストンの牢獄に入れられてしまう。その理由としては、メアリの母が魔女扱いされたという過去や、ジョージ・ジェイコブの生霊がメアリを魔女として勧誘したという噂も影響したであろう。憤慨したフィリップは当然ながら抗議したが、妻が魔女の疑いをかけられた二日後の四月二四日のこと、スザンナ・シェルドンという女性がフィリップが教会でいやがらせをしたり悪魔の本に署名するよう命じたりしたと申し立て、それはさらに、以前フィリップに土地問題で訴えられた過去のあるウィリアム・ビールの逆襲を招く。ビールはフィリップから偽証するよう賄賂までもらったというのである。そして、まさにこのフィリップ・イングリッシュの裁判について友人と議論していたところ、ひどい鼻血を出すことになったけれども、それなどはまちがいなくフィリップの魔術がもたらした災難であって、自身のふたりの息子が急死したのも彼のせいだとわめきたてたのだった。かくして四月三〇日にはフィリップ本人に逮捕状が出される。けれども親しいボストンの牧師ジョシュア・ムーリーの采配により、ふたりは一六九二年の魔女狩りフィーバーを逃れ、ふたりの娘を友人に預けたまま、着の身着のままニューヨークへ逃亡し、そこにて二年のあいだ潜伏した。

もっとも、ホーソーンが『アメリカン・ノートブック』一八三七年八月二七日の項目や歴史小説「おじいさんの椅子」（一八四〇）でも語っているように（"The Grandfather's Chair," "Chapter II "The Salem Witches" [1840])、町の人々の厚意によりフィリップ・イングリッシュは一六九三年にはセイラムへ戻るも、例の保安官コーウィンによってイングリッシュ家の土地家屋の大半が没収されているのが判明。コーウィンは当時の慣習法に従って行動していたため、イングリッシュ夫妻は一六九四年に妻メアリが四二歳で先立った時点でも財産を取り戻すことができなかった。怒り心頭に発したフィリップは一六九七年にコーウィン保安官が亡くなったあと、魔女狩りとは無関係な借金の返済を求める財産払戻しの訴訟を起こす。これはもちろん死者に鞭打つ復讐であり、イングリッシュは目的を遂げるため、一時はコーウィンの遺体そのものを借金の形に指定し、しばらくその亡骸をコーウィン邸の地下室から盗み出していたという、ゴシック・ロマンスを地で行くような事実も報告されている。フィリップ・

イングリッシュは一七三六年没。享年八五。

　してみると、ホーソーンの『七破風の屋敷』におけるマシュー・モールのモデルは実在したピューリタン牧師たちへの批判者トマス・モール（一六四五―一七二四）とされてきたものの、一枚岩ではなさそうだ。たしかに彼は一六六九年五月三日、ジョン・ヒギンソンが嘘をついたと批難したかどで鞭打ちの刑に処せられているばかりか（Felt 233）、白人のキリスト教徒と黒人の非キリスト教徒を比べてセイラムの魔女狩りで示されたピューリタンたちの判断を弾劾し「バルバドス島の黒人たちがキリスト教徒ではないにせよ、ニューイングランドで最高といわれるボストンの教会へ通い敬虔とされる白人キリスト教徒のやらかしたことを見れば、実情は似たり寄ったりではないか」と反律法主義的な批判を繰り広げたから、異端視され魔女扱いされるに充分な理由があったろう（Maule 230）。だが、それに前掲イングリッシュの来歴を加えることで、ホーソーンは両者を融合してマシュー・モールという登場人物を造型したのではあるまいか。ここで皮肉なのは、イングリッシュ夫妻の娘のひとりが何と魔女狩りの実行者たるジョン・ホーソーン判事の息子と結婚していることだ。セイラムの魔女裁判とホーソーン文学の関わりでは、往々にして魔女を狩りたてたジョン・ホーソーン判事という先祖のみがあげつらわれることが多いが、ジョン・ホーソーンとは宿命のライバルだったイングリッシュという先祖もモール家のモデルとすれば、ホーソーンのゴシック・ロマンスが水面下にセイラム海運業による格差のもたらすドラマを抱えていたことが立体化される。それは、鯨捕りと魔女狩りが必ずしも明確には区分しえず、互いに反響せざるをえなかった言説空間の所在を明かす。

五　声なき絶叫――「税関」をいかに通るか

まず、『緋文字』序章として掲げられた「税関」と『緋文字』の物語本体について、両者を結ぶ強く有機的な絆を再確認しておこう。この序章と物語については、我が国におけるホーソーン翻訳史においても研究においてもあまり本質的な関わりがないとして無視されることが多かったが、じつは両者のあいだにはピューリタン植民地史的文脈以上にアメリカ大統領選挙史という、もうひとつ重要な脈絡が秘められているからである。

まず「税関」では民主党のポーク第十一代大統領の辞任後、一八四九年よりホイッグ党出身の新大統領ザカリー・テイラーが就任したことで、民主党シンパであった作家ホーソーンが税関検査官としての職をクビになるエピソードが切々と語られる。彼の悲嘆は、それよりきっかり二百年前、一六四二年から四九年までのボストンを舞台とする『緋文字』において、ベリンガム総督からエンディコット総督への移行期に牧師アーサー・ディムズデイルが選挙日説教を行なう栄誉に浴しながらも自らを罰するかのようにさらし台へ登る悲劇と響き合う。一九世紀半ばの大統領選挙に伴う政権交代を受けてクビになった自分の境遇をさらす作家ホーソーンの立場と、植民地総督選挙を受けて倫理的葛藤を抱えつつさらし台に登った牧師ディムズデイルの立場は絶妙に共鳴しており、一七世紀アメリカと一九世紀アメリカのあいだのダイナミックな対位法を構築する。本書を俗に姦通小説とも称されるラブロマンスの一種として読む向きは、まずは『緋文字』の物語本体における一七世紀マサチューセッツ植民地に残る牧師ディムズデイルと人妻ヘスター・プリンの姦通というスキャンダルに注意を惹かれ、筋の展開に従い、牧師の衰えとともに罪人であるはずのヘスターがアン・ハッチンソン的反律法主義を介してエマソン的「自己依存」を実現していく歩みに感銘を受けるだろう。ゆえに読者は物語部分読了後に初めて序文「税関」を読み、緋文字の女へスターをめぐる古文書がピュー検査官の包みともに作家自身の務めていたセイラム税関で発見されたというくだりを、ひとつの註釈として読む。その時点で、当時の作家自身をめぐる苦境は、とりわけその同時代に関する知識がない限り、後書きめいた蛇足として捨象されるにちがいない。

だが、テイラー新大統領就任に伴うホーソーン解雇への言及は、はたして蛇足だろうか。ふりかえってみれば、本書執筆時のホーソーンは自らの支持する民主党の縁故により、二度目の税関勤務にいそしんでいるところだった。当初は民主党出身のマーティン・ヴァン＝ビューレン第八代大統領の治世下で一八三九年に一度勤務し、二年間続けている。以後の政権はしばらくホイッグ党に奪取されるが、やがて民主党出身で南北戦争の導火線といわれる米墨戦争を戦うことになるジェームズ・ポーク第十一代大統領が誕生したため、一八四六年に税関職へ返り咲く。まさにそのポーク政権末期に「税関」を執筆したホーソーンは、退職した軍人であるミラー将軍が税関勤務となったこと、そうした老人がこの職場には非常に多いこと、そして何より「大統領選挙という定期的に訪れる恐怖をのぞけば心を悩ます条件はほとんどなかったので、みな例外なく第二の人生を楽しんでいた」こと（Hawthorne, *The Scarlet Letter* 11）をふりかえる。ところが折も折、一八四八年の大統領選挙では民主党のポーク大統領のあとには、彼自身が再選を辞退したことも手伝い、ホイッグ党のテイラー大統領が選ばれたために、一八四九年の初夏、ホーソーンは税関の職を失う。かくして彼は職をクビになったことを文字どおりの「ギロチン」"guillotine"（*The Scarlet Letter* 31）にたとえ、このように記述している。

　役人の首のすげ替えを指すときによく使われる「ギロチン」なる言葉が、これ以上ないほどにふさわしい比喩のひとつなどではなく正真正銘の首切り道具であったなら、勝利党の活動的メンバーは大いに興奮して、われわれの頭をみんな切り落とし、そうした機会を与えたもうた神に感謝したことだろう！（中略）民主党員が官職につくのは、原則的に言って、官職のほうが民主党員を必要としているためであり、また、そうすることが長い間の慣習による政治闘争の掟になりおおせているからであって、そうした掟に対して不平不満を言うのは弱虫で臆病者だということにある。ただ、民主党は勝利に慣れっこになっていたため気が大きくなっていたのだ。彼らは、理由があるときには許す術を知っており、罰するときには、なるほど、その斧の切れ味は鋭いが、刃に悪意の毒薬が塗られることはまずなく、切り落としたばかりの首をおぞましくも足蹴にするような趣味も持ち合わせない。

（中略）じっくりと将来の可能性を計算してみたところ、わたしはほかの民主党の仲間以上に留任できそうな気がしていたのだ。けれども、一寸先は闇とはよく言ったものである。わたし自身の首がまっさきに切り落とされてしまったのだから！

　首切りの瞬間が人生でいちばん愉快な瞬間であることなど、まずあるわけがなかろう。

（*The Scarlet Letter* 32-33）

あたかも作家自身が自身の斬首刑に臨んでいるかのような、死ぬ間際の絶叫が聞こえてくるかのような一節ではあるまいか。ラリー・レナルズの調査によれば、ここでホーソーンが首切りについて思索するヒントとなったのは民主党系の新聞がテイラー大統領就任により民主党員の首切りすなわち大量解雇（beheading）が行なわれたと報道した記事にあるという（Reynolds 488）。

もちろん、ホーソーンはこの時点に先立ち、緋文字を着けた女の登場する短篇「エンディコットと赤十字」（一八三七）や、悪名高いエドワード・ランドルフ総督らを再評価する連作集「総督官邸の伝説」（一八三八）をすでに発表しているので、いつかは『緋文字』に結晶する物語を織り紡いだであろう。しかし、彼に決定的なモティヴェーションを与えたのが米墨戦争の英雄ザカリー・テイラー当選に伴う失職であったのは疑うことはできない。ここで自らのクビを自虐気味に扱う筆致は、クロムウェルによるピューリタンの政変によって文字どおりイギリス国王チャールズ一世のクビが刎ねられた事件を連想させざるを得ないが、その政変の期間が一六四二年から四九年であったことにかんがみれば、それは『緋文字』の物語が扱う七年間と精密に一致する。やがてピューリタンは一六八九年、名誉革命と連動するかたちでジェイムス二世の代理であった植民地総督アンドロスを逮捕して実質上の解雇（クビ）に追い込み、一七七〇年にはのちに独立革命を導くボストン大虐殺を引き起こす。そしてとうに独立革命を過ぎ、むしろ南北戦争を控えた一八四〇年代は、米墨戦争はもとより人種暴動や経済恐慌や労働者ストライキが横行するばかりか、世界の終末とキリスト再臨を説く預言者ウィリアム・ミラー（一七八二—四九）の率いる新興宗教ミラー教が国中に大きな衝撃を投げかけていた時代、一八四四年にはニューヨークのアングリカン教会の司教ベンジャミン・オンダードンクが人妻数名を誘惑したかどで解雇されたばかりか、翌年にはその性的交渉の過程を赤裸々に綴った裁判記録がパンフレット仕様で出版されて広い読者の関心を集めていた時代であった。絶大な権威をもつはずの聖職者もまた本質的危機に陥り、絞首台としていつでも転用可能なさらし台に登る可能性があること、ひいては税関に勤務する作家自身も大統領選挙ひとつでクビに追い込まれ経済的苦境に陥る可能性があることを表現するために、そして一九世紀中葉の同時代における言論検閲を回避するために、ホーソーンがあえて舞台を歴史的過去に属する一七世紀へずらし、ベリンガムからエンディコットへ至る総督史の文脈へ登場人物たちを放り込み、一四六九年の名総督ウィンスロップの死をひとつの重要な危機的瞬間に仕立て上げ、「荒野への使命」の一九世紀的消息について思索したとしても、不思議ではない。ここで肝心なのは、一九世紀中葉現在の問題意識を半ば自在に一七世紀植民地の物語へ盛り込む創造的時代錯誤の手腕なのである。

六　作家としての鯨、または交響楽

このようなホーソーンの首切りのレトリックに対して、メルヴィルは『白鯨』第七〇章以降第七五章へ至るプロセスにおいて応答しているように見える。ホーソーンは首切りを自身にとってきわめて屈辱的なものと見なしているけれども、メルヴィルは鯨の解体をホーソーンのいう文字通りの作業、すなわち「正真正銘の首切り道具」とはみなさない。第七〇章「スフィンクス」では、語り手は切断されたクジラの首が吊るされているのを前にして、それを声を出さずとも哲学を物語るスフィンクスとみなす。

それは黒頭巾をかぶった頭だった。ひっそりとしずまりかえる静寂のさなかに宙に浮かぶその姿は、まるで砂漠のまっただなかに屹立するスフィンクスさながら。「ひげこそたくわえていないが、苔むす頭は古老をしのばす。語れ、大いなる頭よ、語るのだ。その頭にひそむ秘密を。（Melville 249）

さらに面白いのは、第七三章「スタッブとフラスク、セミクジラを倒す」ではスタッブとフラスクの論争の果てに、セミクジラとマッコウクジラに哲学的な性格が付与されることだ。

それまでピークォド号はマッコウクジラの頭のほうにひどく傾斜していたが、いまは、ふたつの頭の均衡によってバランスを保つようになっていた。とはいえ、双方からかなりの力がかかっていることは確信されよう。ならば、人間とて同じこと。一方でジョン・ロックの頭を掲げれば、そっちへ傾くし、他方でイマニュエル・カントの頭を掲げれば、かろうじてもちなおす。（Melville 261）

そして第七五章「セミクジラの頭」の末尾では以下のような驚くべき考察がなされる。

諸君はマッコウクジラの表情を読み取れるだろうか？　その表情は死んだときのままである。ただ、額にあった長めのしわがいくつか消えたように見える。その広大な額には、死についての思弁的な無関心がもたらしたものか、大草原のような静けさが漂っている。だが、もう一方すなわちセミクジラの表情をまじまじと見てほしい。あの驚くべき下唇は偶然に舷側に押し付けられたせいで、あごをしっかりと包み込んだかたちになっていて、ぐっと唇を結んだ感じだ。すると、この頭全体が死にのぞんだときの絶大なる実践的決意を表しているようには見えまいか？　わたしはこのセミクジラは生前ストア主義者であり、マッコウクジラのほうは晩年になってスピノザを受け入れたプラトン主義者だったものとみなす。（Melville 267）

以上の引用には二種類のクジラの首を前にして、そのふたつが表象するプラトンからスピノザ、カントに通じる超越主義者の系譜とそれ以外の思想とが世界のバランスを絶妙に維持しているという一種の宇宙観すら垣間みることができるが、ここではその点の考察に深入りはしない。肝心なのは、ホーソーンが自身の「税関」で絶叫した自伝的にして屈辱的、冒涜的な首切りの体験が、弟子メルヴィルの『白鯨』の手にかかると、鯨の首に仮託した宇宙観を経て新たな超越的存在を崇拝する静謐なる祈りへと変化していることだ。このとき、思弁するメルヴィルが鯨のうちに絶叫する師匠ホーソーン自身を思い込めていたのかどうか、それは定かではない。しかし、両作家の切断された首に対する明確な態度のちがいは、いまのわたしたちにさまざまなことを考えさせる。メルヴィルはここでまちがいなくホーソーンの作家生命を考えたうえで普遍的命題を抽出しようとしているだろう。

フランシス・ラーソンは二〇一四年の名著『首切りの歴史』をクロムウェルの首崇拝から始めつつ、歴史的偉人の頭蓋骨を盗む事件の頻発にふれて、次のように述べている。「だれかの首を切断するのは冒涜だが、頭蓋骨を前に沈思黙考するのは崇拝だ」(Larson 161)。ホーソーンの絶叫的な歴史再解釈からメルヴィルの瞑想的な哲学的展開へ――ピューリタン文学の起源がロマン主義文学の原型へと錬金術的な変化を起こし、『緋文字』と『白鯨』のはざまの海からもう一つの交響楽が立ち上がる瞬間が、ここにある。

◉参考文献

Felt, Joseph B. *Annals of Salem. The House of the Seven Gables*, pp.232-34.

Hawthorne, Nathaniel. "Grandfather's Chair." 1840. www.gutenberg.org/files/1926/1926-h/1926-h.htm#link2H_4_0002.

——. *The Scarlet Letter and Other Writings*. 1850. Edited by Leland S. Person Norton, 2017.

——. *The House of the Seven Gables*. 1851. Edited by Robert S. Levine. Norton, 2006.

Larson, Francis. *Severed: a History of Heads Lost and Heads Found*. Granta, 2014.

Levin, David. *Cotton Mather: the Young Life of the Lord Remembrancer 1663-1703*. Harvard UP, 1978.

Maule, Thomas. *Truth Held Forth and Maintained*. 1695. The House of the Seven Gables, p.230.

Melville, Herman. *Moby-Dick*. 1851. Edited by Hershel Parker and Harrison Hayford. Norton, 2002.

Philbrick, Nathaniel. *In the Heart of the Sea: The Tragedy of the Whaleship Essex*. Penguin, 2000.

Reynolds, Larry. "*The Scarlet Letter* and Revolutions Abroad." 1985. *The Scarlet Letter and Other Writings*, pp. 484-99.

Robotti, Frances Diane. *Whaling and Old Salem: A Chronicle of the Sea*. Bonanza Books, 1962.

巽孝之『ニュー・アメリカニズム――米文学思想史の物語学』(青土社、一九九五年/増補新版、二〇〇一年)。

※本稿は当初二〇一六年五月二七日に同志社大学で行なわれた第三五回日本ナサニエル・ホーソーン協会年次大会講演原稿「捕鯨都市セイラム――「税関」を通って『白鯨』へ」として準備され、その英語版が二〇一七年六月二七日にキングズ・コレッジ、ロンドンで行なわれた第一一回国際ハーマン・メルヴィル会議で読まれた（拙著 *Young Americans in Literature: The Post-Romantic Turn in the Age of Poe, Hawthorne and Melville* (Sairyusha, 2018) 第四章に収録）。前者の司会を務めてくださった同志社大学教授白川恵子氏、後者の司会を務めてくださったジョージ・ワシントン大学教授クリストファー・ステン氏に深く感謝する。既訳については八木敏雄氏の業績をはじめ概ね目を通し参考にさせていただいたが、文脈を考慮して表現を変えた部分も含まれる。なお、タイトルはハーラン・エリスンの一九六八年ヒューゴー賞受賞作本邦初訳版に対するオマージュ、サブタイトルはもちろん八木氏の名論文「「税関」をとおって『緋文字』へ」（一九七四年）に対するオマージュである。

言葉を届ける

下河辺美知子

Responding Verbally

Michiko Shimokobe

大学という場に身をおいて三四年となる。昨今、大学教員に課せられる仕事は教育のほかに事務作業、大学運営、役所への対応など多岐にわたっている。そんななかで、人生の各段階において研究という営みをどのように維持していくのか。この問題にとって重要なのは、研究者仲間との関係である。研究成果を論文にして学会の判定をまった二十代、興味あるテーマを共有できる国内外の研究者とつながり研究の場を広げてきた中年の時期、そして、退職する年齢に近づくと、いつのまにか同世代だけでなく、下の世代、そして教え子といったさまざまなジェネレーションの同僚《カリーグ》との交流のなかに自分がいたことに気付くのだ。

本書に寄稿された各論文は、アメリカ、音声、音楽、記憶といったテーマを共有するなかで私に語りかけられた声だと思っている。一つ一つの論考には、寄稿者との議論をやりとりの跡が響いている。以下の文章は、そうした呼びかけの声にたいしての応答である。ここにおさめた言葉たちが、研究者の同僚に、大学という場に身をおく人々に、さらには、大学の外にあってアカデミズムにたいして好感・反感・憧れ・いらだちなどの目むけている人々に届くことを願っている。

【書評】
『アセンブリ――行為遂行性・複数性・政治』
ジュディス・バトラー
（佐藤嘉幸、清水知子訳、青土社、二〇一八年）

二〇一五年に出版された本書は、チュニジア、エジプト、ウォール街で二〇一〇年、二〇一一年におこった社会運動を背景として書かれている。三年後の二〇一八年の今、この本が安倍政権にたいする異議が噴出する日本に届けられたことの意味を考えさせられる。

アセンブリとは人が集まることであるが、どのような立場の人が集まるかによって全く異なる二つの意味がある。一つは選ばれた代議員が集まった「議会」。そして今一つは、議会の持つ権力に物申す民衆の「集会」である。前者は後者からの声を聞く義務があるのだが、時としてデモなどで示される後者の活動を恐れ、妨害し、鎮圧しようとする。本書において論じられているのは、民衆集会としての後者の集会における「表現的あるいは意味形成的な機能」である。

とぎすまされた批評理論を展開してきたジュディス・バトラーの著書であるが、本書を一読して感じるのは、アセンブリという概念が身体感覚の裏打ちを込めて論じられていることだ。集会参加者の身体がその場に存在し、身体をかけて意思表示することこそが集会の最大の意義である。身体を他の人たちの行動のなかに置くとき、参加者の関係のなかから何かが立ち上がってくるが、それは、デモによって主張されている要求、プラカードに書かれた申し立ての意味を越えた何かであるとバトラーは言う。

では、そうした集会の場で意味とはどのようにして作られていくのであろうか？　バトラーは、かねがね論じてきた行為遂行性《パフォーマティヴィティ》の理論をここでも持ち出してくる。集会における意味の生成とは、「身体が互いに協調しあい行為すること、複数の形の行為遂行性の形」なのである。これは集会の参加者にはどのように実感されるというのか？　民衆集会が体現するのは、参加者たちが一つの洞察をそこで確認し合っているという実感なのである。個人で感じる生きにくさを集会のなかに持ち込むとき、人は集まることによってそれを共有する他者がいるという洞察を得るばかりでなく、そうした社会構造こそが不公正《アンジャスト》であることにも思いをいたすことができるのだ。

集会に集う人々の情動を、バトラーは「不安定性（precarity）」という用語で説明する。二〇〇四年に出した『不安定な生』（*Precarious Life*）においてバトラーはすでにこの用語を使っている。九・一一でテロの暴力にさらされたアメリカ人が、自分と外界との関係の脈絡が見えない不安をこの語に託したわけであるが、二〇一五年の世界における「不安定性」はさらに意味が濃くなっている。不安定なのは民衆なのではなく、民衆の一人ひとりとその人が生きる社会との関係だ。

新自由主義を奉じる人たちが口にする「自己責任」という語は、経済的に自己充足する「責任」のことであり、グローバリゼーションの社会では、それが倫理的指標にさえなっている。人は「自分自身の市場価値を生の究極の目的として最大化する義務」（二二頁）を負っていると思いこまされている。そんななか、もし経済的に自分の生活を維持していくことに失敗した場合、その理由はひとえに本人に還元される。こうして「不安定化」の過程は人々を不安と絶望に順応させ、最終的には自立に失敗し「使い捨て可能」な存在になるという不安のなかに孤立させるのだ。

バトラーの議論はこうした社会機構における負の連鎖へ向かう。「人は、自立することへの『責任』の要求に従えば従うほど、ますます社会的に孤立し、ますます不安定だと感じることになる。そして、人を支援する社会構造が『経済的』理由のために崩壊するにつれて、ますます自らの増大した不安と『道徳的失敗』の感覚をもって孤立を感じるようになる」というのである。

集まることにより、このような状況にたいする洞察が人々の心に宿るきっかけができるように。身体を集まりのなかに置くことにより、自分がからめとられている社会的経済的構造のなかで挙げられなかった声を共有できるように。アレント、フェルマン、デリダ、レヴィナスらの議論をふまえつつ、バトラーは、二一世紀新自由主義において硬直してしまった身体を緩めるにはどうしたらよいのかをわれわれに問いかけている。

（週刊『読書人』二〇一八年五月二六日）

【書評】
『盗まれた廃墟——ポール・ド・マンのアメリカ』

巽 孝之
（彩流社、二〇一六年）

一九八三年に没した脱構築批評の中心人物の一人ポール・ド・マンという固有名詞が、二〇一六年の今日においてなお、文学批評の世界に亡霊のように存在し続けるのはなぜか？日本の批評界をリードしてきたアメリカ文学者・巽孝之の新著が、明解な答えを提示してくれた。「ポール・ド・マンにとってアメリカとは何であったか」という問いに答えるべく書かれたこの本が、その目的を果たしたばかりか、亡命者ド・マンを受け入れたアメリカという国の本質までをも見事に浮き上がらせたのだ。

脱構築批評を知りぬいた著者がド・マンの人生の足跡を追うとき、思わぬ方面からのアプローチによってド・マンの人生と脱構築とのかかわりがあぶり出されてくる。コーネル大学教授スティーブン・パリッシュは、戦時中、日本海軍の暗号読解に成功した海軍少佐であるが、そのパリッシュは自分を〝隠れ脱構築批評家〟と呼んでいたという。暗号解読という行為は、テクストの深層に隠されたものにたいする意識を先鋭化する。とすれば、「戦争こそが、自らの人生そのものを暗号化せねばならぬ主体を生む」ことになり、われわれは一気に、ポール・ド・マンと脱構築の絆へといざなわれるのである。

本書のなかには、パリッシュ以外にも、ド・マンをめぐる人物が幾人も登場する。ド・マンとの関係に光があてられ、その都度、新たなるド・マン像が出現するのはスリリングであった。修辞学への回帰をめざすド・マンが「古典の最大の体現者たるアウエルバッハ」を反復したこと。ヒトラー同様の悪の権化と見なされたアイヒマン、アフガニスタン駐在中に部下に殺人命令を下したティモシー・クドー元アメリカ海軍大佐、イエスキリストを十字架刑とした第五代総督ポンショ・ピラトなどとともに「悪の陳腐さ」への考察がくりひろげられるとき、隠ぺいされたド・マンの過去が暗示される。

なかでも、ド・マンをニューヨーク知識人のサークルに迎え入れ、アメリカにおける彼の人生の道筋を与えたメアリー・マッカーシーとの関係が重層的にたどられていて興味深い。アメリカに渡ったド・マンが書店の店員から始めて、大学に職を得て批評界に大きな影響をもつようになる過程はある程度知られてはいた。しかし、巽の描くド・マンのアメリカ物語は、時として週刊誌的ゴシップ要素をはさみつつ、読むものを飽きさせない。ドワイト・マクドナルド家に集う知識人の集いに入り込み、その上品な容姿と魅惑的な語りによってメアリー・マッカーシーをとりこにし、他の人々を惹き込んでいく様子のなかに、「旧世界ヨーロッパで崩壊してしまった自己を新天地アメリカにて新たに造り上げる」ために必死で人々との関係を取り結ぶド・マンの姿が伝わってくる。

しかし、スキャンダル的読みものとしての面白さに目を奪われていてはならない。本書の神髄は、第二次世界大戦後の世界の様相の中に、ド・マンの脱構築の真の意味を読み取ったことである。ド・マンのシンボル・メタファー批判を全体的統一化の暴力への抵抗と読み取れば、「ド・マンの脱構築理論そのものが、ナチス・ドイツ的全体主義思想への抵抗として読み直せる」と巽は言う。そしてその議論は全体主義について人類初の考察を行なったハンナ・アレントへとつながっていくとき、アレントとド・マンの二人の亡命者のアメリカ参入を助けたのがメアリー・マッカーシーであったことの意味が突然光をおびてくる。

非歴史的であるとみられてきた脱構築批評が、これほど歴史的な概念装置であったという洞察は、これまでになかった立体的ド・マン像を出現させる。巽が提示するポール・ド・マンとは、後ろ暗さを抱えてアメリカに降り立った一人の亡命者であり、学会のカリスマ的存在へ登りつめた高名な教授であり、アメリカ的文学批評のアイデンティティをもたらしたモーセであり、そして、墜落した後に生き延びて廃墟から飛び立つイカロスである。

反ユダヤ主義の記事やヨーロッパに妻子を置いたままアメリカで結婚したことなどが暴露されたいわゆる「ド・マン事件」の後、アメリカでのド・マン評価は、極端な拒否と極端な崇拝のどちらかに分かれていた。そんななか、日本人研究者巽孝之は、どちらの立ち場をとることもなく、事実を事実として見据えた上で、ド・マンの言ったこと（嘘）、やったこと（隠喩的な盗み）を、戦争がもたらした廃墟のなかで生き延びるための行為と解読し、歴史の流れのなかにただよう一人の人間の姿を示したのである。一方、ド・マンを受け入れ、彼が自己を再創造する場を提供したアメリカは、「全体主義国家の廃墟へいったん失墜したイカロスが、まったくあらたな翼を得て飛翔する」舞台だったのである。いまだド・マンについて十分に語れずにいるアメリカの研究者たちにもこの本を届けたい。生前のド・マンと近かったが故に凍りついた彼らの記憶を解きほぐすきっかけを、本書は提供することになるであろう。

（週刊『読書人』二〇一六年八月五日）

【書評】
『批評的差異——読むことの現代的修辞に関する試論集』
バーバラ・ジョンソン
（土田知則訳、法政大学出版局、二〇一六年）

バーバラ・ジョンソンという固有名詞は、日本の文学研究者の多くにとって決定的な意味を持っている。一九八〇年代前半、リアル・タイムでアメリカから送られてくるジョンソンの仕事を夢中で追いかけたという研究者も多い。批評家としてのジョンソンの位置については、「明晰なレトリックを使って文学テクストを分析し、難解な脱構築理論を華麗に実践してみせた」という評価がすでに定まっている。その死から七年がたち、彼女の第一作の日本語訳が出版された。これを機に、今一度彼女の仕事に向き合ってみると、ジョンソンが遺したものは、批評理論の領域での輝かしい業績だけではなく、人間の生そのものに関するメッセージであったという思いが湧いてくる。

一九八〇年に出版された原書には、当時三十代前半の新進女性研究者であったジョンソンのめくるめくようなテクスト分析が七本収録されている。そのなかで一貫して流れているのは〝差異〟についての洞察である。ジョンソンはわれわれにとって〝差異〟がどのようなものであるかを次のように説明する。「読者は理解できるだろうという見通し／約束を抱いて差異のネットワークへと誘い込まれていく」のだと。本書では、読みという行為のなかでわれわれが誘惑にまどわされて〝差異のネットワーク〟に吸い込まれていくからくりが、セクシャリティ（第一部）、詩（第二部）、行為（第三部）という三つのカテゴリーにおいて様々な文学テクストを使って明らかにされていく。

第一部第一章では、バルザックの小説『サラジーヌ』に内包された性差への盲目をバルトが『S／Z』のなかで読むとき、批評と文学という二項対立が融解していく様が暴かれる。第二部第五章では、意味を決定可能とするための統辞法が、「詩」というジャンルにおいていかに機能不全になるかがアポリネールの詩「ジプシー娘」において検証され、明瞭・不明瞭という二項対立が、言葉の音声レベルにおいて脱構築されていく様子が実況中継される。

差異を論じるジョンソンの名前を不朽にしたのは、第三部「行為と差異」に置かれた第六章「メルヴィルの拳」である。『ビリー・バッド』というテクスト内の人物たちの読みが各々どのようなものであるかを説明するなかで、ジョンソンは、軍法に従ってビリーに死刑判決を出したヴィアの読みを〝政治的行為〟とする。ジョンソンがここで提示する差異は〝内部の差異〟という、それまで誰も見ようとしなかった差異である。そして、〝内部の差異〟を〝あいだの差異〟に読みかえる裁定という暴力こそが、〝政治的行為〟であることをわれわれに納得させたのだった。

本来〝差異〟とは、AとBとが異なっていると認識することであり、二項対立という形のなかで〝あいだの差異〟として認知するものと見なされてきた。しかしジョンソンは、それとは別に、Aという統一体がA自体からずれるという〝内部の差異〟を提示する。それは、自己の同一性を脅かす可能性のある危険なものであるが故に、男性中心・理念中心の批評理論ではそれまで表にでることのなかった概念であった。そんななか、同一性・統一性を揺るがす脱構築理論の神髄にせまったのが、ジョンソンの師であるポール・ド・マンであった。死後スキャンダルに見舞われたド・マンの人生が自己同一性の危機と背中合わせであったことを考えると、軽やかに〝差異〟を論じるジョンソンの姿に救いを感じることもある。

そのジョンソンも、晩年は十年近くにわたり神経系の難病を患い、日々、死に向う自己をみつめつつ過ごしていた。自分の同一性の危機にありながら、ジョンソンがわれわれに語り継いだのは、本書の序論の言葉を借りれば「(統一体と考えているものの内で) 未知なるものが立ち働いていることの重要性」である。ジョンソンは、自己の内にある未知なるものと正面から対峙し続けて生涯を終えた。学問の場でも人生の場でも、彼女は〝内部の差異〟をパフォーマンスしたのであり、それは、とてつもなく勇気のいる作業であった。翻訳者土田はいう。「自己の中に、自己が相いれない自己の姿を確認し続けること。それこそが、テクストを生あるものとして読むということなのだ」と。

一九八七年出版の第二作『差異の世界』の翻訳が一九九〇年にいち早く出ていることを考えると、一九八〇年出版の第一作が二〇一六年になって出たのはあまりに遅すぎたともいえよう。しかし、出版から三六年たっても、この本からのメッセージは色あせることはない。二一世紀の今だからこそ、〝差異〟についてわれわれは本気で向き合うべきであるし、自分が自分から逸脱する〝差異〟があるという不安に冷静にたちむかう術をさぐる手がかりを求めるべきである。日本では、ここのところポール・ド・マンについての翻訳や論考が相次いで出版されている。その流れと本書の出版とをあわせるとき、一九八〇年代アメリカでおこった脱構築は、一過性の批評ではなく、言葉と世界と自分との関係性をさぐる根源的な洞察を宿していたことが見えてくる。

（『図書新聞』二〇一六年一二月一〇日）

【書評】『日本語が亡びるとき——英語の世紀の中で』

水村美苗
（筑摩書房、二〇〇八年）

日本人が日本語を使うというあたりまえの行為について、虹のようにあざやかで色とりどりの考察がつまった本である。アイオワ大学での国際創作プログラム体験記、仏語の運命を仏語で語った講演原稿、国民国家と国語についての考察、慧眼の日本近代文学論、英語の世紀への鋭い洞察、そして、言葉に基づく真の教育論。しかし、発売後の反響はある一点に向けられていた。影響力あるいくつかのブログでは、「すべての日本人が読むべき本」「肺腑を抉られるような慨世の書」と紹介され、ネット上ではそれに対するさまざまな反応が激しくとりかわされた。アマゾンでは総合売り上げ一位にランクされ、都内では在庫切れとなった書店もあったという。「日本語が亡びるとき」は命令文ではない。にもかかわらず、このタイトルに接した日本人の多くが、何らかの行動を要請されたと感じたのである。「英語の世紀の中で」という副題も日本文化に潜在していた懸念を喚起させた。「大変だ、日本語なんて使っていられない。英語をやらなくては!!」かくしてこの本は、現代日本社会のなかで最も読まれやすい形で受容される危険を孕んで送り出されることになった。

人は思考を通して世界の現実をとらえようとする。そのとき獲得された様々な概念や想念は、「そのあたり一帯を覆う古くからある偉大な文明の言葉」（一〇五頁）つまり〈外の言葉〉で書かれてテクストに集積されていく。〈普遍語〉とよばれるそうした言葉は、たとえばラテン語などこれまでもいくつかあった。アメリカが覇権を確立した二〇世紀を経て、二一世紀の今、インターネットで世界が動かされるようになったこともあり、世界の〈普遍語〉は英語一色に染められつつある。

水村は確かにこういっている。だから、ここまで読んだところでこの本を投げ出して英語習得に走り出す読者がいたとしても不思議はない。しかし、水村がこの本に込めたのは全く逆のメッセージであった。彼女は、「英語ができなくてはという強迫観念が疫病のように日本中に広がる」（二八五頁）ことに警告を発しているのだ。

そもそも英語が出来るとはどういうことなのか？　海外旅行で困らないとか、道をきかれて英語で教えられるとかそんな話ではありえない。自分が知っている以上のことを知りたいという欲求をもつ人々が、人間のあり方や社会の現実を言葉という記号に置き換えて叡智として保存する。それは、同時代人に共有され、後の世代に伝えられる〈読まれるべき言葉〉となって、〈普遍語〉の読み書きができる二重言語者たちに読まれ続けていく。二一世紀の今、英語がその〈普遍語〉の地位を独占しつつあるのである。

しかし、だからといって、すべての日本人が英語を学んでこうした知の営為に参加すべきであろうか？　水村の提案はこうだ。「〈国民のすべてではなく〉その一部がバイリンガルになるのを目指すこと」（二六七頁）そのためには「学校教育を通して多くの人が英語ができるようになればなるほどいい」（二八四頁）という日本の教育界の大前提がきっぱり否定されなくてはならない。なぜなら、「この方針を選ばなければ日本語は〝亡びる〟」（二七八頁）からだと水村はいうのである。

本書の題名を「英語を勉強せよ」という命令文と受け取った人がいるとすれば、それは日本人の心にある欲望／欠乏が投影された結果である。日本語が亡びるのは、英語が世界を席捲するからではない。ではどうして？　日本語が亡びるのは、「日本人が日本語を実に粗末に扱ってきた」（二九〇頁）からだと水村は答える。面食らう読者に水村はいう。「日本人は何よりもまず日本語が出来るようになるべきである」（二九〇頁）。日本人が、自分の欲望を交換する手段として英語を獲得しようと奔走すれば、言葉そのものを「粗末にする」ことになるからだ。

人間は思想、概念、感情など、真に思索すべきことを言葉という記号に置き換える。古今の〈普遍語〉は、思念を言葉にしようとする人類の固い意志によって支えられてきた。しかし、この壮大なる翻訳作業は途方もない力技を要求する上、未完に終わる宿命を負っている。日本人は初めて言語の使い方を学ぶとき、日本語という記号で世界の現実をきりとる方法を取得したはずだ。それが今、日本語はなんら意味あることを指し示さずに、人間の精神から乖離したまま「自動的に流通している。」（二六一頁）日本語を学べという水村のメッセージは、言語を使用することの苦しさ、あやうさ、そして懐かしさに裏打ちされた高揚感を日本人が忘れつつあるという悲嘆・憤慨なのである。

言語のナショナリズムだとの批判は当たらない。なぜなら、水村の議論の根底にあるのは英語、日本語の差異ではなく、言語と非言語の間の致命的断絶への洞察であるからだ。あとがきで水村が謝辞をささげている批評家のなかに、ポール・ド・マンとショシャナ・フェルマンの名前がある。一九八〇年代イェール大学中心に展開した脱構築批評の中心人物たるこの二人は、二重言語者、三重言語者として、英語で書いた著作を通して根源的思索を発信し批評界をゆるがした。水村は二人の姿のなかに、言葉と文化の複雑かつダイナミックなからまりを目撃したのであろう。

水村美苗という作家は、多作ではない。本書は、『続明暗』（一九九〇）『私小説』（一九九五）『本格小説』（二〇〇二）につづく単著としては四冊目の本である。彼女から著作が届けられるたびに我々は毎回異なる衝撃を受けてきた。今回は物語ではなく、初めて論考という形の著作となった。豊かで、みずみずしい言説のなかから、言葉を憂えるすべての人に向けられたメッセージが聞こえてくる。

水村は今、新しい作品の準備中である。日本の読者のために日本語で書かれる次の作品が、日本一の購読者数をもつ新聞小説という媒体を通して私たちに届くことに胸がおどるのは私だけではないはずだ。日本語が亡びることはないと確信するために、その小説が届けられるのを楽しみに待つことにしたい。

（『図書新聞』二〇〇九年二月二八日）

【書評】
『マニエリスムのアメリカ』
八木敏雄
（南雲堂、二〇一一年）

二〇一二年一月二一日、六本木の国際文化会館で本書の出版を祝う会が盛大に開かれて、数々の祝辞が著者に送られた。それから一ヵ月あまり。八木敏雄という研究者は、現実の世界からさっさと足を洗うかのごとく、我々の目の前から消えた。「あとがき」によれば、本書は「わたしが死ねばわたしとともに雲散霧消してしまうであろう片々たる書き物をかきあつめて生きた記念に一書にまとめたい」という思いからつくられたとのことである。つまり、この本はアメリカ文学者八木敏雄がまるごとつまった一冊なのである。第Ⅰ部「花開くアメリカン・ルネサンス」、第Ⅱ部「アメリカン・エクリチュール」、第Ⅲ部「アメリカン・インディアン」、第Ⅳ部「アメリカン・マニエリスム」、第Ⅴ部「消尽と変身の文学」、という五つのパートに配置された二四の論考と、「（本人いわく）あとがきとしての序論」。時系列順に論考を並べるようなありきたりの構成ではなく、そこには、「ドン・キホーテ的行為」と自ら称する企てがこめられていた。

アメリカ文学史の常識となっている「アメリカン・ルネサンス」という概念を廃棄して新しい呼称でアメリカ文学史を書き換えてはどうか。歴史の浅いアメリカ文学に「再生」をあてはめるには無理がある。ならば「いっそ多を一にまとめ、異質なものを繋ぐことにかけては絶妙な魔力を秘めた『マニエリスム』なる異美学に鞍替えして」（一三頁）みようではないか、と八木はいう。人生最後の著作においてさえ、八木は挑戦的であった。模倣として貶めるために使われていた「マニエリスム」は肯定的な意味を獲得し、古典主義という権威に対抗する精神の発露という任務を負うことになる。とすれば、一九世紀半ばのアメリカ文学こそが、西洋文学の伝統のなかにありながらその伝統に対抗するという意味で「本質的にマニエリスム的新文学」（一六頁）なのだと我々は説得されるのだ。

あらためて収録された二四の論考を見てみると、ポー、メルヴィル、ホーソン関連のものが一五編を占めている。最初期の論考「ポーの評価をめぐって」(『成城文藝』一九六四)を書いてから四十数年の八木のキャリアは一九八〇年代初めにかけて一つの盛り上がりをみせる。三人の一九世紀アメリカ作家の本質が、八木の論考によって暴き出されていったのだ。序論の小見出しにある言い回しを借りれば、「知的ごった煮とつぎはぎ細工の『白鯨』(を書いたメルヴィル)」「組み合わせ術師ポー」「アレゴリスト・ホーソーン」として三人の作家のマニエリスト的特色が、八木の論考によって浮かび上がってくるのである。

アメリカン・マニエリストたちを読む八木敏雄という読み手が常に問い続けたこと。それは「現実」とは何か、「現実」はどこにあるのか、テキストと「現実」とはどのような関係にあるのか、という問いであった。言語と現実との回路についてのあくなき探究と、現実を体感として把握する感覚にたいする尽きせぬ好奇心に裏打ちされた問いかけが、本書のあちこちから聞こえてくるようだ。

八木は言う。アレゴリーの時代には現実はそのまま現実性としての実体をもっていたので作品はただのフィクションであったが、現代になると、フィクションのなかに現実性を込めることが文学の営みとされるようになる。「現実は徐々に崩壊し、事物は固有の堅牢性を失い、価値の体系は乱れていく。」(四〇頁)こうした状況の真っただなかで作品を書いていたのがポーであった。「アッシャー家の崩壊」分析のなかで、八木が強調したリアリティとは、堅牢な実体ではなく、「崩壊現象、雰囲気といった脆弱なもの、揮発性のもの」(四一頁)であった。現実にたいして観察者の位置をとっていたポーが、アメリカよりフランスで先に認められた理由が八木の最初の学術論文で述べられているが、そこでつかんだフィクションと「現実」の関係に対する洞察が、その後の長きにわたる研究生活を貫く一つの糸になったのではないだろうか。

フィクションのなかの現実、現実としてのフィクションについて最も力がこもった議論が展開されているのはメルヴィルについての六つの論考においてである。ヘンリー・ジェームズにとって、フィクションは「整理され明解化され、囲われた人生の一局面の似姿」（八一頁）であるのに対して、メルヴィルの書くフィクションは、現実に忠実であろうとするために、囲いが消失していると八木はいう。現実が、知性や体験によって把握することのできぬ不可解、不透明なものである限り、その現実に忠実であろうとするメルヴィルにとって「（フィクションは）必然的に現実そのもののように複雑怪奇で、不透明で首尾一貫しないものでしかありえないことになる」（一八六頁）。

小説家とは、言葉で現実をとらえるとき、記号としての言語が人工的に現実を加工するというハンデキャップを負っていることを理解しつつ、それでもなお現実との対照関係を作り上げるために、フィクションのなかに生々しい現実を提示しようとする。現実の真っただなかに生きる実感を体験させてくれるのが、ごった煮としてのメルヴィル作品を読むことだったと納得させられるのはこうしたわけである。八木敏雄という批評家は、作家が現実と格闘するその現場に自ら足を踏み入れてその実感を我々に伝えていたのである。『マーディ』の終わりで語り手タジが女神イラーを求めて海の彼方へ消えていくことについて、八木はいう。語り手が現実世界に復帰しない『マーディ』を書いたことでメルヴィルは「小説家を失格しかけた」（一八二頁）と。その後のメルヴィルは『白鯨』で、イシュメールの帰還を「エピローグ」に記すことで語り手が「現実」に戻る形式を生み出し、『ピエール』以後の小説では三人称の語り手で語り、『詐欺師』にいたって「現実とフィクションとの境界を永遠に消し去る」（一八二頁）のであった。

複雑怪奇な現実の裏に八木が見ようとしていたものは十九世紀アメリカ・マニエリスト作家ばかりではなかった。第Ⅲ部「アメリカン・インデイアン」におさめられた五つの論考は、新大陸にやってきたヨーロッパ人が現実に出会っているにもかかわらず、アメリカという名のもとに大陸から消去した人種としてのネイティヴ・アメリカンについてのものである。晩年の八木が、歴史から抹殺されたインディアンたちにとりわけ心をよせていたことは、彼と酒を飲み交わした者たちは皆知っている。彼が語ろうとしたことのいくつか挙げてみよう。不可視にされたインディアンという存在を導入するときアメリカン・ゴシックという新ジャンルが生まれたこと。白人によって書かれたインディアン捕囚物語は、闖入者としておこなった暴力を、乱入された側がこうむったものに転嫁するためのレトリックであったこと。そして、ピューリタンの歴史が、インディアンという実在を不可視化することでアメリカを無人の大陸として白人のために確保してきたこと等々。

八木の筆はインディアンについて語るときひときわ輝きをましているように思えるのは、自分の容姿がネイティヴ・アメリカンに似ていると思い込んでいたからなのだろうか？　それとも、見えにくくされている「現実」を見ようとする少年のような好奇心に裏打ちされた正義感を発揮することを、自らの使命とも快楽とも感じていた故であったのだろうか？　いずれにしても、研究者としての八木のポジションの表明は本書のあちこちから聞こえてくる。実在した人間メルヴィルに触れることから批評を始めようとする自分の身振りを「てんでこ舞い」（一六二頁）と揶揄する一方、ポー研究においては、英米とフランスの評価の違いを分析する自分のポジションを「日本人は（エリオットから出された提案への）答案を書くためにそんなに悪い位置にはいない」（三七頁）と自らの立ち位置の優位性を述べている。英米文学の豊かな茂みのなかに深く分け入りながらも、八木は〝日本の〟アメリカ文学研究者ならではのユニークな視点というものに意識的であった。アメリカの無意識たるインディアンの存在をあぶり出すのに熱中したのも〝日本人〟として見るからこそ見えるものを見ようとする当然の作業であったのだろう。それはそのまま「アメリカン・ルネサンス」という見慣れた・聞きなれた概念を、「アメリカン・マニエリスム」という新たな用語でからめ取りなおそうとする人生最後の企てにつながっていったと思われる。

最後に八木敏雄が我々に残したもう一つの遺産に対して謝辞を述べておきたい。ポー、ホーソーン、メルヴィルの作品の翻訳の数々である。第Ⅳ部に収められた一八章、一九章、二〇章、二一章、二二章の五つは、ホーソーン、メルヴィル、ポーの作品の翻訳、『完訳　緋文字』、『白鯨』、『黄金虫・アッシャー家の崩壊・他九篇』、『ポオ評論集』、『ユリイカ』（すべて岩波文庫）につけた解説である。翻訳を出版するたびに嬉しそうに我々に訳書を渡してくれた姿を思い出す。本書『マニエリスムのアメリカ』とともに八木敏雄訳のアメリカ古典文学の文庫本が本棚に並んでいる限り、我々は八木敏雄が日本のアメリカ文学研究者たちに残してくれた遺産のなかで、これからも研究の糧を得ることができるであろう。彼は年齢を問わず、多くの仲間に囲まれていた。私もその一人として空間と時間を彼と共有できたことを幸運であったと思う。そして、彼にとってのひときわ意味深い仲間の一人は、原信雄という編集者の存在であった。八木の最初の著作を編集出版した原氏が、八木の最後の本を送り出す編集者であったことをここに記しておきたい。

『エドガー・アラン・ポーの世紀』（研究社、二〇〇九）のなかで、八木は二一世紀をポーが偏在する世紀として「ユビキタス・ポーの時代」といっている。研究書や翻訳書で八木敏雄に出会うだけでなく、三田の飲み屋で楽しそうに話をしていた八木さんの姿がありありと浮かぶ今、私としては、ここしばらくの間ユビキタス・ヤギという状況のなかに自分を置いておくつもりである。

（*SKY-HAWK* 第一号　二〇一三年）

【劇評】『風と共に去りぬ』

スカーレットの女性性の奥にあるもの過去へのノスタルジーと未来へのエネルギー

『風と共に去りぬ』の歴史的人気を見ていると、スカーレット・オハラという女性への憧れがその理由であると考えたくなる。しかし、スカーレットのような人生を生きたいか？　と改めて問うてみたい。夫には二人続けて先立たれ、三人目の夫は去っていく。思い続けた男との関係はしぼんでいき、子供を失い、破壊された故郷の農園で家族の重荷が彼女の肩に重くのしかかる。にもかかわらず、観客はこうしてスカーレットに会いに劇場にやってくる。

女性が男性の訪れを待ち、二人は幾多の困難をのりこえて結ばれるという古来の物語の型から見ると、スカーレットはあらゆる点で物語のヒロインの型を逸脱している。『風共』の終わり方をみてほしい。彼女は「真実の愛」を見つけたのかもしれないが、レット・バトラーはそれを受け入れずに去っていく。そもそも、あのスカーレットが「真実の愛」という概念を持ち合わせていたとして、それはわれわれが思い描くものとは幾分違った形をしているようである。スカーレットと男性との関係は、常に彼女の思惑から語られている。アシュレがメラニーと婚約したことを聞いたとき、彼女の心に起こった思いは「もう少し時間があれば、私は彼に（私を愛していると）いわせることが出来るのに」である。「彼女は彼がほしかった。しかも、彼を獲得するための時間はわずかしかない」「女は男を獲得するために」彼女はウェストを締め上げてパーティでは何も食べられないふりをする。そして、物語最後の有名なセリフの中で彼女が宣言するのは「レットを取り戻す」決心だ。スカーレットと男性との関係が述べられるとき、その構文は男性を目的語とする動詞の数々（want, catch, get back）が使われる。そして、その文の主語は常にスカーレット自身である。

読者／観客としての女性たちがスカーレットの行為に、自分のなかの抑圧された願望を重ねていくことは不思議ではない。しかし、それらが単に自分個人の願望を満たすだけのものであれば、スカーレットは、欲望の制御のきかぬ鼻もちならないわがまま女でしかない。彼女の言動が不思議な爽快感を伝えるわけは、スカーレットの女性性の奥に異質な何かがあるからである。

「私は〜を手に入れる、手に入れたい」と言って所有権への欲望を表明する声が別の人物から聞こえてくる。スカーレットの父ジェラルド・オハラの言葉である。アイルランドからアメリカに渡ってきた彼は、ジョージア州北部の肥沃な土地を見てこう言っている。〝この土地を自分のものにしよう、ここに新しい故郷を作ろう。その日から私の闘いの日々が始まった。〟タラと名付けたその土地で、ジェラルドは奴隷を買って畑を耕し、綿花を栽培し、妻をめとり、家を建てた。その土地を真の意味で自分のものとするために。

新天地アメリカにやってきた移民たちは誰もが「アメリカン・ドリーム」を抱いていたが、ジェラルドの夢はひとえに「土地」の所有と重なっている。彼は「自分自身の土地が目の前に緑色に広がるのを見たいと思っていた。はげしい、いちずな気持ちで、自分の家、自分の農園、自分の馬、自分の奴隷をほしかった」のだ。土地とそこに建設した農園への思いは、彼の人生を故郷アイルランドの時間へ拡大して見る時その本質が現れてくる。〝そもそもタラとはアイルランドにある聖なる丘の名だ〟とジェラルドが娘に語るとき、その後ろには長きにわたり英国に植民地支配されてきたアイルランドの人々の思いが投影されている。一七世紀の清教徒革命時のクロムウェルによるカトリック教徒弾圧に始まり、オレンジ公ウィリアムのプロテスタント軍との戦いに敗れた後の植民地支配の中で、アイルランド人は政治的・経済的迫害を受けてきた。公職につくことや大学への進学など重要な権利を剥奪され、なかでも、土地はことごとく没収され土地所有権は認められなかったのだ。一八四五〜四九年の「ジャガイモ飢饉」の打撃も重なり、多くのアイルランド人が〝飢餓と死の恐怖に追い立てられて〟アイルランドを後にしてアメリカに渡ってきたのである。ジェラルドはアイルランド人すべてのもつ土地への渇望を、タラと名付けたアメリカの土地で満たそうとしたのである。

「土地を獲得したい」という父の声は、娘スカーレットにおいて反復されたのである。そう考えるとスカーレットが「男性を獲得しようとする」行動にも新しい意味がもたらされるであろう。娘は父親の欲望の代理行為をするのであるが、スカーレットのあまりに女性的な容姿の中に見えない男性性をわれわれは嗅ぎとるのである。そもそも、ジェラルドは息子がほしかったので娘がうまれたときに失望したと書かれている。しかも、三人の娘にめぐまれた後に生まれた男の子三人をすべて幼児期になくしている。スカーレットが父方のアイルランドの血・性質を受けついていることが何度か出てくるが、遺伝・移譲という点で彼女はタラを受け継ぐべく運命づけられていることを意味しているのである。「おまえには世界で最も美しいこの土地を贈ろう」（三九頁）と父から言われたスカーレットは、遺産相続という文化の制度にからめとられることで、本来男性にのみ与えられた権利を得ることで男性の機能を付与される。一七インチのウェストとふくらんだペティコートを身につけた女性そのもののスカーレットの女性性の奥には、父の息子という男性性が彼女の人生を形成していたのである。

アトランタから逃げ帰ってタラを受け継いだスカーレットは、今や父の娘・息子としてではなくタラの大黒柱としてアイルランド人の遺したものを守っていく。妹の恋人フランクを奪って結婚するというプロットも、もはや単に男を「獲得したい」という次元の話ではなくなっている。それは、北軍側が敗れた南部にかけた重税を捻出しタラを守るための経済活動の一種であった。その後、製材所経営に手腕を発揮するスカーレットの姿は、当時女性が決して参入することのなかった資本主義活動への参加であるとすれば、スカーレットをめぐる物語の大きな部分が実は男性キャラクターが演じる演目であったことが見えてこよう。南北戦争前後の激動のアメリカ社会を生きていくスカーレットの言動にわれわれが惹きつけられる理由の一つは、女性性のなかに仕込まれた男性性の香りが香辛料として効いているからであろう。

＊

原作者マーガレット・ミッチェルは『風と共に去りぬ』を世に送り出した後は一つの作品も書くことはなかったが、出版直後の一九三六年『アトランタ・ジャーナル』紙において、この作品について次のように述べている。「この小説の主題というものがあるとしたら、それはまさしくサバイバルです。」

動詞 survive とは①破壊や殺戮を生き延びる②誰かより後まで生き残るという意味をもつ他動詞である。ペーパーバック英語版一〇二四頁にわたる物語には、いくつものサバイバルが重層的に盛り込まれている。スカーレットは一人目チャールズ、二人目フランクという二人の夫に死なれ、母エレン、父ジェラルド、娘ボニー、そしてメラニーを見送った。スカーレットのサバイバルは親しい人たちが逝った後を生きる形でまず描かれている。しかし、物語『風と共に去りぬ』の中で最もきわだっているのはタラのサバイバルであろう。一旦は破壊され再生の可能性がほとんど途絶えたかのように見えた父の農園タラ。スカーレットが生き残った意味はこのタラの生き残りのためにあったとさえ言えるであろう。

アトランタからタラへの苦難な旅路の中でスカーレットは「内部にある娘時代をふり捨てて一人前の女になっていた。」奴隷の代わりに畑の労働につき、北部からの重税をやりくりしてタラが没収されるのを阻止するスカーレット。彼女は自分のサバイバルの中でタラを生き延びさせるのであるが、そこにはさらに二つの大きな世界の再生が込められていた。一つはアメリカ南部の世界。南北戦争に敗北し徹底的に北部に蹂躙された南部が失ったものは、人や建物だけではない。南部人たちの心のよりどころ——騎士道精神や誇り——を尊ぶ心のあり方。「風と共に去った」こうした文化を回顧するとともに再生させようとする物語。それが『風と共に去りぬ』なのである。そしてもう一つは、タラという名前の出所であるアイルランドのサバイバル。南部同様に敗北の歴史をもつ父の故郷はアメリカという別世界で再生されることになる。「運命の与えうる最悪のものを受け取って、それを最良のものにたたき直した血族」である父の血筋をスカーレットが受け継ぎよみがえらせたのだ。タラを守り抜く決心をするスカーレットには、敗北という運命を背負った二つの共同体のサバイバルがかかっていたのである。

人や物が生きのびるとき、そこには正反対の二つの時間がたちあらわれる。死んでいった者、滅びていった物を生きのびた側が回顧するとき、そこにはノスタルジーの感覚が生まれてくる。『風と共に去りぬ』という物語の魅力は、失われた時代にたいする郷愁にあるとも言える。しかし、一方で、生きのびた者は確実に未来へのまなざしを獲得しているはずである。〝明日はまた明日の太陽が昇る〟と自らに言い聞かせるスカーレットの声を、われわれは自分のおかれた時代にとっての未来を重ね合わせて聞きとっていたのである。

先に、私はスカーレットの男性性について述べたが、タラという土地、南部という空間に一体化するスカーレットの姿を見ていると、そこにはジェンダーの差異を包み込む何かが見えてくる。「タラの赤土の耕地が彼女のものである以上に、彼女は赤土の耕地そのものだった。彼女は、血のように赤い土壌に、ふかく根を張って、綿花のように、そこから生命を吸い取ってきた」ミッチェルはスカーレットの本質をこのように書いている。であるとすれば、豊饒の大地の生殖力を表わすスカーレットには、究極の女性性が込められていたことになるだろう。

ミッチェルの原作小説は映画となり、ミュージカルとなり、そして舞台作品となってわれわれを楽しませてくれている。世界初の舞台公演に際して脚本を書いた菊田一夫は、スカーレットの幕切れのセリフに原作にない言葉を加えている。〝明日、タラで、タラの赤い土の上で、みんな明日タラで考えよう〟という言葉の後に、英語テクストにはない〝土地が私に勇気を授けてくれる〟というセリフが加えられているのである。舞台化に際し、スカーレットとタラの関係が観客にとってどのような意味をもつかを伝えようとしたのである。タラがスカーレットに生きる勇気を与えるのだとすれば、そのスカーレットのセリフに寄り添う形でわれわれは現在の苦難のなかに未来を見るすべをさぐっていけるであろう。

（二〇一一年六月一八日〜七月一〇日、帝国劇場にて上演された際のパンフレット収録）

【劇評】
〝あの方〟に私の声を届けたい 探偵小説／ラブ・ロマンスとしての『ダディ・ロング・レッグズ』

『ダディ・ロング・レッグズ』（一九一二年）は、孤児院出身の女子大生が見知らぬ男性へ書き送る手紙形式で書かれた書簡体小説である。ジルージャの声によって届けられる報告の数々は、彼女が見た事、聞いたこと、考えたことだけに情報が限られている。だからこそ、新しい世界に飛び込んだ彼女の発見に、我々は一緒になってどきどきするのである。百年にわたってこの作品が愛されてきたわけは、わくわく感にみちたスリルが物語全体に重層的にちりばめられているからである。

二つの名前が重なる衝撃

わくわく・ドキドキするために必要なこと。それは、未知のことを知りたいと心から願うことである。ジルージャにとって最もスリリングな未知とは、自分を援助してくれた人がどのような人物であるかということである。姿の見えないその相手に手紙を書くことになった彼女が真っ先に行ったのは、相手のよび方を決めることだった。その人について知っているたった三つの情報――背が高い、お金持ち、女の子嫌い――を並べてみたジルージャは、ただ一つ、一生変わらない特性であるという理由で、「背高のっぽさん」の意味を込めて「ダディ・ロング・レッグズ」とよぶことにする。

とはいえ、孤児院の評議員という立場にあるその人を、ジルージャは「肥満で尊大で六〇年の昔を語れるくらいのお年寄り」だと思い描いている。一方、彼女は大学生活のなかで一人の男と出会う。架空の人物ダディとは違い、顔も名前もわかったその男性と言葉を交わし「穏やかな優しい人だった」と手紙でダディに書き送るのだ。しかし、ダディへ届けたいと彼女が語り続けた声は、思わぬ人へすでに届いていたのである。その人物の正体があきらかになり、既知の固有名詞が未知の人と重った衝撃がもたらす驚きと悦び。我々はこの瞬間をジルージャと共有することで、この物語のクライマックスを自分のことのようにありありと体験するのである。

探偵小説としての『ダディ・ロング・レッグズ』

この作品のプロットは探偵小説の構造をしている。殺人という事件を起こした未知の犯人を突き止めるスリルは、大学進学という恩恵をもたらした未知の〝犯人〟を探し求めるプロセスとどこか似ている。ただし、ジルージャがつきとめたその人物は、危害を加えるどころか、彼女を大学という新しい世界へいざない、家族のような存在となり、ついには恋人へと変身する。

すべてが明らかになった翌日、ジルージャは生まれて初めてのラブレターを書く。普通なら、長く知り合ってきた相手に書くべきラブレターであるが、彼女のそれは、あなたをやっと突き止めましたという歓びであふれている。その中で、ジルージャは、無数の小さな出来事が「あなたがダディと気づかせてくれたはずなのに、私はとても、名探偵にはなれませんわね」と自分の鈍感さを嘆いている。読者にとってこの作品が持つ一番のスリルは、未知の人間探しの探偵小説『ダディ・ロング・レッグズ』が最後にラブ・ストーリへと変質するところにあるのかもしれない。

『ダディ・ロング・レッグズ』はラブ・ロマンスか

親族もない女性が、地位もお金もある男性と出会うという筋だけを見ると、この物語は古くはシンデレラ・ストーリー、または現代版プリティ・ウーマンと見えるかもしれない。しかし二〇世紀初頭のアメリカ社会は、ニュー・ウーマンという女性像が現れた時期であり、そうした背景がこの作品に込められていないわけはない。力と地位とお金のある男性と結婚するという形で「女」としての自己実現を果たすのがシンデレラ・ストーリーの原型であるとすれば、年老いた男性に手紙を書いていると信じるジルージャにそうした期待があるはずはない。また、男性側も、単なる好奇心から起こした行為であり、相手に「注意を払う気なんて全然なかった」と認めている。彼はジルージャに会うことも、自分の素性を明かすことも考えてはいなかった。

作者ジーン・ウェブスターは一八七六年生まれ、一九〇一年名門女子大学であるヴァッサー・カレッジを卒業している。専攻は英文学と経済学。二つの専攻の組み合わせは一見奇妙に見えることであろう。しかし、資本主義がアメリカ社会を本格的に動かし始めた二〇世紀初頭に、経済・社会問題に興味をもった女子大生が、後に文学に関係する職業に就いたとすれば、ウェブスターの伝記的事実も納得できる。ウェブスターは女系家族のなかで育ち、曾祖母が禁酒運動に、祖母は女性選挙権運動にかかわっている。女性の存在によって社会が大きく変革した時期、そのような環境で育ったウェブスターが、ヒロインであるジルージャにも、自分の人生を求める力を与えていることは明らかであろう。

ジャルージャ・アボットが作家になるまで

孤児院育ちの女性に高等教育を与えるという恩恵を与えた「ダディ」側のもくろみにも注目したい。ジルージャの創作力に目をつけたその人は、彼女を作家に仕立てることを思いつく。ジルージャはその指令を忠実に実行すべく大学生活を送り、卒業後も小説の執筆にいそしむのである。卒業式も済んだ頃、ジルージャから「ダディ」へ一つの報告が送らてくる。「小説が売れたのです！」手紙とともに送られた一〇〇〇ドルの小切手は、自分の作品を金銭と交換できたことを証明するものであった。女性が資本主義社会のなかで自分の書いたものを売るという経済活動を行なったのだ。それは、「ダディ」に学費と生活費を返済する見通しがたったというだけでなく、自活のための職業をもつ可能性がジルージャに生まれたことを示しているのである。一見シンデレラ・ストーリーと見える物語の中に、作者ジーン・ウェブスターは女性の自立へのメッセージをこのような形で込めていたのである。

優生学による遺伝についての知識が一般に広まりつつあった当時、どのような親から生まれたかがわからない孤児ジルージャは、「大学進学という機会を与えられなければ、子守、タイピスト、帳簿係、家政婦のどれかになっていたかもしれない」と言っている。最下層の女性がつくことのできる職業はこうしたものだったのだ。作家を職業にできるかもしれないという見通しを得たことこそ、恋人を得るという物語の結末にも勝るとも劣らないもう一つのハッピーエンドなのである。

作家ジーン・ウェブスターが残したもの

立派な家庭に生まれたジーン・ウェブスターと孤児院育ちのジルージャ・アボットとの間に共通点はほとんどないように思われる。しかし、「自分の知っていることを書くとき最も説得力がある」ことに気づいたジルージャが作家になっていくプロセスに、ジーン・ウェブスターは自分自身が作家になる物語を重ねているのである。

二九歳で初めての作品を発表したウェブスターは三六歳で出した『ダディ・ロング・レッグズ』の成功によりアメリカで最も稼ぐ作家の一人として成功する。弁護士である男性と結婚したのは三十代の終わり近くになってからである。かなりの晩婚である。妊娠が判明したときは、出産は危険であるとまわりは忠告したというが、その危惧は実現してしまう。一九一六年六月九日女の子を出産したジーン・ウェブスターは産褥熱により死亡する。三九歳の若さであった。

作家ウェブスターは若くして逝ってしまったが、『ダディ・ロング・レッグズ』はその後も長く人々に愛され一世紀を生き延びてこうして今日も上演されている。やっとのことで「ダディ」に会いにいくことになり、マンハッタンにおもむくジルーシャの緊張と興奮は、彼女の心臓の鼓動とともにステージから客席に伝わってくるはずだ。マンハッタンは二つの川にはさまれた島である。入るには必ず橋かトンネルを通らなくてはならない。ワシントン・ブリッジやブルックリン・ブリッジからながめる摩天楼は、人生への夢を駆り立てるがごとくに美しい。ジルージャがたずねたダディのお屋敷（原書ではマディソン・アヴェニュー、本日の脚本ではリバーサイド・ストリート三五一番地）を地図で探してみてほしい。興奮を抑えられずにおもむくジルージャとともに、「アメリカン・ドリーム」のつまったマンハッタンの街を、あなたもしばし歩いてみてほしいから。

マディソン・アヴェニューのアパートにて
二〇一二年八月一二日

（二〇一三年一月五日〜九日、シアタークリエにて
上演された際のパンフレット収録）

【劇評】

『戦場でワルツを』（*Waltz with Basher*）

我々は自分が知らなかった事実をつきつけられたとき衝撃を受ける。しかし、さらなる驚愕におそわれるのは、自分について知らないことがあるとわかったときである。映画監督アリ・フォルマンは、戦友ボアズがレバノン戦争にかかわる悪夢を見ると助けを求めてきたとき、自分のなかに二四年前の戦争の記憶がないことに初めて気づく。監督自身の告白から始まるこの映画がトラウマに関するものであることは冒頭から明らかである。

「忘れていることを、忘れていませんか?」この問いかけこそが、トラウマ記憶から届いてくる声である。アリは欠落する記憶を戦友たちから引き出すべく旅に出る。『戦場でワルツを』は、一九八二年サブラ・シャティーラで起きたパレスチナ難民キャンプの大量虐殺についての加害側の者たちの証言を編集したものである。歴史に登録されるにはあまりに重い事実、ことに、ある集団にたいする大虐殺《ジェノサイド》について、人々は共謀するかのように口をつぐむことがある。隠したいとか言いたくないという以前に、そのことを覚えていないからだ。

そうした記憶をこじあけて、一人一人の証言をつないだ映画としては、『ＳＨＯＡＨ』（一九八五年、クロード・ランツマン監督）がある。ショアーとはヘブライ語でホロコーストのことだ。奇跡的に絶滅収容所を生き延びたユダヤ人、虐殺を実行したナチ側の人間、それを見ていたポーランド人の証言を集めた九時間半の映画は一九九五年に日本にも紹介された。個人のトラウマだけでなく、共同体のトラウマにも潜伏期とよばれる記憶の欠落期間があることはこの映画が契機となって指摘されるようになった。

しかし、『戦場でワルツを』はさらなる問題を提示する。なぜなら、フォルマンの証言探しの旅はランツマンの場合と違い、自分自身がそこにいたはずの出来を戦友たちに語らせるものだからである。彼は、漏れ出さぬよう凍結保存されてきた記憶を、戦友たちの心をこじあけて集めていく。自分の過去の記憶の空白をうめるために。

『戦場でワルツを』は、ある意味、危険な映画である。自分の記憶の探求のための映画作りの結果、監督は自分ばかりでなく、自分が引き継いでいる遺伝子のなかのトラウマ記憶まで引き出してしまう。それは、彼自身のトラウマ記憶の向こうのさらなるトラウマ記憶——彼の両親がアウシュビッツにいたという真実であった。イスラエルの自己弁護だとか、製作者の自己満足だといってこの映画の価値を下げることは簡単だ。しかし、アリ・フォルマンは記憶を扱うことの怖さをきちんと了解し、心の傷から発せられるメッセージの神聖さを冒すことはない。映画を作ることが監督自身の治療《セラピー》となったのか否かについて、本人はこう言っている。「映画製作の部分はうまくいきましたが、治療の方はさっぱりですね。」

自分のためでないとすれば、この映画はなにをもたらすというのか？　我々を泣かし、カタルシスを与えることを目指していないことは確かである。号泣ものとして扱えば、興行成績的には利益があるだろうが、この映画は、トラウマ記憶をもつことの衝撃と不安とを九〇分のなかで再体験させる時空間を提示するのである。

我々は、アリとともに記憶の空白にむけて旅するが、それがアニメーションによっていることに注目したい。『戦場でワルツを』のなかの出来事がリアルであるためには、アニメーションという表現以外はありえなかったとさえ思われる。実写で撮ったとしよう。トラウマ記憶として埋もれている出来事は過去のものであるから、現実のシーンを使えばそれは嘘になる。俳優を使えばカメラを向けた時点でそれは演技になってしまう。トラウマ記憶が選択的記憶であるとすれば、そのシーンが与える心的印象の部分のみを強調するアニメーション画像は、トラウマ記憶のリアリティを伝えるのに最適な手法なのである。

一方、ショパンのワルツ七番を含む三つのクラシックの名曲と、マックス・リヒター作曲のオリジナル曲を全編にちりばめた音楽効果については、すばらしすぎることが難点かもしれない。戦争帰還兵のトラウマ記憶を扱った名作に『スローターハウス5』（カート・ヴォネガットの作品の映画化、ジョージ・ロイ・ヒル監督）がある。グレン・グールドのピアノが印象的であったが、『戦場でワルツを』は明らかにそれを意識した作りとなっている。すばらしすぎるといったのは、情緒にうったえる音楽のなかに入りこむと、加害者側に問われるべき倫理への問いかけをはぐらかされ、癒しにむかってしまう危険があるからである。

そして、この映画がなによりも危ういのは、何千年もの迫害や、ナチのホロコーストを被ったユダヤ人の一人が、被害側ではなく、加害側の記憶を掘り起こす作業をしたことである。加害者に仕立て上げられたのは若者たち。戦場という空間から日常への移行がヘリコプターで二〇分しか隔てられていないことも、彼らのトラウマ記憶に深さと重さを加えている。

今、問われているのは、イスラエルとパレスチナの軋轢から生じたすさまじい敵意が招いた虐殺にたいし、我々日本人がどのように反応すべきかということであろう。英語タイトル“Waltz With Bashir”の Bashir とは、イスラエルが支援するファランヘ党の指導者であって、「サブラ・シャティーラ虐殺」は Bashir 暗殺の報復として起こったという。しかし、こう言われて、加害側でも被害側でもよい、当事者たちの激しい敵意や憎しみを実感できる日本人が何人いるだろうか？にもかかわらず、共同体が共同体を抹殺しようとするジェノサイドの欲望は、人類に普遍的なものとして我々の中にも厳然と存在する。このことを理解する想像力があるかどうか。『戦場でワルツを』が我々にむける問いかけは重い。

（『キネマ旬報』二〇〇九年一二月上旬号）

村山敏勝さんを偲んで

成蹊大学文学部助教授村山敏勝さんは二〇〇六年一〇月一一日急逝された。あれから五ヵ月近くがたとうとしているが、「偲んで」というタイトルで文章を書くことには躊躇する気持ちがまだ強くある。あまりに突然に私たちの前から姿を消し、葬儀という喪の作業なしに逝ってしまった人を「偲ぶ」ことは、何か空しい行為に思え、語る言葉がなかなかつかまらないのだ。村山敏勝という研究者・同僚が成蹊大学英米文学科にとってどのような存在であったのかを語り始めることで、彼がもういないのだという現実を受け入れる準備を始めたい。

一九九四年四月、村山さんは専任講師として成蹊大学英米文学科に着任した。筑波大学博士後期課程在籍中に就職が決まり、そのまま就職した形であった。たまたま同じ年に着任した私は、年の離れた同期生として、成蹊大学が二〇世紀から二一世紀へ移行する過程のなかで、ともに仕事をすることになった。二十代後半にして、村山さんの物を見る目はすでに何か違っていた。研究のことは別にしても、学科運営や人間関係について私たちがあれこれ愚痴を言うと、いつも決まって少し角度の異なる場所から現状を示唆して見せた。こちらの言うことに決して「そうですね」と相槌を打つことをしない彼の受け答えに、ときには腹立たしい思いをすることもあった。しかし、今となってみれば、彼なりの世界観、ことに学問観、教育観を伝えようとしていたのだと思う。

「村山敏勝」という固有名詞がアカデミズムの世界の中で、いかに短期間に輝きを増していったか。そして、二〇〇六年一〇月一一日の時点で、研究者や編集者の間にいかに彼の名前が大きく深く畏敬の念さえ込めて広まっていたか。私がここでそれを語るのは差し控えよう。同僚として一二年のあまりの間彼を見てきて、印象としては今述べたことを強く感じてはいるが、私ではなく彼の広い人脈のなかから「研究者村山敏勝」の本格的評価をまとめてくれる人がでてくることを願っている。とはいえ、彼の死後、その衝撃がさまざまな方面から私に伝わってきたとき、それぞれが「自分たちの村山さんを失った」というレトリックで語ることに私は驚きを覚えていた。

たとえば、彼の訃報の直後に開かれた英文学会大会準備委員会では、委員長の原英一先生（東北大）が、私の顔を見るなり近寄ってきて、村山さんを失ってディケンズ協会がいかに痛手をうけているかを切々と語ってくれた。また、『英語青年』編集部の津田正さんは、村山さんと実現するはずだった企画が出来なくなってしまったことが本当に無念であるという長いメールを私に送ってきた。その他、研究プロジェクトの共同研究者たち、彼が面倒をみていた各大学の大学院生たち、隣接分野の研究者たちから、村山さんの同僚としての私に予期せぬ方面からの反響があったとき、村山さんをよく知っていると思い込んでいた自分の認識を覆されたのだった。

一方、さまざまな専攻の教員で構成されている英米文学科の同僚には必ずしも外部の衝撃の全貌は伝わっていないのかもしれない。学科の人間関係というのは、研究という局面より、教育や運営の面での接触でつながっているからだ。成蹊大学文学部英米文学科内での村山さんは、教務関係の仕事をてきぱきとこなし、入試関連業務の影の仕事を黙って引き受け、英語の統一授業の有能なコーディネーターであり、一方では、ゼミ学生の面倒をとことん見る熱心な教員であった。こまごまとした雑務をたのむと、こともなげに短期間で書類を作ってくれるという意味では、主任にとって助け舟であったこともたびたびであった。

「もしも」という仮定法で語ることは、亡くなった人の人生に礼を失することになるのかもしれないが、今になってみるとどうしても考えてしまうのである。もし、彼がすべての仕事、つまり、研究も教育も学科運営も、そして学会活動や学会運営のすべてを、あんなに一度に多量に熱をこめてやろうとしないで、長い人生のさまざまな時期にふりわけてこなしていっていたとしたら。私たちは中年の村山敏勝、壮年の村山敏勝、老年になった村山敏勝の仕事を見とどけることができたのではないか。大学という場所はここ数年、研究以外の雑事を教員に重く押し付ける方向に急速に変貌している。一昔前ならば雑務を免除され研究だけに専念することが許された三十代という年齢で、あまりにすべての仕事に全力投球してしまった彼のケースは「アカデミズムの過労死」といえるであろう。

私たち大学の教員は、もともと研究という作業が好きでこの職業についている。村山さんのように活字がそこにあれば読まずにはいられないという人にとってはなおさらであろう。成蹊大学に就職してしばらくたったころ、村山さんが私にポツリと尋ねたことがあった。本人はそんなことを言ったことさえ覚えていなかったかもしれないが、彼は私に向かってこう聞いたのだ。「下河辺さん、五十になっても研究って楽しいですかね?」当時私はまだ五十にはなっていなかったし、そもそも年のはなれた研究者にこんな質問をすることの意味をくみとりかねて、私はきちんとした答えをしないでごまかしたと思う。

彼がいなくなって、ふとその言葉を思い出した。村山さんにとって、研究とは、死の直前まで彼がパフォーマンスしていたように、精神の全精力をテキストに注ぎ込み、見るもの聞くもののすべての情報を吸収して世界と取っ組み合うことであり、一種の格闘技にも似た激しい行為であったのだ。それだからこそ、体力も気力も下降線に向かう中年期・老年期にそんな力仕事は出来るのかと言いたかったのであろう。また、二十代の村山さんが思い描き、実行していた「研究する」という行為を、四十代、五十代の自分がやり続けることができるのかという彼なりの不安も込められていたのかもしれない。それほどに、「研究」とは彼にとってスリリングなことであり、一方で重いものであった。あのさりげない問いのなかにこそ「研究者村山敏勝」の良心のすべてがこめられていた。

いなくなった今だから感じるのだといわれるかもしれないが、あれほどに親しくしていた村山さんは、私にとってやはり遠い人だったと思う。二〇〇六年一〇月七日朝。私は村山さんに連絡をとろうとしていた。長い付き合いだったが、その朝初めて彼の携帯に電話をかけた。その日は、彼が中心となって招聘したアメリカの研究者ジョアン・コプチェクの講演が東大で予定されており、村山さんがペーパーを読むことになっていた。次の日に同じくコプチェクの講演でレスポンスペーパーを読むことになっていた私は、「どお、原稿書けた?」といった軽い気持ちで彼の声を聞こうと思いたったのだ。ところが出てきたのは女性の声。奥様の芳江さんとは親しくしていたからすぐにわかったが、その声は何かおかしい。ごみを出しにいって倒れた彼を救急車で病院へ運び込んだところだったのだ。「シンパイテイシジョウタイなんです」という彼女のことばの意味が現実としてわかったのは何秒もたってからだった。現実感がないまま、手術を待つ一〇時間が過ぎ、ＩＣＵでの四日間に二度面会に行った。しかし、ついにその声を聞かせることなく彼は逝ってしまった。メールでのやりとりや、学会関連の会合での会話、そして、私の研究室でお茶やお菓子を食べながらのたくさんの会話を思い出すと、私は村山さんと親しかったのだと今でも信じている。ただ、初めてかけた携帯が彼の声へとつながらなかったことが、彼が私にとって届かぬ人であることを象徴しているのである。研究環境がますます劣化していく大学という場にあって、五十代になっても研究らしいことをしようと不器用なあがきをしている私の姿を、これからもあの優しいまなざしで見ていてほしい。そして、彼の声を聞きたくなったら「読んだから書いた」というブログを訪れようと思う。死の直前まであの小さい頭のなかに、いかにたくさんの言葉と想念とが渦巻いていたかがわかるであろう。村山敏勝はずっとそこにいるのだから。

二〇〇七年三月三日

(『成蹊英語英文学研究』第一一号二〇〇七年三月)

ショートターム的思考の呪詛に抗って

「文学部は役に立たない」のか？　これまでもこの問いは密かな声としてわれわれの心のなかにあったが、「役に立たない」ことに意義を見出す誇りもまた、人文研究の分野で共有されていたように思う。しかし、二一世紀に入ったころから、「役に立つ」ことを証明せよという声が外部から届くようになった。現実社会のなかで万人に認知される具体的な何かを提出することが求められるようになり、その成果を言葉や数字に置き替えろという要請がつきつけられるようになったのだ。

われわれは、文学部の意義を言葉にして、文科省に提出する書類の空白を満たし、大学案内のパンフレットのなかに潜ませた。そうしつつも空しい戦いを強いられていると感じたことも多かった。それは、先の問いが設定されてわれわれに向けられた時点で、それに対する答えはすでに出されていたからだ。「文学部は役に立たない」と。

ならば、「文学部は役に立たない」という判定を受け入れた上で、こちらから問い返してみようではないか。「役に立つ」とは誰にとってなのか、何にとってなのかと。文学部で学ぶ学生自身にとってなのか？　彼らが就職する会社にとってなのか？　その会社が支える日本社会や日本という国家にとってなのか？　それともこれだけグローバリゼーションという言葉が行き交っているならば、人類全体を考えてのことなのか？

これに対する答えがもたらされることを、私は期待してはいない。というのも「役に立つ」ことを要求する側が、じつは「役に立ち方」について実感ある形を想定しているとは思えないからだ。そこにあるのは、ただ、自分たちの行為が、自分たちの目に見える結果として認識できることを期待する気持ち、つまり〝因果関係への固執〟だけなのだ。

こうして、文学部で行なわれるさまざまな営為は、文科省の政策のおかげであるとか、大学の新カリキュラムの成果であるとかといった脈絡につなげる欲望の餌食となり、時代の圧力の下で干からびたものになり果てる危機に直面する。政府も大学側もこぞって「役に立つ」学問を提供せよ、「役に立つ」学生を育てよとせまってくるが、そこにあるのは「役に立つ」ことを確認せねばならないという強迫観念だ。そして、この確認への要求は、権力を持つ側が、その権力によって支配しようとする側へ向けられるとき、暴力的な破壊力を発揮することにわれわれはもっと意識的になるべきだ。

☆

大学教育が「役に立つ」というとき、その前提として、入学前と卒業時において学生のなかに変化があることが想定されている。知識の量、スキルの習得などなど。できればそれを数量化してグラフでも示せればよいのかもしれない。これまでは「文学部では数量化できないものを教育・研究しているのだ」と抗弁してきたが、それはもう意味をなさない。四年間、場合によっては授業評価のように数ヵ月という時間で、学生にどのような変化をもたらすことができるのかとわれわれは問われているのだ。

現在の日本の大学教育・大学研究・大学運営はすべての面において因果関係への欲望によって支配されている。それは、政府の行政や大学運営といった〝上から〟の圧力として文学部にのしかかってくるだけではない。文学部へ身を置いた学生たちのなかにも、四年間という時間と授業料とを投資した結果を、自分が測定できる数値ないしは効果として確認しようとする要求は存在している。情報が瞬時にもたらされるネット社会であれば、自分の行為の結果を直ちに確認できると思い込まされることは仕方がないのかもしれない。また、資本主義経済が地球という球体を覆っている現在、われわれの日常の行為のすべてがお金の額という数字に変換されることに慣れ、その結果、自分の感性より数字に置き替えられた結果のほうがリアルであるという錯覚が世間にゆきわたったことも納得できる。こうした事態すべてがもたらしたもの、それが、ショートスパンでものを見るという強迫観念であり、それは、現代社会の呪詛として人間のあらゆる行為のなかに浸透しているのである。

ショートスパンで見るという思考の形態は、因果関係を自分でつかまずにはいられないという現代の心の病である。そして、さらに深いところには、自分の行為とその後到来する事態の間には因果関係があるはずだ／あるべきだという現代人の幻想がある。

文学部は古今東西、このことに対して異議をとなえ、このことへの懐疑を活性化する機関であったことをここで再確認したい。人類の営みを通時的に見るとき、因果関係は決して一つのものとして確定できないこと。ましてや、一人の人間の意識が及ぶ時空間——四半期だとか、一タームだとか、四年間だとか――の間に自分のなしたこととその結果をつなぐ因果関係などつかみ取ることができないこと。

こうしたことは、文学テクストに描かれた人間や社会の〝運命〟や〝宿命〟がいかに理不尽なものであるかを見ればわかるであろう。そもそも、人間の人生や共同体の成り行きに因果関係が支える筋書きが設定できるというのは、政治家や学者が自らの行為に権威を付与するために世界にばらまいた幻想である。人文研究とは、科学（サイエンス）であると同時に、科学的因果関係そのもののからくりを透視する学問であったはずだ。われわれの誇りは、人文研究がメタレベルの学問であるということにある。

☆

一九八〇年代になって脱構築批評がアメリカで盛んにおこなわれるようになる。批評とは論じたり分析したりする行為であるが、脱構築にかんしては、〝おこなう〟という言い方が適切であろう。世界の知的・政治的・文化的システムそのものに対して自分はどのように対処するのかという声明ともとれる声が、脱構築の批評家たちから届けられたからである。

そのなかでバーバラ・ジョンソン（ハーバード大学教授、二〇〇九年没）は、ポール・ド・マンはじめ、いわゆるイエール・マフィアとよばれる批評家たちの次の世代にあって、明晰なレトリックによって文学テクストを分析し難解な脱構築理論を華麗に実践してみせたことで際立った存在となっている。

彼女の第一作『批評的差異――読むことの現代的修辞に関する試論集』（原書、一九八〇年）の日本語訳が近頃出版された。三六年も前の著作ではあるが、二一世紀の今だからこそ受け取ってほしいメッセージが込められていたことが確認できる。

ジョンソンは「緒言」のなかで、この本全体にわたる関心は「文学ないしは理論のなかで未知のものが立ち働いているということの重要性」にあるといっている。知らないことがあるという事態にたいして脱構築理論はとりわけ意識的であったが、最も明晰なテクスト分析でめくるめくようなレトリックを駆使したジョンソンが「未知」について語ることの重さを今更のように感じる者も多い。彼女からのメッセージは以下のようなものである。まさに今、文学部に向けて送られた言葉のように聞こえてくる。

文学がしばしばわれわれに語っていると思えるのは、未知のものが未知のものとして見られていない、という事態がもたらすさまざまな帰結である。（『批評的差異』xiv）

人の心に、そして社会の認知システムのなかに、「知らないことを知らない」という事態があるという意識を呼び起こすことの重要性とむずかしさ。これがジョンソンからのメッセージであり、彼女はそのことを伝える責務を文学という場に託したのである。

☆

これまで文学部についてのみ語ってきたのであるが、「役に立つ」という指標は今や、その他の領域の学問にもはびこり始めている。生命科学の領域は、われわれの生命にとって直接かかわる成果が期待できるという意味で「役に立つ」学問の筆頭であってもおかしくない。ところが、この分野もショートスパンの呪詛にしばられている。

二〇一六年のノーベル生理学・医学賞を受賞した大隅良典氏は、受賞会見において「役に立つ」という言葉の使い方について発言している。

私は「役に立つ」という言葉がとっても社会をだめにしていると思っています。数年後に事業化できることと同義語になっていることに問題があります。本当に役に立つことは一〇年後、あるいは一〇〇年後かもしれないからです。（二〇一六年一〇月三日夜）

ショートスパンで確認できる成果に直結させるという意味で、大隅氏は生命科学の分野で最もわかりやすい例として「事業化できる」というものを挙げたようである。自分の研究を経済における因果関係で把握しようとする動きがこれである。さらに、大隅氏は、「これをやったら必ずいい成果につながるというのは難しいが、そういうことにチャレンジするのが科学的精神だろうと思っている」と語り、科学者としての自分のこれまでの研究態度が「サイエンスはどこに向かっているのかわからないのが楽しい」からやってきたと振り返っている。データが支配する生命科学の分野は、自分の研究方法とその結果との間の因果関係が最も明確に見える領域であると思われている。しかし、その世界で長年やってきた大隅氏自身が、結果を支配する因果関係を求めず、どこに向かうかわからない時間を科学者の楽しみであると述べていることにわれわれは注目すべきであろう。

☆

ショートターム的思考の呪詛にがんじがらめにされた二一世紀の世界にあって、「知らないことがあることを知らない」という前提は存在しなくなっているのかもしれない。「結果はすべて数値化できる」「成果はすべて短期間で現れる」という前提で運営されている大学行政の在り方が、文学部にいまの苦境をもたらしている。であるとすれば、文学部の使命とは、「知らないことがあることに耐えられない」もしくは「知らないことがあることを認めることができない」人々にむけて根気強くそのことを説いていくことであるといえよう。そして、文学部の責務のなかの最大のものは、因果関係をつかむまでの不安な時間を生きることへの耐性をつけさせることである。過度の情報化社会のなかで硬直した心に、因果関係がもたらされないなかにあっても弾力性《レジリエンス》を持ち続ける手立てを提供することと、これこそが文学部の「役に立ち方」であると私は確信している。

（『人文学の沃野』成蹊大学人文叢書13　風間書房　二〇一七年三月）

あとがき――声を引き継ぐ

Inheriting Voices

髙瀬　祐子
Yuko Takase

私が下河辺先生とはじめて言葉を交わしたのは、飯田橋のカナルカフェだった。というと、とても素敵な出会いのように聞こえるかもしれないが、事実は少し異なる。先生は私と二人でお堀を眺めながらお茶をしていたのではなく、ある編集者と打ち合わせをしていた。私はアルバイト店員としてお客様である先生におそるおそる声をかけたのだ。当時大学二年生だった私は、下河辺先生の「アメリカ文学史」を受けており、その科目は英米文学科の二年生全員が履修する大教室の必修科目であった。当然後ろの方の席に座る一学生の顔を先生が覚えているわけもなく、おどおどと声をかけた私と驚いた先生がひとことふたことたどたどしく言葉を交わしただけ、という不恰好な出会いであった。

私としては、「アメリカ文学史」は積極的に一番前に座る勇気は持ち合わせていなかったものの、他のどの授業よりも真剣に受け、夢中でノートを取っていた授業であり、三年生になったらこの先生のゼミに入ろうと早い段階で決めていた。その先生が自分のアルバイト先にやってきたとあれば、何が何でもご挨拶をしなければと必死だったのだ。今思えば、私の顔など覚えているはずのない先生に挨拶をしなければいけない理由はないのだが、ドキドキしながら声をかけに行ったことをよく覚えている。

「吉祥寺で学生に会うならわかるけど、まさか飯田橋で学生に会うなんて思っていなかったわよ。いきなり『あのお、さっきのアメリカ文学史を受けていました…』なんて言われてびっくりしたわ」というのが私との出会いについての下河辺先生の感想で、このネタは時折ゼミの合宿や飲み会で披露され、今やゼミの先輩後輩誰もが知る話となった。(下河辺先生がカナルカフェで何の打ち合わせをしていたのかについては、『人はなぜ『白い影』を語り続けるのか』(光文社)を参照されたい。)

＊

振り返れば、私が下河辺先生の「アメリカ文学史」の授業を取ったのは二〇〇一年の後期であり、下河辺先生ご自身はサバティカルで滞在していたコネティカット州イェール大学から帰国してすぐ、アメリカの歴史からみれば九・一一の直後であった。子供の頃から本が好きで、近所の図書館の本を読みあさる文学少女だった私は、文学部に入学することしか考えていなかったが、二〇歳の私にとって文学テキストはまだ単なる紙の上のインクの染みに過ぎなかった。しかし、下河辺先生の授業に出ると、そのインクの染みが立体的に浮かび上がり、その向こうにアメリカという社会や国家そのものが立ち上がるような気がしたのだ。そして、平面のテレビ画面からは巨大な立体建造物が崩壊する映像が繰り返されるなかで、私は世界で今何が起こっているのか理解しようと試みたのだと思う。そして、迷うことなく下河辺ゼミの扉を叩いたのだ。

あれから随分長い年月が過ぎ、下河辺先生から学んだことは数知れず、とてもここには書ききれないほどである。とはいえ、私たち門下生全員が下河辺先生から共通して学んだことがあるとすれば、それは「研究の面白さ」ではなかろうか。ゼミや読書会で先生の研究室を訪れると、先生は、「今何をやっているか」「今度どんな学会で何の発表をするか」「何の論文を書いているのか」について、いつも少女のように目をキラキラさせながら楽しそうに話して下さった。先生のその様子がとても嬉しそうで、楽しげで、その姿を見ているだけで私はいつもわくわくした。先生が今度何をするのかが気になって、研究ってとても面白いことなのだろうと素直に思うことができた。もちろん、私も研究を続けることの苦しみや辛さもだんだんと知ることになるのだが、それでもやはり最後は「研究っておもしろい」と帰結するのは、下河辺先生が研究する姿を見ていたからに他ならない。

村山敏勝先生が「下河辺さん、五〇になっても研究って楽しいですかね？」と尋ねたというエピソードについて、本書にも納められている追悼文のなかで下河辺先生が書いていらっしゃるが、村山先生がなぜ下河辺先生にそんな質問をしたのか、私には少しわかる気がする。村山先生の目にも、下河辺先生が研究する姿はきっと楽しそうに見えたに違いない。私は、文学研究者としての才能やセンスという点で下河辺先生の足元にも及ばないが（才能じゃないのよ、あなたが怠惰《レイジー》なだけよ、と怒られそうだが）、何よりも文学研究が楽しくてやめられないという点だけは、私が唯一先生から受け継いでいることかもしれない。

＊

先生の評判について噂するのはどこの大学においても学生の常だが、成蹊大学文学部英米文学科において、下河辺先生は厳しい先生で通っていた。確かに、学生にきちんとした態度で授業を受けることを求める先生の姿勢は、楽に単位を取ることを目指す学生にとっては厳しく映ることもあったかもしれない。しかし、とくにゼミにおける先生の学生に対する接し方というのは、厳しさというよりむしろ面倒見の良さが目立った。優秀な学生だけでなく、留年をくり返しているような学生がなぜか下河辺ゼミを選ぶという興味深い事例は一つや二つではなかった。彼らは、手のかかる学生も決して突き放すことなく、厳しくも公正な態度で接する先生の本質を無意識のうちに見抜いていたのかもしれない。

先生の態度は、大学院生に接する場合も変わらなかった。面倒見の良い先生は文句を言いつつも私のひどい論文に付き合って下さったし、学会発表の前には必ず練習会を開いて下さった。出来の良くない私（たち）の指導には多くの時間と手間がかかっていたに違いないし、私（たち）がもっとしっかりしていれば、今頃あと数冊は下河辺美知子名義の単著が出ていたかも知れないと思う。それでも貴重な時間を私たちの指導に費やすだけでなく、先生自身も私たちと付き合うことを楽しんでくれていたように思う。多趣味な先生に巻き込まれるように、一緒にSMAPのコンサートに行き、最近では先生とともに生まれて初めてクラシックのコンサートに行き、クラシック音楽に目覚める院生が続出した。丁寧にテキストを読むことの大切さや怠けず研究に取り組む姿勢だけでなく、多くの仕事を抱えながらも軽やかに日々の生活を楽しむ姿を私たちはすぐ近くで見て、その姿からさまざまなことを学んでいたように思う。

＊

本書成立のきっかけとなったのは、今から約二年ほど前、成蹊大学の日比野啓先生から大学院を出た私たちへメールが届き、下河辺先生が退職するので本を作ってはどうか？というご提案をいただいたことであった。それまで先生の退職に際し本を作ることなど考えてもいなかった私たちは、編者として参加していただいた巽孝之先生、舌津智之先生、日比野先生、そして編集者の高梨治さんの力をお借りしながら、手探りで本書の出版準備を進めてきた。

まず、タイトルとなるようなテーマを何にしようか？というミーティングを下河辺ゼミのOB・OGと現役の院生で開催すると、やはり下河辺先生のご研究において、声や音、音楽、トラウマといったタームは外せないだろうという話になった。次に編者の先生方とタイトルについて相談した際には、「音や声だけではさすがに書きにくいのではないか？」という意見も出て、当初はもっと広義的な仮タイトルが付いていた。しかし、集まった論文を開けてみれば、どれもこれも音や声、音楽をテーマにしたものばかりとなり、『アメリカン・マインドの音声』という音や声を全面に出したタイトルに落ち着いたのである。これは何より寄稿者の方々が下河辺先生のこれまでのお仕事やご研究内容だけでなく、下河辺先生自身をイメージしながら論文を執筆して下さった結果である。それと同時に、いかに声や音というテーマがアメリカ文学を語る上で欠かせない要素であったかということを再確認することとなった。

下河辺先生が語る／書く言葉が二次元的な平面ではなく、立体的且つ重層的に響くのも、先生が常に言葉を紙に印刷された文字としてだけでなく、声帯が振動し声となり、音声となって誰かの耳に伝わり鼓膜を震わせたときのことを意識して語って／書いていたからではないだろうか。そして、その音に対する意識の高さは先生ご自身のクラシック音楽への造詣の深さや、尾崎豊やＳＭＡＰまで網羅する興味関心の幅広さへとあらわれており、結果として本書は下河辺先生が書き下ろした論文を含まないにも関わらず、非常に下河辺先生らしい論集になった。下河辺先生が成蹊大学を退職されることは一つの節目であり、教壇に立つ先生を見る機会が減るのは残念でもあるが、私たちはますます活発に「研究するこれからの下河辺美知子」を目撃することになるだろう。

＊

本書の執筆は、公私にわたり下河辺先生と関係の深い先生方に依頼し、そこに門下生として板垣真任さんと髙瀬が加わることになった。寄稿者のみなさまからは、こころよく執筆をお引き受けするとお返事をいただき、素敵な論文をご寄稿いただいた。また、私を除く三名の編者の先生方には未熟な私に手厚いサポートをいただき、何より本書が完成したのは日比野先生のご提案あってこそであり、頼りない門下生たちの背中を押していただいたことに深く感謝したい。また、私の仲間である下河辺ゼミのＯＢ・ＯＧ、そして現役の院生のみなさまにもさまざまな形でお世話になった。最後になったが、小鳥遊書房の高梨治さんは、経験不足な私を大きな心で支えてくださり、わがままなお願いにも嫌な顔一つせずご対応くださった。本書が小鳥遊書房から出版される初の学術論集になることを非常に光栄に思う。小鳥遊書房のますますの発展をお祈りするとともに、執筆者一同より感謝の意を表したい。

二〇一九年三月

編集委員を代表して

◉板垣真任 …いたがき・まさと

アメリカ文学／成蹊大学文学研究科英米文学専攻博士後期課程／「声を書くということ—— “Billy Budd, Sailor” の草稿とビリーの吃音」『アメリカ文学研究』第55号(2019年)、「声と暴力、そして個人—— “Billy Budd, Sailor” における言語障害」『成蹊大学人文研究』第25号(2017年)。

◉伊藤詔子 …いとう・しょうこ

アメリカ文学、環境文学／広島大学名誉教授／博士・学術。単著に『アルンハイムへの道』(桐原書店、1986年)／『よみがえるソロー』(柏書房、1998年)／『ディズマル・スワンプのアメリカン・ルネサンス——ポーとダークキャノン』(音羽書房鶴見書店、2017年)、『はじめてのソロー』(NHK出版、2016年)。事典記事に “American Nuclear Literature on Hiroshima and Nagasaki.” *Oxford Research Encyclopedia*, 2017.／共著に “Gothic Windows in Poe’s Narrative Space.” *Poe's Pervasive Influence*. Ed. Barbara Cantalupo (Le High UP, 2012)／訳書にテリー・T・ウィリアムス『大地の時間——アメリカの国立公園、わが心の地形図』(彩流社、2019年)他。

【執筆者】(掲載順)

◉佐久間みかよ …さくま・みかよ

アメリカ文学・文化／学習院女子大学教授／『第三帝国の愛人——ヒトラーと対峙したアメリカ大使一家』(訳、岩波書店、2015年)、「マン島の水夫、「孤島に生まれて」——アイルランド移民表象とアメリカン・ルネサンス作家」(『環大西洋の想像力——越境するアメリカン・ルネサンス文学』(彩流社、2013年)、"Colacurcio, Teacher and Lecturer: A Transoceanic Perspective" (*A Passion for Getting It Right*, Peter Lang, 2015) 、"Rethinking Cultural Awareness Toward Nature: Oriental Animals in Herman Melville's *Clarel*" (*Pacific Coast Philology*, Penn State UP, 2015 年) 他。

◉新田啓子 …にった・けいこ

アメリカ文学、文化理論／立教大学文学部英米文学専修教授／ウィスコンシン大学マディソン校英文学部博士課程修了(Ph.D., 1999)。『アメリカ文学のカルトグラフィ』(単著、研究社、2012年)、『ジェンダー研究の現在』(編著、立教大学出版会、2013年)、『ブラック・ノイズ』(訳書、みすず書房、2009年)。"Reception of African American Literature in Prewar and Postwar Japan," *Oxford Research Encyclopedia* (Oxford UP, 2017) 他。

◉大串尚代 …おおぐし・ひさよ

アメリカ文学・ジェンダー研究／慶應義塾大学文学部教授／慶應義塾大学大学院後期博士課程修了(博士・文学)。単著『ハイブリッド・ロマンス——アメリカ文学にみる捕囚と混淆の伝統』(松柏社、2002年)、論文「もうひとりの女性異端者——エライザ・バックミンスター・リーの『ナオミ』における異端とリベラル・イマジネーション」『越境する女—— 19世紀アメリカ女性作家たちの挑戦』(開文社出版、2014年)、「ぼんやりと考える——吉本ばなな初期作品と少女マンガ的雰囲気について」『ユリイカ』(2019年2月号)他。

◉権田建二…ごんだ・けんじ

アメリカ文学、アメリカ研究／成蹊大学文学部教授／「人種、あるいはレイシズムの子供——ウィリアム・ウェルズ・ブラウン『クローテル、あるいは大統領の娘』における人種・レイシズム・奴隷制」『Facets of English ——英語英米文学研究の現在』(風間書房、2019年)、「みじめなものたちの明日——『風と共に去りぬ』における労働・パターナリズム・所有」『アメリカン・レイバー——合衆国における労働の文化表象』(彩流社、2017年)、「憲法の開放・奴隷の解放——フレデリック・ダグラスの合衆国憲法」『アメリカ研究』第49号(2015年)他。

【編著者】

◉高瀬祐子 … たかせ・ゆうこ

アメリカ文学／沼津高等専門学校教養科助教／成蹊大学大学院博士課程修了／「遺された家と消える家――「アッシャー家の崩壊」にみるネイティブアメリカン」『ポー研究』第7号(日本ポー学会、2015年)、「「バートルビー」におけるサブタイトルの謎――なぜウォール街の物語なのか」『静岡大学教育研究』第10号(2014年)、「母の息子から国家の父へ――*A Romance of the Republic* におけるキングの変貌」『成蹊人文研究』第21号(2013年)他。

◉日比野 啓 … ひびの・けい

アメリカ演劇／成蹊大学文学部教授／『戦後ミュージカルの展開』(編著、森話社、2017年)、「報われない「労働」――『マイ・フェア・レディ』における二種類の情動」『アメリカン・レイバー――合衆国における労働の文化表象』(編著、彩流社、2017年)、「象徴交換と死――『南太平洋』(一九四九)における恋愛の不可能性」『文化現象としての恋愛とイデオロギー』(風間書房、2017年)他。

◉舌津智之 … ぜっつ・ともゆき

アメリカ文学、日米大衆文化／立教大学文学部教授／テキサス大学オースティン校大学院博士課程修了(Ph.D.)／著書に『どうにもとまらない歌謡曲――七〇年代のジェンダー』(晶文社、2002年)、『抒情するアメリカ――モダニズム文学の明滅』(研究社、2009年)、「「長崎の鐘」と(ラテン)アメリカ――モンロー・ドクトリンの音楽的地政学」『モンロー・ドクトリンの半球分割――トランスナショナル時代の地政学』(彩流社、2016年)、「性の目覚めと抒情――コールドウェルの短編にみる女性像」『フォークナー文学の水脈』(彩流社、2018年)他。

◉巽 孝之 … たつみ・たかゆき

アメリカ文学思想史／慶應義塾大学教授／コーネル大学大学院博士課程修了(Ph.D., 1987)／単著に『ニュー・アメリカニズム――米文学思想史の物語学』(青土社、1995年度福沢賞)、『リンカーンの世紀――アメリカ大統領たちの文学思想史』(青土社、2002年／増補新版、2013年)、『モダニズムの惑星――英米文学思想史の修辞学』(岩波書店、2013年)、『盗まれた廃墟――ポール・ド・マンのアメリカ』(彩流社、2016年)、*Full Metal Apache* (Duke UP, 2006年)、*Young Americans in Literature* (Sairyusha, 2018)。編訳にラリイ・マキャフリイ『アヴァン・ポップ』(筑摩書房、1995年／北星堂、2007年)、共編に *The Routledge Companion to Transnational American Studies* (Routledge, 2019) 他。

【監修者】

◉下河辺美知子 …しもこうべ・みちこ

アメリカ文学・文化および精神分析批評／成蹊大学教授(在職 1994-2019 年)／単著に『グローバリゼーションと惑星的想像力——恐怖と癒しの修辞学』(みすず書房、2015 年)、『トラウマの声を聞く——共同体の記憶と歴史の未来』(みすず書房、2006 年)、『歴史とトラウマ——記憶と忘却のメカニズム』(作品社、2000 年)、編著に『アメリカン・テロル——内なる敵と恐怖の連鎖』(彩流社、2009 年)、『モンロー・ドクトリンの半球分割——トランスナショナル時代の地政学』(彩流社、2016 年)、訳書に『トラウマ・歴史・物語——持ち主なき出来事』(キャシー・カルース)(みすず書房、2005 年)、共訳書に『トラウマへの探究——証言の不可能性と可能性』(作品社、2000 年)他。

アメリカン・マインドの音声《おんせい》
文学《ぶんがく》・外傷《がいしょう》・身体《しんたい》

2019年5月25日　第1刷発行

【監修者】
下河辺美知子

【編著者】
髙瀬祐子、日比野啓、舌津智之、巽孝之

発行者：高梨 治

発行所：株式会社**小鳥遊《たかなし》書房**

〒102-0071　東京都千代田区富士見1-7-6-5F

電話 03 (6265) 4910（代表）／FAX　03 (6265) 4902

http://www.tkns-shobou.co.jp

装幀　渡辺将史

印刷　モリモト印刷株式会社

製本　株式会社難波製本

ISBN978-4-909812-13-1　C0098